浪漫的巴黎文學徒步之旅

世界上最美的步道

約翰巴克斯特——著

傅葉——譯

THE MOST BEAUTIFUL WALK IN THE WORLD

A Pedestrian in Paris

By John Baxter

獻給瑪莉多明妮克與露易絲

不虛此行！

親愛的，我們不能在此流連，往前走吧！

——華特惠特曼（Walt Whitman）〈啊！拓荒者〉

| 巴黎景點分布圖 |

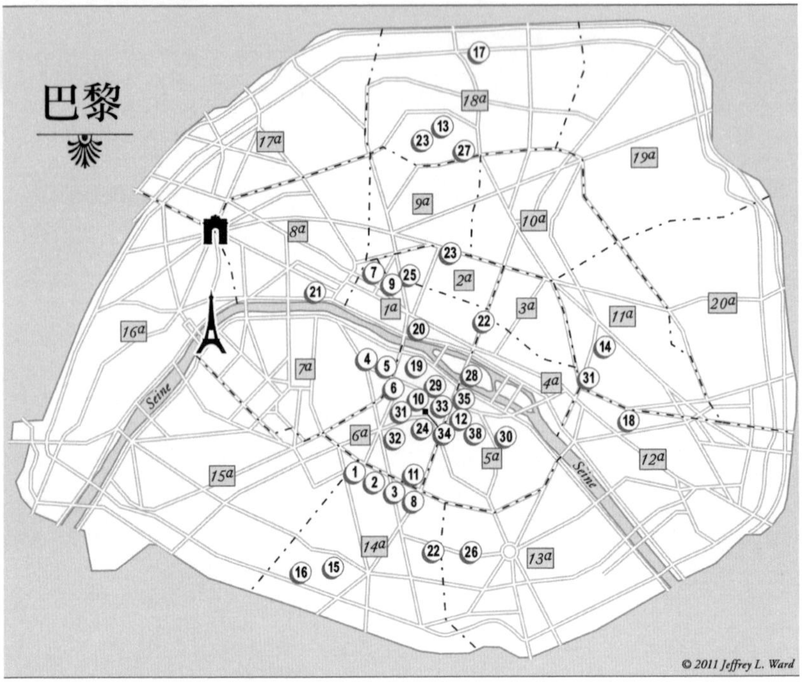

咖啡館與餐廳

1. 穹頂咖啡館 La Coupole
2. 圓亭咖啡館 La Rotonde
3. 圓頂咖啡館 Le Dôme
4. 雙叟咖啡館 Les Deux Magots
5. 花神咖啡館 Café Flore
6. 荔浦餐廳 Brasserie Lipp
7. 麗池酒店 The Ritz Hotel
8. 丁哥酒吧（現為威尼斯小館）Dingo Bar (now Auberge de Venise)
9. 哈利酒吧 Harry's Bar
10. 書商 Les Editeurs
11. 丁香園 Closerie des Lilas
12. 巴爾扎 Le Balzar
13. 狡兔酒店 Au Lapin Agile
14. 綠仙子夜店 La Fée Verte

市集

15. 旺夫門（舊貨）Porte de Vanves
16. 巴宏雄街（舊書）Rue Brancion
17. 克利尼揚古爾門（舊貨）Porte de Clignancourt
18. 阿里格市場（食品）Marche d'Aligre

藝術與繪畫

19. 馬扎罕街 Rue Mazarine
20. 羅浮宮 The Louvre
21. 大皇宮 Le Grand Palais
22. 龐畢度中心 Centre Pompidou

觀光景點

23. 地下墓穴 The Catacombs
24. 拱廊街 The Passages
25. 盧森堡公園 Luxembourg Gardens
26. 巴黎歌劇院 The Opera Garnier
27. 聖塔監獄 La Santé Prison
28. 聖心堂 Sacré-Coeur Cathedral
29. 聖母院 Notre Dame Cathedral
30. 聖安德烈交易小徑 Cour de Commerce St. André
31. 巴士底廣場 Place de la Bastille

文學遺址

32. 海明威故居 74 Rue Cardinal Lemoine
33. 海明威故居 6 Rue Ferou
34. 葛楚史坦茵故居 Gertrude Stein's apartment
35. 奧德翁路（雪維亞畢奇故居） Rue de l'Odéon
36. 莎士比亞書屋舊址（位置同 35）
37. 莎士比亞書屋新址（位置同 35）
38. 眾神殿（伏爾泰、盧梭、左拉等人均葬於此）The Pantheon

目錄

譯序——一起去巴黎　傅葉　012
1 起來走吧！　019
2 聖誕節倒步行走　029
3 男人的責任　035
4 炙熱的火焰　039
5 兩隻烤鵝　048
6 好萊塢時刻　054
7 海明威的鞋子　063
8 海明威的真誠　069
9 大道步行者　078
10 兇手的花園　087
11 遊走四方的流浪客　099
12 徒步的音樂　106
13 為權力而走　113
14 書商咖啡館的提議　119
15 自由解放的城市　125
16 討厭的萬事通　133
17 鴉片小徑　142
18 來自巴黎的明信片　151
19 腳下的歷史　161
20 尋找馬諦斯　169
21 尊貴的沙丁魚　180
22 穹頂餐廳三女神　188
23 鵝肝的美味　199
24 當你開始體會巴黎　208

25 地下的世界 214
26 天堂與地獄酒店 227
27 藍調時分 233
28 蒙帕納斯的藝術時光 251
29 蜜桃的滋味 261
30 阿里格市場 270
31 罪惡大道 274
32 夜之門 282
33 十九區的小地方 290
34 重回時光小徑 299
35 地鐵上的澳洲人 312
36 奇特的邂逅 325
37 世界上最美的步道 334

附錄 340

一譯序一

一起去巴黎

傅葉

漫步在巴黎街頭，到處都是手拿《巴黎指南》的遊客，還有不少揹著背包的年輕人，手裡提著一雙球鞋，也許今晚又會露宿在哪個安靜的公園裡。我沒有特別的目的地，只想悠閒地品嘗這座古老城市的浪漫。

一路從聖米歇爾大道（boulevard St. Michel）竟然走到了盧森堡公園，法國國慶快要來臨了，園子裡一處表演台上，一個古典樂團正在演奏，許多人坐在那裡拿本書，悠閒地邊看書邊聽音樂。溫暖的陽光斜斜地穿過樹蔭，還帶著些許微微的和風。舒緩的音樂，閒散的氣氛，這裡和外面的大街是兩個世界。

那天清晨五點半，我來到巴黎，跳上計程車，只肯說法語的駕駛老先生，沒有半句廢話，照著地址，把我丟在一條沒有半個人的小巷中。冷冷清清的早晨，行李的輪子壓在石頭路上，發出刺耳的聲音。我停在那扇小小窄窄的藍色門前發呆，找不到門鈴，看不到對講機，只有一小塊號碼鍵，鑲在石壁上。沒有密碼，怎麼進去呢？

帶著一條大狗的年輕人跑過我身邊，看著我的東方臉孔，和那口大皮箱，友善地對我說，你一定是來找丹尼爾的！哈！大城市的小地方，也是有街坊鄰居的。他按了密碼開了門，繼續去溜狗。留下我進入這棟公寓，卻又不知道是哪一間？管他的，早起總是一件好事，找了一間看起來最像的，鼓起勇氣敲門，門內傳來一陣狗叫聲，對了，他來開門了。

我的法國房東丹尼爾，非常的熱情，堅持我必須先看一下這個位於巴黎古老角落的拉丁區，於是放下行李後，我就和他還有他的「賴皮」狗一起出門了。「賴皮」是一隻聽法文的短腿狗，所以我的善意對牠來說起不了太大作用，他肯讓我牽它，我已經覺得是萬分榮幸了。

搭了十幾個小時的飛機，加上轉來轉去的小巷街道，沒有多久，我已經是頭昏眼花了。丹尼爾建議找個露天咖啡座坐坐，我是求之不得。我們看到一間小店正開始營業，吧台後面只有一個人閒閒地坐在那裡。丹尼爾問我喝點什麼，一路上我已經喝夠了咖啡，那就柳橙汁吧！我選擇了我認為最簡單的飲料。

「沒有！」那位神氣的吧台掌櫃很乾脆地說。我有點發楞，法文又看不懂，怎麼辦呢？丹尼爾說來杯基爾（Kir）吧，這算是法國人的國民酒，白酒加上紅色的水果酒，在一般飯店裡，他們還加上香檳，叫做 Kir Royal。就這樣三轉兩轉下，來到巴黎的第一天早上，十點半不到，我已經坐在 La Mouff 這條古老街道的露天咖啡座上喝起酒來了。那位吧台掌櫃送酒的時候，一邊搖頭一邊迸出一連串的法文，照丹尼爾的翻譯是：「什麼都比柳橙汁好！」

La Mouff 是巴黎人對穆費塔（rue Mouffetard）這條街的暱稱。這條古老的街道，全長約六百公尺，但寬只有約六公尺左右，像羅馬的古街。這條南北向的老街，沒有被列入正式的觀光指南中，但很受歐美年輕觀光客的歡迎。原因很簡單，並不是因為海明威曾住過穆費塔街北端，或是導演奇士勞斯基的《藍色情挑》這部電影曾在這裡取過景，而是因為它有巴黎真正的感覺。

這種感覺，集中在穆費塔街南端的傳統市場上，每個早晨，附近鄰居來這裡採買他們的三餐。各式各樣的生鮮食物、水果、鮮花，一樣一樣陳列在架上。街道旁，帶著小帽的老先生，推著古老的音樂車，用手搖出一張一張的音樂片，古老的感覺竟有一份熟悉的溫暖。

除了傳統市場的蔬菜水果之外，兩旁的熟食商店，也各有特色。日本壽司、港式春捲、中式炒飯，還有美式炸雞、義式沙拉及專賣乳酪的傳統小店。除了吃的東西之外，兩旁的小型服飾店，看不到名牌，有的是便宜的各地民族服飾，還有很多小配件。服飾店旁還有一家電影院，專門上演藝術電影。

沒有辦法早起的人，到了傍晚一樣可以找到屬於穆費塔街的風情。大約六點左右，又一波的人潮集中在這裡。攤子上的小販拿著一大把的水果，對著過往的行人大聲吆喝，不懂法文？沒關係，六個奇異果，掏出一把零錢，一個個在他面前搖晃，錢對了，就會看見一張微笑的臉。拿著袋子，繼續往前走，路旁的小攤慢慢地在收拾，裡面的餐廳一家家地在點燈，桌椅開始往街道上擺。白天的音樂車回家了，路邊是一隊年輕的流行樂隊，簡單的吉他、貝斯、鍵盤之外，居然還有兩把小提琴，唱著自己寫的歌。有朝一日，在另一個舞台上，他們可還記得這段歲月？

七點過後，穆費塔街左側的巷道，成為了一條露天的美食街。白天的興奮熱鬧已經看不到了，換上浪漫輕鬆的心情。傳統法國美食，加上希臘菜、印度菜、義大利菜，挑個露天座位吧！點瓶酒，鄰桌的客人和你一樣，也不是巴黎人。真正的巴黎人，多半不會來這裡吃飯，而團體的觀光客，也不會在這裡出現。他們和你一樣，都是來自世界各地，想體驗生活的散客，抓住巴黎的感覺，過自己的日子。

法國國慶日前夕，丹尼爾和我，還有那隻「賴皮」狗，一起來到穆費塔街北端的小廣場。廣場四周環繞著滿滿的露天咖啡座，中間是一座小小的圓形花園，花園內搭起了一個小舞台，有人在台上唱歌，到處都有人在跳舞，似乎全巴黎的人都出來在星空下慶祝國慶了。

我們穿過密密麻麻的圓桌，閃過搖來搖去的舞客，終於找到一張空的圓桌坐下，點了兩杯酒，把狗鏈纏在桌腳下，舒了一口氣，欣賞台上的歌唱，台下的舞姿。賴皮狗伏在桌腳下，看著一雙雙抖動的腿，聞著陣陣的酒香。這時，一隻大麥町，在兩點鐘方向出現，說時遲那時快，在我們還搞不清狀況前，賴皮狗已經義無反顧地向前衝去，尋找牠的遠方親戚。桌腳被狗鏈一拉，硬生生地往右方倒下，兩杯還來不及喝的酒，便順理成章地送入鄰座少女的懷中。

很難說出那時的尷尬，那位可憐的葡萄牙小姐直覺地跳了起來，不斷抖動她的裙子，說了一串連丹尼爾也聽不懂的話，玻璃碎片撒了一地，我們呆站在那裡，不知道是該幫她擦裙子，還是該撿玻璃，賴皮狗還不斷地在懷中掙扎。

瀟灑的酒保，遠遠地看到這裡發生的事，聳聳肩走了過來，把桌子扶正，桌面擦乾淨，玻璃碎片掃到角落，摸摸賴皮狗的頭，一言不發地又進去倒了兩杯酒出來，沒有廢話，也不加價。狗在這裡，比照人處理，國慶日嘛！大家快樂。

於是我們繼續坐著，鄰座的葡萄牙小姐繼續和她的兩位男友聊天，賴皮狗繼續穿梭在腳下，而我——開始體會在巴黎的生活。

每個人都能在巴黎找到自己的歸屬。約翰巴克斯特是位愛書、愛美食、愛藝術的巴黎外國人，他的巴黎是一九二〇年代的風情，就是那個時代造就了現今的巴黎。感謝他以輕鬆的故事與文字，讓我們得以一窺當時的風貌，以及現在的改變。

無論你是否去過巴黎，這本書都是一場經驗之旅，實質上與心靈上的。

讓我們一起走吧！

1 起來走吧！

至今為止，還沒有人能找出比步行更好的漫遊方式。它只需要兩條腿，別的沒有。想要快點？那就別走路吧！搭車、乘船，甚至坐飛機都行，別用走的。然而一旦你選擇步行，重點就不在你走得多快多遠，而在於天空的精采絢麗，路邊風景的優美壯觀。步行並非競賽。

——菲德烈克葛羅斯[1]，《漫步的哲學》

每天當我沿著奧德翁路，前往位於聖日爾曼大道（ave Saint-Germain）交會口的丹頓咖啡館，或是去布西街上的市集時，總會與他們擦身而過[2]。那些觀光路人。

不過他們不見得全部都用走的，也許他們很想，然而徒步漫遊巴黎，不會是他們想像中的那般順利。

他們會在我們這條街與聖日爾曼大道的轉角猶疑不決，而此處正是塞納河左岸最繁忙的路段之一。常見的組合是夫婦或情侶；身上穿著的服裝隨著季節變化而厚薄不同，不過衣著都一樣，好像在穿制服——米色風衣或外套，棉布或燈芯絨長褲，以及方便走路的休閒鞋。手上抓著折疊式地圖或旅遊指南擠在一起看來看去，每隔幾秒就抬頭東張西望，滿心期盼那些路牌和建築物會自動轉變成和自己家鄉布魯克林、布蘭塢或伯明罕一樣的景觀。

有時他們也會成群結隊出現。我之所以會在這裡看到不少這類參觀團體，是因為我所居住的這條奧德翁路，就文學意義來說，如同棒球中的紐約洋基球場，或板球運動中的倫敦洛德（Lord's）板球場。雪維亞畢奇[3]曾在這條街的十二號經營「莎士比亞書屋」，喬伊斯的大作《尤利西斯》[4]便是由這家英文書店出版；而雪維亞和她的同志伴侶莫尼耶的家，正是我所居住的那棟公寓十八號，當年喬伊斯經常來拜訪她們。《大亨小傳》的作者費茲傑羅和他的太太賽爾妲、葛楚史坦茵和她的同志伴侶愛麗絲托克拉絲[5]也是常客，當然其中還包括海明威。

大多數的日子，只要我一踏出公寓大門，便會看到一群人站在對面的人行道上，聆聽某個人用不同的語言，講解我們這條街道的歷史，語言種類多達十餘種。這些人會以好奇甚至尊敬的眼光看著我，使我覺得自己像個冒牌貨，因為通常我的腦袋並沒有在推敲什麼高深的文學思想，而是在想待會要買什麼：雞蛋、洋蔥、還有長棍麵包……

隨後，他們會再度出發，形成一列零散的隊伍，跟著導遊的旗幟走，若是雨天，便換成跟著他的雨傘走。很少人會忽視旗幟的引導；或許他們已經領略到巴黎對步行者來說，既迷人又欺人。但是倘若他們真的停下腳步——也許是隨意瀏覽放在書店外的一籃子書，或是湊近細看某家精品小店櫥窗裡的洋裝——會發生什麼事呢？整團人可能就會彎進某條街，從視線中消失，任由他們在這座令人困惑的城市內如遊魂般地飄盪。於是，他們不得不抓個路過

年輕的詹姆斯喬伊斯

葛楚史坦茵

的巴黎人，用生疏的法文吞吞吐吐地問道：「先生，不好意思，不過……你會說英文嗎？」或者採取更糟的策略：讓自己陷入地鐵的迷陣中。奧德翁路車站前經常會有幾個迷茫的遊魂在入口處徘徊，仰頭望著由建築大師吉馬赫[6]設計的鑄鐵拱門；帶著綠色曲折花體字的新藝術風格。他們或許會認得上面的 *Metropolitain*（地鐵）這個字，但可能會覺得自己所看到的字眼，與但丁目睹地獄之門上的駭人文字沒什麼區別：「凡入此門者，儘速棄絕一切希望。」

對徒步逛巴黎的遊客來說，最感挫折的莫過於身旁來來往往的路人，沒有一位像他們一樣無所適從。那些巴黎人從容自信地飄然而過，有如樹上的鳥兒般自在；對他們而言，地鐵一點也不可怕。當公車看似開錯線道的呼嘯駛過，巴黎人都很清楚哪個時候該暫停腳步，他們會突然轉進某條小巷，而你不知所以的一瞥之下，才發現原來巷底有個看起來彷彿是世上最有意思的小市集……

巴黎人怎麼會知道這些？

因為這是他們的地盤，他們的區（quartier），就像自家客廳般熟悉。這正是巴黎人看待這城市的態度：它像是自己家的延伸；在這裡，不存在公共空間的概念。人們不會一踏出家門就直接鑽進車內，然後開車穿過城鎮去上班或去冷氣大開的購物商場。巴黎人不會在巴黎開車，少數人會騎單車，有些人會搭地鐵或公車，但大多數人選擇走路。巴黎是屬於行人（piétons）

的。人們會自然而然用走的（à pied）。也唯有走路，才能讓你發掘巴黎的豐富多樣。誠如另一位熱愛巴黎的外國作家愛德蒙懷特[7]在他優美的小品《漫遊者》中所言：「巴黎是一個只有步行者才能盡觀其妙的世界，唯有悠閒漫步，方能吸收到所有豐富（儘管未必有聲音）的細節。」

另一位作家亞當高普尼克[8]則認為，沿著我家附近的塞納河路一路散步「是世界上最優美的漫步路線」。對他來說確是如此。不過每個巴黎人，以及每一個來此想了解巴黎的人，都會找到屬於他們自己的「世界上最優美的漫步路線」。漫步不是遊行或賽跑。它是由一連串的剎那所組成，而每一個剎那都有可能照亮你的一生，也許是驀然的一眼，一抹香味，短暫的一瞥，光線灑落的情景……或某個「美麗」的片段。沒有任何導遊或旅遊指南能告訴你那會是什麼。規劃好的旅遊行程總會令我聯想起迪士尼樂園裡的「拍攝點」標示牌。那些地點的確能讓你拍出好看的照片；但既然如此，何不乾脆買張明信片就好？

每個人眼中的巴黎各有風情，像是一張空白紙頁，任由各人簽下自己的griffe——字面上的意思是「鴻爪」，但是更精確來說是指自己的簽名。每個人都有自己最愛的咖啡館、商店或公園，以及將它們連結起來的路線。女作家柯蕾特[9]剛從鄉下來到巴黎時寫道：「我發現巴黎並不存在，它不過像是一連串的區域，被最為纖細的絲線串聯在一起。沒有任何事情能夠阻止我重新構築屬於我自己的區域，或是充分發揮想像力，選擇設計它的外觀。」

你可以暢談「柯蕾特的巴黎」、「海明威的巴黎」、「費茲傑羅的巴黎」，或是你自己的巴黎。可是就這個角度而言，倫敦、紐約或柏林卻無法如此夸夸其談。我們在巴黎都會經歷類似的過程：尋找心目中獨一無二的咖啡館、完美的公園、最賞心悅目的景致，以及最美的一段漫步路線。

沒人能明確地指出是哪些地方，不過或許我在巴黎漫步一年的經驗，能提供一點建議，幫助你在抵達和離去巴黎之間，尋找那些將會在你心中留下不可磨滅的記憶，和讓你回味一輩子的地方，並且每當你提及時，開場白都會是：「我記得……曾經在巴黎……」

跟我一起漫步吧。

柯蕾特一九〇七年的埃及女神扮相

1 菲德烈克葛羅斯：Frédéric Gros，法國哲學教授，由於研究哲學，他發現許多哲學家與文學家都是步行者，例如法國思想家盧梭曾說如果他無法步行，就無法思考與工作，美國作家梭羅的《湖濱散記》也是這項行為下的結晶，於是葛羅斯綜合前人的經驗與自己的觀察，以簡單輕鬆的筆調寫下《漫步的哲學》（Walking: A Philosophy）這本書，在法國成為一匹黑馬式的暢銷書。他本人對法國哲學家米歇爾傅柯有專門研究。

2 奧德翁路（l'Odéon）又翻譯為劇院路，位於巴黎第六區，法國國家劇院「奧德翁劇院」即位於此，此區有多家舊書店。丹頓咖啡館（Café Danton）位於聖日爾曼大道與奧德翁路交會口。

3 雪維亞畢奇的莎士比亞書屋：Sylvia Beach's Shakespeare and Company，雪維亞畢奇（1887 - 1962）是位生活於巴黎的美國人，於一九二〇至三〇年代活躍於巴黎外國人圈。她在一九一九年創設「莎士比亞書屋」兼圖書館，和她長年的同性伴侶亞德里安納莫尼耶（Adrienne Monnier）共同推廣當時作家寫作聯誼的氣氛，海明威、喬伊斯、龐德等作家經常出入這裡，直到二次世界大戰德軍占領巴黎，書店被迫關閉為止。電影《愛在日落巴黎時》（Before Sunset）以及伍迪艾倫的《午夜巴黎》（Midnight in Paris）均曾以這間書店為背景。

4 喬伊斯：James Joyce（1882 - 1941），喬伊斯是愛爾蘭作家及詩人，二十世紀初最具影響力的現代主義作家之一，《尤利西斯》是他的代表作品之一，以現代小人物的一日，平行對應荷馬史詩《奧德賽》主角尤利西斯漂泊生活的境遇，為現代意識流小說代表作。這本書雖然被美國眾多編輯選為二十世紀百大小說中的首名，可是出版過程波折重重，一九二二年首度在法國出版，但是被英美列為禁書，直到一九三三年才不被視為色情作品而得以出版。由於這本書文字晦澀艱難，中文譯本一直無人問津，直到九〇年代中期，在原書發行五十餘年後，卻在同一時期有兩家出版社，兩位著名翻譯家爭先翻譯出版，形成少見的出版現象。

5 葛楚史坦茵：Gertrude Stein（1874 - 1946），居住在巴黎的藝文活動帶領先驅、作家、詩人與藝術收藏家。出生於美國，一九〇三年移居巴黎，此後數十年間，她在每個星期六晚上舉辦的「藝文沙龍」成為前衛藝文作家的寶地，畢卡索、海明威、費茲傑羅、馬諦斯等人均是座上常客，她也成為溝通與評介現代藝術的重要推手。她曾經出版許多文學創作，其中以用她的同性伴侶愛麗絲托克拉絲為名的自傳（The Autobiography of Alice B. Toklas）為最有名。伍迪艾倫的電影《午夜巴黎》中，女明星凱西貝茲（Kathy Bates）飾演的角色就是她。

6 吉馬赫：Hector Guimard（1867 - 1942），法國建築師暨家具設計師，為新藝術運動的代表人物之一，他的重要作品包括於十九世紀設計的巴黎貝朗榭公寓（Castel Béranger）以及巴黎幾個地鐵站的入口。

7 愛德蒙懷特：Edmund White（1940 - ），美國小說和散文家，作品多以同性戀為主題，著作包括《一個男孩的故事》（A Boy's Own Story）、《已婚男人》（The Married Man）、《漫遊者》（The Flaneur）等。

8 亞當高普尼克：Adam Gopnik（1956 - ），美國作家兼評論家，被《紐約客》雜誌派駐巴黎後，他為該雜誌所寫的系列專文集結成《巴黎到月球》（Paris to the Moon）一書，描述他與家人在巴黎生活五年的故事，成為《紐約時報》的暢銷書。

9 柯蕾特：Sidonie-Gabrielle Colette（1873 - 1954），法國著名小說家，她的作品與三段婚姻以及雙性戀生活一樣精采。曾出版過五十多本小說，最著名的是短篇小說〈琪琪〉（Gigi），曾多次被搬上舞台與銀幕，好萊塢巨星奧黛麗赫本就是由她發掘演出百老匯版的《琪琪》而受到矚目，這部小說也被拍成電影，當年在台灣上映時取名為《金粉世界》，由女星李絲麗卡儂主演。柯蕾特的長篇小說《謝利》（Chéri）也於二〇〇九年被拍成電影《真愛初體驗》。

2

聖誕節倒步行走

為了慶祝聖誕節，我倒步行走橫跨愛爾蘭海洋，
我倒步行走慶祝聖誕節，我只能這樣做。
我嘗試從旁邊，步行到前方，
但是人們冷眼瞧我，說這不過是宣傳噱頭。
——史派克米立根[1]，〈倒步行走慶祝聖誕節〉，一九五六

那年最值得回憶的漫步，來得既早又突然，具體地說，就在聖誕節前夕下午三點鐘。雖然說在吃過飯，又發生親密的性行為之後，漫步在巴黎街頭是最好的運動。但是這種事從未在聖誕前夕發生過，十二月二十四號抗拒步行的心態，就像全國抗拒父系式的聖誕節一樣。分發禮物的不是傳統聖誕老人，而是小耶穌，而且祂也不需要像我這樣全副武裝，穿

著連帽外套、戴上手套、頂著毛帽、腳踩保暖靴地到處奔波。

外面的氣溫盤旋在零度左右，雪已經停了，但是陰沉的天空看來還會下雪。泥濘的雪水結成冰片，踩在上面幾乎可以聽到碎裂的聲音，不過我們並不擔心滑溜的人行道會對我們造成任何威脅，因為今天晚上的步行，只限於從我家門口，到停在人行道旁幾呎外的車門而已。然後我們就會馳騁在高速公路上，劃過積雪，迎接這場年度大遷徙。這就好像美國人過感恩節一樣，聖誕節是全家團聚，重歸於好的時刻，所以沒有人會在巴黎市內過聖誕節。

上個月一整個月，我都在計畫準備今年的聖誕節，特別是全家團聚的聖誕晚餐。

當年迎娶我的法國太太瑪莉多明妮克（大家都叫她瑪莉杜）時，我已經沖昏了頭，所以從來沒有問過有關她家的細節，直到婚後當她宣布懷孕時，她才透露了一個天大的祕密——她們家沒有人會煮飯。

「但是……這怎麼可能呢？」我懷疑地說：「做菜對法國人來說……」，我快速地在腦海中尋找適當的字眼：「就好像英國人會排隊，澳洲人喜歡海邊，美國人看電影時要吃爆米花一樣理所當然……這是……基因。」

但是和我的岳家們吃了幾次飯之後，不可避免的事實就出現了。一家的學者、藝術家、作家，包括老婆大人這位電影製片家，每個人就連泡杯即溶咖啡都需要看說明書，更別說是做飯了。他們曾經利用從皮卡德連鎖店買來的冷凍食物，或是從當地熟食鋪買來，只要再加熱的食物騙過我。但是現在這個祕密既然已經被揭穿，而且當他們知道我會做菜後，就一致指派我為家庭御廚。

在一般聚餐的時候，他們頂多是問我一些問題如：「一瓣大蒜是指一整球還是一片？」或是「分開雞蛋是什麼意思？不是已經打開了嗎？」但是說到聖誕晚餐，就完全不是這麼回事了。聖誕節晚餐傳統上是在岳母克勞汀位於李奇堡（Richebourg）的家中進行，這裡距離巴黎西邊一百公里。整個家族都會蒞臨，有的時候多達二十人，大家圍坐一張長桌。這個聚會像是一種儀式，而非晚餐。我表面上裝作非常勞累辛苦地接受這項任務，但是私底下卻覺得非常榮幸。對我這樣一個生長於澳洲鄉下小鎮的人來說，在一棟十六世紀的城堡中，為法國社會中的精英人士烹調晚宴，簡直就是美夢成真。

我和瑪莉杜準備動身時，家人大部分已經抵達李奇堡，我們的後車廂與後座間塞滿了禮物、烹調用具，還有需要填滿十八張嘴的各式東西，除了洋蔥蜜醬（confiture d'oignons），我正在爐子上慢慢攪動。

「聞起來很香！」瑪莉杜說。

整座公寓裡充滿了甜撻（tart）似的香味，用一公斤切得細細的紅洋蔥，加入糖、香料和紅酒醋，放在一起，用小火慢燉。

聖誕晚餐通常是以生蠔開場，我們從法國最好的生蠔供應商「伊夫派潘」[2]買來八打生蠔，他們也是總統府的供應商。但是有的客人並不喜歡吃生蠔，所以我們做了一些調整。我的小叔尚馬利提供一塊鵝肝，煮好後儲存在他位於多爾多涅（Dordogne）的家庭農場內，取代傳統上只用乾麥吐司搭配的吃法，我做了洋蔥蜜醬，揉合撻與鵝肝下方肥嫩的精華，襯托出濃純的奶油香味。

「而且我用的是你的醋！」我說。

石器醋瓶是瑪莉杜對家中餐飲的唯一貢獻，瑪莉把上次晚宴剩下的幾滴紅酒倒進這個石瓶內，裡面的酵母，一種像果凍一樣的細菌，將酒轉化成芳香四溢的醋。這個瓶子是一九五九年由艾琳帶來巴黎的，她是瑪莉和妹妹與孀居母親的管家兼廚子。在她之前誰曾經擁有過這個瓶子呢？誰知道呢？或許這個瓶子所製作出的香醋，曾經調配過拿破崙所吃的沙拉，凱撒的御廚說不定也用它製作過羅馬人最愛的小點「松仁煮蛋」（In Ovis Apalis）：混和醋、蜂蜜與松仁做成調味料，平鋪在水煮蛋上。只要你一直不停地餵它，酵母幾乎是永生不死。

等蜜醬冷卻後，倒進兩個大罐子裡，剛好裝滿最後一口方形提袋。過去的聖誕節都是慌慌張張地進行，這一次我發誓，將會安排得有條有理。

關上電腦，打開電話答錄機，調低中央暖氣系統，確定我們的貓史考帝，擁有足夠的食物與水，貓沙盆也很乾淨，而且如果牠心情好的話，還可以溜到陽台上，看看白雪是不是和牠記憶中一樣骯髒。看著牠盯著窗外白雪遍布的陽台，使我想起科幻作家羅伯特海萊恩[3]小說中名叫比特的那隻貓，牠不斷地從一扇門扒到另一扇門，尋找記憶中的八月，那扇通往溫暖無雪的大地——通往夏天之門。

我們走出家門，瑪莉杜拿出鑰匙，插進門鎖。

轉不動。

瑪莉再試。

門鎖仍然不為所動，而且不管瑪莉多麼用力往外拉，鑰匙也拔不出來。

我們走入家門，從另外一邊再試。

依然不為所動。

這是把很好的鎖，沉重的金屬製品，只要插銷一轉，兩條鎖柱便分別鉗入地面與門沿定位。不過它實在好得過頭，因為這把鎖的安全特性就是：如果我們把門關起來而鑰匙還在裡面的話，就沒有辦法再度開啟，我們不能離開，可是也不能留下。

有句話是這樣說的：「如果你想看見上帝大笑的話，告訴祂你的計畫。」

1 史派克米立根：Spike Milligan（1918 - 2002），英國諧星、作家、音樂家。他是英國著名的廣播節目《呆瓜》（The Goon Show）的主創者，以挖苦、嘲笑的黑色幽默開創諧星的新視野，成為英國諧劇的指標型人物。〈倒步行走慶祝聖誕節〉（I'm Walking Backwards for Christmas）是他在一九五六年為這個節目創作的一首歌曲。

2 伊夫派潘：Yves Papin，法國有名的生蠔養殖家族企業，開始於一九〇二年。

3 羅伯特海萊恩：Robert A Heinlein（1907 - 1988），美國著名科幻小說作家，常被稱為「科幻作家學院院長」，他將科幻小說的工程與科學層次提升到新的水準，並使其踏入文學領域。文中所提到的貓（Petronius Arbiter，小名 Pete）出自他所寫的《通往夏日之門》（The Door into Summer）小說，描寫時間旅行，死亡與重生的故事。

3

男人的責任

時至今日，有人會說「海明威也沒受過什麼教育」。我認為那些學院派評論家會這樣說，是因為海明威沒有受過他們所受過的正式學術訓練。但是那些哲學家們自己也了解，海明威這位藝術家的想像力是一種不同的智慧，你可以說是種本能，不在一般理性的思考範圍內。

——莫里卡拉漢[1]，《在巴黎的那個夏天》

接下來發生的事，你可以說，都是海明威的錯。

當然，不是怪他本人，畢竟他已於一九六一年去世了。但是他對於狩獵、射擊、釣魚、鬥牛及戰爭這些事情的描寫，使得人們認為作家就應該是一位兼具思想與行動的人物。許多作家受他這些叢林狩獵、拳擊比賽，以及戰鬥經驗的啟發，也會以身試法，被牛鬥或挨槍，甚至被揍得毫無知覺。就算以上這些經驗都沒有，至少也會體驗嚴重的宿醉頭痛，無非是想證明自己和他一樣。

我也如此，在我的腦海裡，海明威絕對不會是那種坐在租來的房間裡，低頭在筆記本上寫出〈白象山丘〉的人物。我心目中的畫面，是他在一九五四年接受諾貝爾獎時，由喬瑟夫卡許[2]所拍攝的嚴肅畫像，翻領毛衣上蓄著一臉鬍鬚，臉上散發出決心的光芒。當史蒂芬史匹柏在塑造電影《外星人》的形象時，就用喬瑟夫所拍攝的畫面，剪下前額與鼻子，加上詩人卡爾桑德堡[3]的眼睛，與愛因斯坦的嘴唇，然後把這些五官都貼在一張嬰兒的臉蛋上，以創造出一種兼具耐心、同情與決心的原型，那樣的海明威絕對不會被一個卡住的門鎖給打敗。

我在工具箱裡翻翻找找，心中不禁想像海明威精練的文字會如何描述接下來該發生的事：他的右手握著老虎鉗，冰冷的金屬貼著他的手心，這是一把很好的老虎鉗，為了發生作用而打造，現在就該派上用場……

瑪莉杜在一旁緊張地看著我（女人怎麼會了解這些事？這是男人的事！）我把老虎鉗夾在鑰匙的

喬瑟夫卡許鏡頭下的海明威

尾端，用力往外拉。

絲毫不動。

轉一下再拉。

依然不動。

瑪莉進入辦公室內消失不見，然後叫道：「我找到製造商的網站，上面說如果這把鎖是複製品，那麼或許切割得不準確，裡面可能會有個『魚鉤』，使它拔不出來。」

「那應該怎麼拔出來？」

一陣沉默。「上面說：把整個鎖卸下來，拿去給鎖匠修理。」

「這個方式還真管用！」

「多芬路的鎖匠呢，或許現在還開著。」

「在聖誕節前夕？」

就在這個時候，電話鈴響，我的小姨子：「你們出發了嗎？」她問道，聲音聽起來有點焦急：「農夫剛把鵝送來，你們什麼時候會到這裡？」

我把電話傳給瑪莉，她把手按在話筒上，給我一副「你為什麼還站在這裡」的臉色！

「這就去，這就去！」我說。

1 莫里卡拉漢：Morley Callaghan（1903 - 1990），加拿大著名作家，與海明威私交甚篤。《在巴黎的那個夏天》（That Summer in Paris）是他的自傳，發行於一九六三年，描述他與海明威以及費茲傑羅之間的事蹟，並記載了他與海明威之間著名的拳賽，在下一章有較詳細的描寫。加拿大政府於二〇〇三年將他的肖像印在郵票上以紀念他在寫作上的貢獻。

2 喬瑟夫卡許：Yousuf Karsh（1908 - 2002），出生於土耳其的加拿大人像攝影師。他在一九四一年為邱吉爾拍攝的人像，使他獲得國際名聲。他擅長捕捉名人的瞬間影像，他在文章中曾說：每個人的內心都有祕密，會在不經意的手勢，一絲眼神光芒中展現，而攝影師的責任就是要捕捉這種稍縱即逝的瞬間。從邱吉爾到教宗，從華德狄斯耐到畢卡索、海明威，到英國女王，拍攝過的名人眾多。

3 卡爾桑德堡：Carl Sandburg（1878 - 1967），美國著名詩人，十三歲就輟學出外謀生，做過許多低層工作，後來他的詩作多以勞苦大眾的觀點為出發點，其中最著名的是《芝加哥詩集》，其中一句描寫芝加哥為：City of the Big Shoulders，是歷來描寫這個城市中非常有名的形容詞句。他的詩文字淺顯易懂，曾三度獲得普立茲獎，兩次來自他的詩作，一次來自他所寫的林肯傳記。

4

炙熱的火焰

有人說世界會終結於火，
有人說會終結於冰，
以我對欲望的體驗，
我認同那些贊成火的看法。

——羅伯佛洛斯特[1]，〈火與冰〉

走在路上，我一邊閃躲滑溜的冰層，一邊扶著任何可以支撐的東西，半走半滑地在奧德翁路上往前行。被門鎖搞上已經夠慘了，不要再賠上一條腿。

心理上，我已經原諒了海明威，這不是他的錯。強健的體格與純熟的技術不過只是幻想而已。海明威在真實生活中也是個笨蛋，一次世界大戰時，他被炮彈打中，引發靈感寫出《戰地春夢》。不過日後的有生之年，還是經常令自己和他人陷入危難。不但在西班牙的奔牛節中和牛群競賽，差點送了他的老命，又在巴黎的拳擊賽中，被臃腫但身手靈活的加拿大作家莫里卡拉漢打得暈頭轉向，不過這次在旁胡亂計時的史考特費茲傑羅幫了倒忙，任何有腦袋的人都不會選擇費茲傑羅來幹這事。[2]

二次世界大戰期間，他和「惡棍工廠」的酒伴們由古巴出海[3]，除了該追殺的德國潛艇很安全外，每個人都身陷險境。陸軍部門盡可能地讓他遠離歐洲，但是他一旦涉足戰場，他就利用士兵的身分，踏遍整個法國北濱，還捲入紛爭，一位好心的將軍不得不將他抽離戰場（而海明威以他曖昧不清的方式報答他，讓他成為他的戰後小說《渡河入林》中的主角，這本書是他著名的失敗之作）。而後他曾在叢林大火中被灼傷，一九四五年又遇上車禍膝蓋碎裂，此外在非洲狩獵時，還歷經兩次飛機失事，此後未曾從這次災難中痊癒。

一九二八年三月，當時他住在我家轉角的福祿路（rue Ferou）上，他經歷了一場沒有生命危險的典型意外事件。當時他在丁哥酒吧喝了一晚的酒，跌跌撞撞地跑進廁所內，廁所的水箱裝在高處，他拉錯了鐵鍊，天窗落下來砸到他的頭。詩人亞奇博德[4]用衛生紙包在他的頭上，開車載他去納伊（Neuilly）的美國醫院，他們在他的傷口上縫了九針。接下來的那個星期，看到他面帶微笑，頭上纏著紗布像個傷兵一樣，站在莎士比亞書屋門前接受拍照，你會以為

海明威與雪維亞畢奇（右二）及員工

他是赤手空拳跟一群武裝士兵搏鬥，然後掛傷歸來。無論如何，海明威的生活方式，如同一位評論家用鬥牛來形容他：和那些蠻牛非常類似。

我們家的街道盡頭與聖日耳曼大道接軌，通常是這個地區最熱鬧的地方，但是今天所有的咖啡館與餐廳全都歇業無人。轉角的銀行，包括提款機，全都亮起了紅燈，現款一個晚上全部被提光，因為所有員工，包括運鈔的工作人員也全部休假，所以要等到下個星期才會再度回復正常。地鐵的一些路線還在行駛中，但是乘客稀少，而且售票口沒有員工，你只能從機器中買票，在票口打卡，自己找路到月台上。未來不只是聖誕節，很快地全年度地鐵都會自動化，新的路線沒有駕駛員，電腦控制所有門的開關，將乘客全部包在尖端科技內送達目的地。

我走到半路，停在交通大道上，平常這個時候過往的車輛一定早已將我壓扁，但是現在這條大道上視野所見的每一個方向，儘管至少五條街口之遠的號誌燈都是綠的，可是沒有一輛車在動。大雪紛飛，柔化了建築物的線條，氣氛迷濛，也浸潤了周邊的色彩，留下一幅畫家惠斯勒筆下縹緲的景緻。舉目所見，這條大道上一排排六層樓的建築，整齊精巧的陽台，在我心中融合著理性與知性之美。讓其他的遊客徜徉在聖母院、聖敘爾比斯教堂（Saint

Sulpice）、羅馬的聖彼得大教堂，或是劍橋大學的國王學院教堂，去領略更崇高的教誨吧！

我的聖殿在這裡！

三十分鐘過後，我垂頭喪氣地回到家裡。

「都關門了。」我說著，抖去帽子上的雪花。

「那現在怎麼辦？」

這個時候，我的腦中靈光一閃，念頭來了。

通常要打開罐口，我們會將熱水淋在蓋子上，蓋子會膨脹，容易開啟。所以如果把門鎖內部圓心加熱的話，它就會膨脹鬆開鑰匙，這不是很簡單嗎？

我們沒有火把，但是我有一個瓦斯火把，用來在焦糖布丁上燒化糖，於是我將它點上火焰，見它滿意地咆哮，發出湛藍色的火光。

「不會把東西燒起來吧？」瑪莉懷疑地說。

「會燒到什麼？鎖是鋼做的！」

一邊拿著火炬迎向門鎖，一邊用老虎鉗夾著鑰匙往外拉，這樣一旦鎖心膨脹，我就可以把鑰匙拉出來。

事情並沒有如我所願。

這個鋼鎖顯然不是用鋼做的，沒有膨脹擴張，反而燒軟塌陷，像是沒有發好的餡餅。而且不只是鎖，整個鎖芯都塌陷下來，而鑰匙還在裡面，留下一個冒著黑煙的畸形洞口。

海明威寫過：「一個男人可以被摧毀，但是不能被擊敗。」那麼有關自作聰明的笨蛋呢？一時之間，還真想不起有關這個的描寫。

一個小時過後，我站在空蕩蕩的公寓內，手中捧著一杯咖啡，盯著外面白雪皚皚的屋頂發呆。

瑪莉開車上路去李奇堡，帶著我們已經準備好的食物。至於要如何烹調那隻鵝，只好看著辦了。

至於那把鎖，還是瑪莉出的主意，那是我們萬不得已的解決辦法。

「冰箱上有張名片。」

我們都有這種名片，上面標明：「應急號碼」。每隔幾個禮拜，這些名片都會出現在門前的地氈上，都是一些緊急時刻的電話號碼：救護車、消防隊、醫院。乍看之下，好像是一般用途，再往下看，特殊狀況的服務就出現了。「馬桶不通？」接著是「解毒熱線」，「漏水」，「沒電」，還有「門鎖不開？」每一張名片都保證立刻服務。但是沒有人會撥打這些二十四小時的服務電話，無論是裝玻璃的工人、水管工或是鎖匠，他們的要價是天價。在法國，或許世界上其他地方也是如此，雇請這些殺人鯨，不啻聲明你是個徹頭徹尾的傻蛋，套句巴黎的俗話說，是個 plouc。

撥打著電話號碼，我心想說不定是電話答錄機，或許會要我們一月再回電。但是沒想到才響第二聲，就有人接起電話，而且保證會在一個小時內抵達這裡。

等待的時刻，我回想起法國之前居住的加州，這種事情如果發生在那個地方，我的鄰居十分鐘之內就有辦法解決這件事。美國能讓我懷念的事情不多，但是美國人的手藝技巧是一件讓我十分懷念的事：神奇的「美國優良傳統技能」。

這項傳統的基礎就是技藝課程，我不知道技藝課程的內容，只知道如果你很擅長技藝的話，代表你對其他什麼東西都不懂。可是無論是我所生長的澳洲，或是我居住了很多年的英國，學校裡都沒有這麼實際的課程。（可想見的，那些英國和澳洲的男學生們應該是從其他的地方學到這些手藝的。我以為學校裡的硬漢們在課間休息的時候，只會躲在洗手間後面抽菸，或者比較自己那話兒的大小，或許他們真的在交換有關如何切割榫頭，或是修理排水管的技藝。）由於有了這種課程，在美國開車的人多半會攜帶電線，或是備用的風扇皮帶。工具箱對美國家庭來說，是他們的標準配備。

「他們不會用烹調火炬去熔化一把鎖。」我對史考蒂說。牠喵的一聲，磨蹭我的腿，或許牠只是想吃東西，但是我寧願相信這是一份安慰。

年輕的羅伯佛洛斯特

1 羅伯佛洛斯特：Robert Frost（1874－1963），可能是二十世紀美國最著名的詩人，他的詩文用字簡單而意象豐富，深受大眾喜愛，這首詩作〈火與冰〉正是如此，以火形容人的欲念，冰則形容冷漠疏離等情緒。佛洛斯特人生坎坷，早年喪父，中年喪子，晚年喪妻，對人生的體會都反映在他的詩句中。他曾獲得四次普立茲獎，以及美國國會頒發給平民最高等的金質獎章。一九六三年去世時，名詩人余光中先生曾寫過一篇精采的文章紀念他。

2 海明威與卡拉漢的拳擊賽：在莫里卡拉漢的《在巴黎的那個夏天》書中記載了這件事。在費茲傑羅的慫恿下，卡拉漢與海明威於一九二九年在巴黎進行了一場拳擊賽，由費茲傑羅充當計時員。一般拳擊賽一局是三分鐘，等到海明威被擊倒在地時，費茲傑羅才驚呼：「啊！已經過了四分鐘。」海明威的回答是：「如果你想要看我被擊倒，直說無妨，別說你犯了個錯誤！」

3 惡棍工廠：Crook Factory，這是二次世界大戰時，海明威在古巴所組織的情報小組，以偵查敵人的情報人員為主，可是並不成功。於是海明威又突發奇想，將他的漁船偽裝成遊船，暗藏武器，以引誘德國潛艇浮出水面加以攻擊，但是依然毫無所獲。

4 亞奇博德：Archibald MacLeish（1892－1982），美國詩人與劇作家，他曾三度獲得普立茲獎，但是最大的成就來自身為美國國會圖書館館長，推動文化的貢獻。他年輕時曾移居巴黎，因而結識當時許多「失落的一代」藝文作家。

5
兩隻烤鵝

首先，抓住你的野兔。

——罐裝野兔食譜，伊莎貝拉比頓《家庭管理》，一八六一年[1]

車子裡又熱又悶，瀰漫著「四合一」油味外加嬌蘭香水味。汽油的味道來自我的小叔尚馬利的衣服，這輛車子就是他的，他的嗜好是組裝老式摩托車。汽油味跟著小叔，就如香水味跟著我的女兒露易絲和他的女兒愛麗絲，她們倆正坐在後座爭論不休。

雖然我的門鎖問題已被遠遠拋在身後，空氣中散發著善意、熱情、溫暖與快樂的聖誕氣息，可是迎面而來的狀況是，我們雖然沒有陷入那些「趁早行動以避免塞車」的車陣中，卻陷入那些「避免塞車而延後出發」的車陣中。

長長的車龍延伸在前方，每隔幾秒鐘，尚馬利的大拇指就會按著按鈕，讓車窗前的雨刷搖擺，刷去窗上的冰雪與泥水，以澄清視線，但是就在那幾秒鐘的光景內，我們所看到的不過是最近的車子裡，坐滿了和我們一樣無聊急躁的人。一個男人步履艱難地在車陣間穿梭，雙手插在口袋裡，低頭迎向即將快速惡化成暴風雪的氣候。難道是這位駕駛的馬達壞了嗎？還是急著找個地方尿尿？還是像我一樣，徘徊在這片荒涼的聖日爾曼大道上尋找鎖匠？

這一切發生在兩個小時之前嗎？

年輕的鎖匠一個小時內就抵達我家，一看到那火燒的門鎖就翻白眼，我還來不及說完，他就已經開始轉螺絲，卸下門鎖。

「這不算什麼！」他用簡單的英文說。他可能是西班牙人或是葡萄牙人，估計沒有任何法國人會在聖誕節的時候上門打擾他。「如果你關上……」他比了一個關門的手勢，「就不可能再打開這個鎖，所以有的人……你知道……為了要出來……」他比了一個拿斧頭砍的姿勢。看來我拿火炬燒鎖的行為，還沒有那麼蠢。

「你知道它為什麼沒辦法打開嗎？」

「當然知道！」他把門打開，指出門鎖鈑上的刮痕，「你看這裡……」，他思索法語當中「小偷」的字眼：「我想是 cambriolage ？」

顯然有人想破門而入，不過他們只破壞了門鎖，或許只是撬壞了鎖裡面的一小塊鐵片而已。

車內，我的手機響起，瑪莉杜來電。

「現在是什麼狀況？」

「他修好了！」

我沒說花了多少錢——超過兩千美元。而且他在工作的時候，還不停地接手機、抄地址，生意顯然好得很。難怪他會在聖誕節期間工作，說不定其餘的時間他都在巴哈馬度假呢！

「你們現在在哪裡？」她問。

黑暗中大雪紛飛，我毫無頭緒。「正在往李奇堡的路上，交通完蛋。」

「大家都到了，我們正在擺桌子，該怎麼辦？」

「如果要在夜半前吃烤鵝的話，就應該……」，我看看手錶，六點整。「現在就進烤箱！」

「可是我不會煮兩隻鵝。」

「沒有那麼難，其他的人會幫你！」就算我嘴巴上這樣說，其實我心裡很清楚這不太可能，我的岳父母連煮開水都會燒焦。「我可以用說的，教你怎麼做。」

瑪莉不安地問道：「鵝裡面不會還有……東西吧！」

（吉伯特謝爾頓在他《難以置信的詭異鬈毛兄弟》[2] 漫畫書中，描述一位很笨的兄弟，胖子佛萊迪烤一隻雞。

「這是一隻很棒的雞。」他的兄弟說。「你用什麼填料？」

「不需要填料，裡面不是空的。」佛萊迪說。）

「裡邊的內臟已經清乾淨了，我保證。」

「好吧，那我去拿張紙。」她說。

「幹什麼？」

「抄食譜呀！」

我真的開始擔心了。

不會做菜的人，總是對食譜充滿信心，以為只要有個食譜，剩下的事不過就是照本宣科而已。然而一本食譜就好像一部性愛手冊一樣：如果你需要查閱的話，就代表你做得不對。

「你不需要食譜，」我腦中飛快地搜尋任何可以讓她安心的字眼。「只要放進烤箱就好。」

「真的嗎？」我可以聽見她聲音中的疑問。

「把烤箱轉亮，鵝放進去，一個烤箱放一隻鵝，然後把門關起來。」

「但是……」

「就是這樣，相信我。」

「但是馬鈴薯該怎麼辦……」

「煮十分鐘，然後把它們放在鵝的肥肉下面。就是這麼簡單。」

「你確定我們不該等你……」

等到凌晨兩點再吃嗎？「當然不等。這些是傻瓜製品，照我的話去做沒錯，有問題再打電話給我，但是我想應該沒有問題。」

我把手機放回口袋中。

「有人知道任何有用的禱告嗎？」

結果當然都沒問題。

我們抵達李奇堡時，鵝已經可以從烤箱裡面拿出來了。在暴風雪中，卡在高速公路的車陣裡，用著快沒電池的手機指導一場晚宴，並不是最好的方法，但是我們成功了，證明了這樣也行。幸運的是鵝夠肥，所以油脂潤滑了肉質，沒有變柴或是烤焦。馬鈴薯也在鵝身下一吋厚的肥油中，烤得恰到好處。我們把鵝拿出來放在一旁，等著冷卻後再切，然後把胡蘿蔔以及菠菜泥放進烤箱加熱。餐桌上已經擺好用來品嘗鵝肝醬的餐盤，搭配一碟碟洋蔥蜜醬以及小紅莓醬，這是另一項美國發明的產品，悄悄通過了法國人對外國食品的偏見。瑪莉正忙著撬開伊夫派潘的生蠔，法國人對妥協與隨機而起的風範，一路照應著我們。

1 伊莎貝拉比頓：Isabella Beeton（1836 - 1865），據說是最早出版食譜書籍的廚藝與家務管理專家，《家庭管理》（Book of Household Management）一書超過一千頁，其中有九百頁都是食譜，因此又名《比頓太太食譜》（Mrs. Beeton's Cookbook）。

2 吉伯特謝爾頓：Gilbert Shelton（1940 - ），美國知名漫畫家，《難以置信的詭異鬈毛兄弟》（Fabulous Furry Freak Brothers）是他有名的地下漫畫著作，描寫三兄弟，除了抽大麻與吃東西之外，並無其他興趣。

6 好萊塢時刻

在迷霧般的一個十一月晚上八點，步入寂靜的城市，雙腳踏上蜿蜒的步道，越過草徑前行。雙手插在口袋裡，穿梭在沉默中，這是李奧納多米德先生最愛做的事。

——雷布萊德柏瑞[1]，〈步行者〉

死寂的夜晚，下著冰雪的風暴，坐在悶熱的車內，不是談話的時候，就連收音機也是一片沉默，專門播放爵士樂的電台 TSF 89.9 在收聽範圍內不斷地哀嚎，直到我們對偶爾傳來片片段段的邁爾斯或是柯川[2]的音樂厭煩為止，關上收音機，無事可做，只能讓思緒馳騁空中。

或許是因為坐在車內無法動彈的挫折感，使我想到步行。

剛抵達巴黎的時候，步行是件難以想像的事。居住在洛杉磯的兩年，使我深信利用步行去任何地方，不僅不切實際也不自然，甚至不合法。

在洛杉磯之前，我住在英國一個道地的東安吉利（East Anglian）村鎮，名為東伯格荷特（East Bergholt）。步行在這裡是一件很自然的事，每逢星期日，朋友和我會穿過屋後的田野，沿著鐵軌經過約翰康斯坦伯畫作《乾草車》[3]中的池塘，順著史陶爾河（River Stour）的曳船途徑，來到戴德鎮（Dedham）上一間叫作太陽的酒館。多年以後，我看見BBC的紀錄片中描寫這段路程是「三百年來英國生活中不可或缺的一部分」。我覺得真後悔，當初應該花更多心思在這上面。

就算不是週末，我也會走路，經常會走上一哩路去鎮中心，那裡有一間萬用商店，不但是座小型商場也兼郵局。拎著一袋雜貨，在回家的路上我也經常會到酒館裡喝上一杯啤酒，或是越過田野，拜訪繪圖師兼小說家詹姆斯布倫林恩[4]，他素來歡迎打擾，不需要任何藉口。他為安東尼鮑威爾[5]所寫的十二本《音樂時代之舞》系列小說繪製封面，令鮑威爾逗趣的疲勞轟炸似乎減輕了不少。

一九五九年時的雷布萊德柏瑞

偶爾我也會乘坐巴士到鄰近的大鎮柯爾雀斯特（Colchester），或者到曼寧樹鎮（Manningtree）的火車站搭火車到倫敦，去拜訪我的經紀人，或是為BBC評論書籍或電影，我以為到了加州還可以繼續過這樣的日子。

我錯了。

其實雷布萊德柏瑞一九五一年的短篇小說〈步行者〉，應該讓我有所警惕。故事的背景設定在未來的洛杉磯，沒有任何人步行，更別說是在夜晚。到了晚上，他們瑟縮在一起，躲在鎖上的家門背後，並不是因為恐懼，而是習慣使然。有一個人挑戰這項作為，穿過一家家拉下百葉窗的房舍，他是這樣描述那些房門背後的世界：「像墳墓一樣，映照在電視蒼白的光芒下，人們像死了一樣呆坐在那裡，灰色或其他顏色的光芒觸摸著他們的臉龐，但是並沒有真正地觸摸到他們。」

一天晚上一部機器警車停在他的身邊。

「你在外面幹什麼？」它問。

「走路，就是走路！」

「走去哪裡？為什麼？」

「邊走邊看，邊走邊呼吸空氣。」

這種回答直接定了他的罪，只有瘋子才會享受走路，他馬上被押解到「心理退化症狀研究中心」接受洗腦。

我住在洛杉磯老兵路（Veteran Avenue），這是一條又長又安靜的大道，矮層公寓樓房的末端是加州大學洛杉磯分校，學校旁邊是占地平方英里大小，商店、電影院、教堂及市場雲集，當地人稱之為西塢村（Westwood Village）的地方。不過我認為村落就是村落，無論是位於洛杉磯或是薩福克（Suffolk），如果以距離來衡量的話，走到東伯格荷特商店，和走到西塢村的距離是一樣的。

於是剛抵達不久，一個秋日的午後，我就踏上了步行之旅。

完全不是那麼回事。

在東伯格荷特，特別是在外緣地區，房屋通常零散分立，甚至獨棟孤立，以大片叢林分開彼此，無怪乎英國小鎮通常是發生謀殺懸案最佳據點。就算如此，每當我步行的時候，總會遇見另一位步行者，或是正在修剪樹籬的男人，雖然我們互不相識，但是總會彼此點點頭，或是互道午安。

但是在洛杉磯，在這個街道兩旁公寓林立，應該毫無空屋的地方，我卻沒看見一個人影。更糟的是，我覺得一年中沒有幾個人曾經踏上過這條人行道，房屋前門如果開過的話，可能會看見中國餐館的傳單，超級市場的目錄飄揚在風中，經過太陽與雨水的洗禮發黃起皺。水泥石道間的細縫中長滿雜草，上面灰塵滿布，像是法老王的陵寢。往回一看，自己的腳印突顯在沙塵上。在那些修剪整齊的草坪後方，花床旁邊豎起清晰的標示牌。在英國，那上面可能寫著「秋海棠植物」或是「芍藥牡丹」。這裡卻寫著：警告！使用高科技武裝防衛！

第一次在這裡步行，我徒步走到西塢村，然後坐巴士回來。過後不久，當英國劇作家特洛伊甘乃迪馬丁[6]宣稱他將「永久地離開這個該死的地方」並要賣他的車時，我立刻把握機會，心中的電影神經對於能夠駕駛這輛「迷你寶馬」（Mini Cooper）非常興奮。他曾經寫過電影《偷天換日》的經典飛車追逐場面，我幻想這輛小車曾經在杜林（Turin）市內瘋狂追逐。不過最主要的原因，還是我想逃離洛杉磯的人行道，做個步行者讓我快要抓狂。

可是這裡是好萊塢，這場交易談判的時間，簡直可以重新拍攝《亂世佳人》這部電影。最後他終於同意，不過在他離開前的最後一個星期，他已搬出公寓，住進製片朋友位於市區的家中，因為他已訂好早班飛機飛往紐約，然後續航去倫敦，所以當天他需要開車前往機場。我們約好由我搭乘計程車去他朋友的家中接他，送他去機場後，就可以把車留下來。

在遍地都是私家車的洛杉磯，計程車並不多見，特別是凌晨四點。漆黑的夜晚前來接我的司機，從頭到尾豎起塑膠防彈隔板，還從後視鏡中不斷對我投以多疑的眼光。我們的車停在特洛伊給我的地址門前，大燈照耀著石塊圍起的入口鐵門，後面是一條車道，直接延伸至房宅，顯然這是一位有錢的製片人，也有可能他只是利用信用卡，維持光鮮的外表形象。加州的信用額度幾乎無止無境，日落大道上豎立著一塊特殊的廣告招牌，上面寫道：你可以用這張卡看電影——或者拍電影。

車道的寬度，區分了主宅與客宅，特洛伊住在客宅中。

「就在這裡等。」我告訴司機：「我的朋友會出來。」

他關掉引擎留下頭燈，一片寧靜寒冷中，只有引擎發出的咔咔聲。

幾秒鐘過後，豪宅的大門打開，特洛伊走了出來，手上拿著一包盥洗袋，還有一條毛巾，其餘部分完全赤裸，身上冒著蒸汽水滴，全身通紅得像隻剛煮熟的蝦子，他踮著腳走過車道，在我們的大燈前停下看著我們，給我們一個「很快就好」的手勢。

只要動腦筋想想，就不難了解——他的淋浴設備壞了，所以必須用主宅內的。但是司機卻不這樣想，他毫不遲疑。

「五十塊！」他的聲音慌張失措。

我才把鈔票從安全隔板下很困難地塞給他，車鎖立即翹起。轉眼間，我就孤獨地站在外面，望著他的尾燈消失在黑暗的夜色中。

這就是我的好萊塢式體驗，新來乍到的人揚棄舊有的習性，以好萊塢樣板劇本中所描述的洛杉磯式情境角色重新出現，這些倖存的人彼此交換心得，宛如戰爭中的故事。寫過《雲樓》與《情迷洛杉磯》的理查雷納[7]，一九九二年剛從倫敦搬來這裡時，正置身洛杉磯暴動的混亂狀態中，當時的文學雜誌《格蘭塔》的編輯比爾布福[8]打電話給他：

「趕快來這裡，我要第一手消息。」他下令道。

看著電視上暴徒們焚燒以及搶劫的畫面，雷納說：「你要讓我去送死嗎？」

布福想也沒想地說：「不是叫你去死，受傷就可以了。」他說。

孤獨地站在洛杉磯高級住宅區貝萊爾（Bel Air）的夜空下，輪胎的燃燒味混合著夜晚散發的茉莉香味，我感受到同樣的沮喪與威脅。

這種體驗有個統一的說法，通常還要配上搖搖頭，符合當時的心情說：

只有在洛杉磯才……

1 雷布萊德柏瑞：Ray Bradbury（1920 - 2012），著名的美國科幻懸疑小說作家，最為大眾所熟知的作品是《華氏四百五十一度》，描寫一個焚書的控制思想時代，法國導演並將之拍成經典電影。其他作品包括《火星記事》、《圖案人》、《十月國度》等等，均有中譯本，是二十世紀最具影響力的小說家之一。

2 邁爾斯，柯川：邁爾斯指的是 Buddy Miles（1947 - 2008），一九六〇年代美國著名藍調與 funk rock 鼓手；柯川是 John Coltrane（1926 - 1967）爵士薩克斯風大師。

3 約翰康斯坦伯：John Constable（1776 - 1837），英國風景畫家，他的畫作《乾草車》（The Hay Wain）完成於一八二一年，是他最重要的畫作，現存於倫敦國家畫廊。

4 詹姆斯布倫林恩：James Broom-Lynne（1916 - 1995），英國繪畫家與小說家，以設計並繪畫圖書封面著名。

5 安東尼鮑威爾：Anthony Powell（1905 - 2000），英國小說家，最著名的作品即是十二本《音樂時代之舞》（A Dance to the Music of Times），發表於一九五一年至一九七五年間。

6 特洛伊甘乃迪馬丁：Troy Kennedy-Martin（1932 - 2009），英國著名編劇，撰寫過的名劇包括英國電視劇 Edge Of Darkness，後來改編成電影《驚爆萬惡城》，以及電影《偷天換日》（The Italian Job），其中以數輛「迷你寶馬」所拍攝的飛車追逐場面，是這部電影著名的片段。

7 理查雷納：Richard Rayner，（1955 - ），英國作家，著名的作品包括《雲樓》（The Cloud Sketcher）與《情迷洛杉磯》（Los Angeles without a Map），後者於一九九八年被拍成電影。

8

文學雜誌《格蘭塔》：這家英國雜誌社以獨具慧眼，提拔新進作家著名，由英國劍橋的學生於十九世紀成立，以流經劍橋的康河（River Cam）的支流格蘭塔（Granta）河為名。比爾布福（Bill Buford，1955 - ），美國作家，曾出任《格蘭塔》雜誌的編輯達十六年之久。著有《惡棍之間》（Among the Thugs）這本書，記錄英國足球流氓的暴力行為。

7

海明威的鞋子

每當我工作完成，或是需要思考的時候，我喜歡沿著堤岸走路。總在走路行事，或是觀望他人行事自如的時候容易思考。

——海明威，《流動的饗宴》1

工作中的海明威

經過洛杉磯對步行的恐慌訓練後，是我的巴黎醫生讓我重回腳下。

「你有做任何運動嗎？」她問。

我停下扣襯衫的動作，想了很長的一段時間，才把手伸給她看。

「我經常咬手指甲。」

她低下頭，魚一樣的眼睛從眼鏡上方瞧我，法國人不是愛笑的民族，我的醫生奧狄麗更不愛笑。有趣的是，「看診態度」（bedside manner）這句話在法國語言中沒有相應的字眼，在孰輕孰重的醫務事項中，「讓病人放心，將他們的恐懼減到最低」這件事，還排在「選擇候診室的拉帘布料」後面。

「依你的年紀來看，你的健康狀況不算差。」她結論道：「不過你應該做些運動。」

「我不喜歡競賽。」

求學期間強迫下午做運動的回憶迅速湧上心頭，永無止盡的板球賽或是橄欖球賽進行的時候，總會站在外野做白日夢。不過就像各種運動一樣，粗野的暴力和沉悶的拉扯不時會交相出現，所以也沒有太多機會做白日夢。多年以後，閱讀麥克赫爾[2]在他的越南回憶錄《派遣》中，界定這些比賽的性質基本上和戰爭一樣，我才了解學校運動比賽的潛在意識，對威靈頓公爵認為「滑鐵盧之役勝在伊頓中學的比賽場上」[3]這句話，不再感到毫無道理。

「加入運動俱樂部（*club sportif*）吧！」奧狄麗建議。

「這樣更糟！」所謂的運動俱樂部就是巴黎人對「健身房」的稱呼。他人的經驗告訴我這毫無用處。亞當高普尼克代表《紐約客》雜誌駐守巴黎時，也曾進過健身房，當時很多健身器材還沒有架設，而架設好的器材也不見得經常能用，健身房也不提供毛巾，接待員解釋說這種服務：「可以預見。」簡單的說就是或許未來會有。不過他們還是送了他一項禮物，以示歡迎，也反映出巴黎人對於健康的概念——一盒松露巧克力。

我把戰場推回敵方，問她：「那你運動嗎？」

她眼也不眨地說：「從大學以後我的體重就沒變過，血壓也一樣，如果這些數字是我的……」她用指甲輕敲著電腦螢幕，「……我或許會去跑馬拉松。」

就當是妥協吧，我用走的穿過蓋呂薩克街（rue GayLussac）與蘇福洛路（rue Sufflot），沒有搭巴士。

於是我第一次注意到經過我身旁的巴黎人，個個直挺瘦削，幾乎看不見一絲肥肉，他們輕盈地從我身邊飄過，看起來都非常健康，同可頌、鵝肝醬、炸馬鈴薯、牛排、紅酒和乳酪一樣的健康。

他們是怎麼做到的呢？

回頭看看我們這些來自英語系國家的外國人，個個蒼白駝背，肌肉下垂，體格完全變形——我們是藝文生活的悲哀廣告。不過稍感安慰的是，前人的體格狀態比我們還糟，葛楚史坦茵，感謝她的伴侶愛麗絲精湛的廚藝，長年都過重，史考特費茲傑羅與太太賽爾妲也無分軒輊，至於亨利米勒[4]，就算他做過任何運動，也不過是和不同的妓女在床上廝混。一直在移動中的喬伊斯，走到哪裡都搭乘計程車，還是別人出的錢。

不過，有一個人，單憑他一個人就足以平衡那些臃腫的藝文之士加在一起的重量，就是海明威。

一九二〇年代期間，當他還住在護牆廣場（Place de la Contrescarpe）的時候，經常在人行道上步行，不難想像他現在也會如此。我可以感覺那輕巧但威武的拳擊腳步正從後面趕上我，握掌成拳，臂膀用力，呼吸沉重，微微出汗，一公里長的步行並沒有減損他的精力，腦中琢磨著——或許還在回味中午在荔浦餐廳（Brasserie Lipp）那頓啤酒還有馬鈴薯沙拉。

一九四〇年時的亨利米勒

然後他經過我身邊，留下皮革還有新鮮汗水的氣味，他的身形漸遠，老式斜紋外套腰身上的環帶，扣在緊繃的肌肉上，右邊的外套口袋中露出記事本，腦中儘是各種影像，密西根河流的鱒魚，鬥牛場上的沙塵與鮮血，我可以聽見他冷笑，宛如《妾似朝陽又照君》[5]中的比爾對主角傑克說：「你是個外國人，失去了對土地的感覺，變嬌貴了。虛假的歐洲標準已經毀了你，你把自己喝死，沉迷於性，所有時間都花在說話，而不是工作上。你是個外國人，了解嗎？你只會在咖啡館裡廝混。」

這時已不見他的蹤跡。他已穿過多明尼克街（rue Dominique），走過最後一段下坡道，來到陽光下噴灑出晶亮水珠的聖梅蒂西噴泉（Saint-Mdici），他的左邊是閃耀著一片青綠的盧森堡花園，他會在奧德翁劇院的廊柱下面，駐足瀏覽露天舊書攤，之後穿過奧德翁廣場，步入奧德翁路，往下走到木頭招牌掛到人行道上的小店鋪，莎士比亞大師清醒的臉龐迎面而來……

我想，海明威，我需要你的鞋子。

1 《流動的饗宴》：A Movable Feast，海明威對於巴黎生活的回憶錄，出版於他過世後三年，由他的手稿與紀事片段集結而成。裡面提到當時在巴黎的美國人與他在巴黎時常去的咖啡館，因此這些地方就成為後人前往巴黎的指標。這本書的書名出自海明威的描述，他對友人說：「如果你夠幸運，能在年輕時居住過巴黎，那麼今後無論你去哪裡，這份記憶將永遠跟隨著你，因為巴黎就是一場『流動的饗宴』。」

2 麥克赫爾：Michael Herr（1940 - ），美國戰地記者與作家，最有名的作品即是《派遣》（Dispatches），被《紐約時報》譽為描寫越戰最傑出的書籍。導演柯波拉拍攝的《現代啟示錄》以及史丹利庫柏力克所拍攝的《金甲部隊》（Full Metal Jacket）其中的角色，即是根據本書的人物改編而成。

3 滑鐵盧之役勝在伊頓中學的比賽場上：The battle of Waterloo was won on the playing fields of Eton，這句話出自十九世紀的威靈頓公爵（Duke of Wellington），原意是指運動場上所培養出的競賽精神，並非特別指伊頓（Eton）這所貴族中學。

4 亨利米勒：Henry Miller（1891 - 1980），二十世紀美國最富爭議的作家，半自傳體式的文學作品如《北回歸線》、《南回歸線》以大膽描述情慾著名，曾一度被禁，直到一九六一年才解禁。他曾說自己的作品寫的都是自己的經驗，無論評論是好是壞，他的作品是忠實誠懇；赤裸裸地描述他的所見所思。

5 《妾似朝陽又照君》：The Sun Also Rises 是海明威一九二六年出版的作品，故事主角是居住在巴黎的美國人，他從巴黎到潘普洛納參加當地舉辦的奔牛節，不過卻捲入一段男女糾纏的複雜關係中。

8

海明威的真誠

經過公園區末端的聖米歇爾大道，轉出聖日爾曼大道後往上走回家，這條路上，「莎士比亞書屋」在右手邊，莫尼耶的「愛書人之家」在左手邊，心情起伏宛如朝盡頭劇院奔去的人潮。然而這是為穿越夢之門而感歎——可是哪邊是象牙，哪邊又是牛角呢？這兩位難得的摯友可能都不會接受這種二分法，何必呢？

不過，這一切對這位迷惘的年輕律師來說已經足夠，置身在這個多采多姿的偉大時代中，站在河邊吹來的寒風裡，從街的這頭望過街的那頭，告訴自己，安德烈紀德星期四曾經出現在這裡，喬伊斯星期一曾經出現在那裡。

——阿爾芒拉努，《二〇年代的巴黎》[1] 引述亞奇博德的話

住在巴黎的人，最後總是會花很多的時間在走路上，而且如果你和我們一樣，住在巴黎

二十區（arrondissment）中的第六區，更是如此。

第六區是巴黎的格林威治村，也是蘇活區，歷史或文學人物不只是零星地散布在街上而已，多到需要翻山越嶺才能鑽過他們。一九一八到一九三五年間，如果你站在波納帕特街（rue Bonaparte）以及聖日耳曼大道的轉角的話，雙叟（Deux Magots）咖啡館就在你的身後，你會遇見史考特費茲傑羅與太太賽爾妲、史坦茵與愛麗絲托克拉絲、薩爾瓦多達利、畢卡索、朱娜巴恩斯、雪維亞畢奇、威廉福克納、路易斯布紐爾、曼雷、喬瑟芬貝克、喬伊斯、愛德華康明斯、威廉卡洛斯[2]等人，恐怕還有更多。時至今日，這裡已經成為巴黎市中心最昂貴的地段，一平方米大約只能放一張搖椅，要價一萬五千美金。但是在一九二二年間，誠如海明威在《君子》（Esquire）雜誌裡所報導的：只要花上一千美金，你可以在這裡生活一年，包含房

達利與曼雷

租以及飲食等所有費用。

一九一八年，海明威曾以傷兵的身分短居巴黎，一九二一年又以加拿大報社記者的身分回到巴黎，而後七年間，他在巴黎左岸住過幾個不同的地方，寫下奠定他在文壇美譽的小說以及短篇故事。他經常走訪我們這棟建築，也經常在我們現在還去的餐廳用餐，甚至還認識相同的人，難怪第六區這麼吸引我。

我和大家一樣，被《流動的饗宴》深深吸引，書中所刻劃的波西米亞天堂，居住著少數幾位可愛的外國人，頗受當地人敬重，不過所謂的當地人，大多是書中提到的酒保或妓女。閱讀亨利米勒的回憶錄，雪維亞畢奇的《莎士比亞書屋》，莫里卡拉漢的《在巴黎的那個夏天》，或是另一位加拿大作家約翰格拉斯科的《蒙帕納斯回憶錄》[3]，你幾乎會以為只有外國人住在那裡。他們稱第六區為「那一區」，像是有一道城牆包圍著那個地方，宛如尚嘉賓主演的法國電影《逃犯貝貝》和美國人找查爾斯鮑育重拍的《海角遊魂》裡，躲在阿爾及利亞舊城區的主角所見的景象，當地的法律並不適用在他們身上[4]。

這類的回憶錄多半完成於二次世界大戰後的三十年間。距離產生美感，戰後的歐洲由於政治觀點的不同，造成貧窮與分裂，很容易使畢奇、米勒，特別是海明威，懷念過去的太陽比較溫暖，言談比較睿智，酒飲比較強勁，女人比較漂亮，城市比較乾淨，比較真誠，也比

雪維亞畢奇在莎士比亞書屋內

較無邪。海明威寫道：「春天來臨，就算是假的，也沒有關係，重要的是去哪裡玩，只有人才會糟蹋生活，如果你能想辦法避免事先安排任何事情，那每天都將無止無盡，大多數人都是快樂的絆腳石，只有極少數人才會和春天一樣美好。」

書中所謂的「極少數人」才是最重要的。史考特費茲傑羅在他富有的朋友莫非位於安蒂布的別墅中表現不良，他們正式拒絕讓他入門一星期。他們訂出刑期，像判青少年禁足家中，已經算是夠糟的處罰，更糟的是，當他的刑期屆滿後，又像個沒事人一樣，再度回到他們的圈子中。

再拿海明威「解放」奧德翁路的著名事件來說。

一九四四年七月，德軍離棄巴黎之後，聯軍的步履還沒進入，他們禮讓戴高樂將軍，由他率領法軍先行進入香榭麗舍大道凱旋遊行。當他的隨扈隊伍經過蒙帕納斯時，作家里昂艾德爾[5]寫下那些著名的「圓頂」（Le Dôme）、「穹頂」（La coupole），還有用木板護牆的「圓亭」（La Rotonde）等咖啡廳，被毀壞的情景：「穿過玻璃窗看去是另一個時空，桌椅宛如遭遇地震後凌亂堆砌。往下走到蒙帕納斯車站，身著草綠色制服的納粹部隊，在驚恐沮喪中就地投降。七月的暮色，恍若逝去的歷史光景，這份景象，這種時刻，遠比任何小說都要奇特。」

海明威繞過蒙帕納斯直接來到奧德翁路，在他重回美國，前往古巴，取得名聲前，挽回一些記憶中的巴黎。以下是畢奇的回憶：

> 一排吉普車開入街內，停在我家門前，我聽見一個深沉的聲音呼喊：雪維亞！街上的每一個人都可以聽見他的呼叫。「那是海明威，那是海明威。」莫尼耶哭泣道。我飛奔下樓，我們兩個撞在一起，他高興地抱起我轉圈親吻，街上的人還有窗前的人歡呼叫好，他穿著戰服，骯髒帶血，機關槍鏗啷丟在地上，他向莫尼耶要了一塊肥皂，她給了他最後一塊蛋糕。

很溫馨的描述，不過可惜的是，大部分是杜撰的。我搬到奧德翁路後，一樓的鄰居，八十多歲的曼德琳狄修女士，對那一天的情景，還記得很清楚，不過不是畢奇筆下所描寫的過程。一九四四年，她還是少女的時候，在一樓的窗口親眼目睹軍隊抵達他們的街上。海明威並沒有大聲呼叫雪維亞。反而很理性的呼喚著曼德琳，問她樓上是否有任何德軍，她說他們都已經逃走了，等她步出居所大門，走到樓梯邊上時，一支風塵僕僕的隊伍早已擠滿廳堂，大部分是年輕的攝影師還有記者們。

在曼德琳的記憶中，海明威並沒有跑上樓來，反而是莫尼耶下樓去迎接他，另外差人去雪維亞畢奇居住的地方找她，莫尼耶自從一九三七年與年輕的攝影師吉賽爾芙倫德[6]相戀後，還沒有與畢奇同住在奧德翁路的公寓內。莫尼耶要求海明威在公寓內等候畢奇。海明威把她拉到一旁，靠在漆成綠色，直到今天還在運作的電暖器旁。

「只要告訴我一件事，」曼德琳聽見他低聲說道：「雪維亞沒有跟他們合作，對嗎？」

這是坦誠相對的時刻，在看似強勢的外表下，年少的海明威陰晴不定的心內，依然對那些「極少數人」的想法非常執著。

1 阿爾芒拉努：Armand Lanoux（1913 - 1983），法國作家，這是他在《二〇年代的巴黎》（Paris in the Twenties）中引述美國詩人兼國會圖書館長亞奇博德（Archibald Macleish）的話。其中所提到的「莎士比亞書屋」與「愛書人之家」（Amis des Livres）分別由美國人雪維亞畢奇，與她的伴侶法國女詩人亞德里安納莫尼耶所開設，是兩間一九二〇年代著名的文人書店，位於奧德翁路上左右兩邊，直走到底就是著名的「奧德翁劇院」。象牙與牛角之門，是文學意象中區分真實與虛幻的大門，經過牛角之門，夢境就會應驗，經過象牙之門，則是幻夢一場，原句出自希臘語。

2 本段文字中所提及的人物：

- 薩爾瓦多達利：Salvado Dali（1904 - 1989），西班牙最著名的超現實主義畫家。他的藝術內容、行事風格，甚至外在裝扮都異常鮮明，同時影響深遠。除了他的藝術成就外，他與終身伴侶蓋拉（Gala）之間長達五十餘年的婚姻與事業、啟發與包容並行的事蹟也是藝術家中少見的例子。
- 朱娜巴恩斯：Djuna Barnes（1892 - 1982），一位早期被忽視的美國女作家，曾是一九二〇年代巴黎波西米亞式生活中的重要人物，主要作品為《夜林》（Nightwood），女同性戀的主題以及獨特的寫作手法，成為後來現代主義文學的獨特之作。
- 威廉福克納：William Faulkner（1897 - 1962），美國文學史上最具影響力的大師，一九四九年獲得諾貝爾文學獎。
- 路易斯布紐爾：Luis Buñuel（1900 - 1983），西班牙超現實主義電影大師，重要作品包括《青樓怨婦》（Belle de jour）和《安達魯之犬》（Un Chien Andalou）。
- 曼雷：Man Ray（1890 - 1976），美國當代攝影大師。原名為 Emmanuel Radnitzky，出生

於美國費城，擅長繪畫、電影、雕刻和攝影，是美國著名達達和超現實主義藝術家。

- 喬瑟芬貝克：Josephine Baker（1906 - 1975），一九三〇年代美國著名黑人影歌星，後移居法國成為公民，是首位在主流影片中擔綱演出的黑人女明星。
- 愛德華康明斯：E. E. Cummings（1894 - 1962），美國詩人劇作家。
- 威廉卡洛斯：William Carlos Williams（1883 - 1963），拉丁裔美國詩人作家，同時也是甚有成就的醫生。

3 約翰格拉斯科：John Glassco（1909 - 1981），加拿大詩人兼小說家，《蒙帕納斯回憶錄》（Memoirs of Montparnasse）出版於一九七〇年。

4 尚嘉賓：Jean Gabin（1904 - 1976），法國著名演員，《逃犯貝貝》（Pépé le Moko）即由他主演，描述逃犯貝貝藏匿在阿爾及利亞的「卡斯巴古城」（Algiers Casbah）內，警方對他無可奈何，後來利用他深愛的情人為餌，引誘他離開古城而被逮捕。這部電影後來重拍成美國版本《阿爾及利亞人》（Algiers），由查爾斯鮑育（Charles Boyer）主演。

5 里昂艾德爾：Leon Edel（1907 - 1997），美國文學評論家，對美國文學巨擘亨利詹姆斯（Henry James）的論述曾獲得普立茲獎。

6 吉賽爾芙倫德：Gisèle Freund（1908 - 2000），法國女攝影師兼作家，以拍攝紀實攝影與藝術家肖像著名，曾拍攝過百餘位文人與藝術家肖像。著作《攝影與社會》（Photographie et société）從社會學角度談攝影，影響深遠。

9

大道步行者

社會的各個階層中，總有不少人會滿腦子狂妄的假想，或是可悲地濫用法國語言，稱他們自己為「漫遊者」。完全不了解這是藝術的首要元素，我們會毫不猶豫地將它與音樂、舞蹈，甚至數學放在一起。

——路易育阿，〈漫遊者的生理〉1

法國王朝歷經了一個世紀以來的內亂困擾，到了一八六〇年代，拿破崙外甥——拿破崙三世非常害怕再次發生革命，可是從其他國家所經歷的動亂來看，該來的勢必要來。不過後來兩次世界大戰使法國免於內戰，革命並未發生，一直要到一九六八年，學生所領導的運動才造成威脅，這場動亂後來被尷尬地稱為事件，不過十九世紀的拿破崙將領們當然不可能知道後來這些事。

由於當時街道狹窄，房舍擁擠，部隊必須挨家挨戶堅壁清野，令他們疲於奔命，於是他們說服拿破崙建造寬敞大道，以連接王室各個部門，只要有任何風吹草動，立刻調動部隊、騎兵，甚至火器彈藥，方便快速。

拿破崙下令重建巴黎，這項任務便落在喬治豪斯曼頭上，雖然他並不是貴族，但是他喜歡人家稱他為豪斯曼「男爵」[2]，他做事向來不會半途而廢，在那些破舊的巷道中勾勒出林蔭大道的藍圖，並創造出環星（Etoile）的美妙景觀，十二顆星繞成一圈宛若旋轉木馬，中心地帶是一座高大的凱旋門石雕，莊嚴地聳立在大地上。

人行道兩旁的商鋪禁止向前拓寬門面，或是設立前廊，甚至限制每一棟新建築，只有第二層到六層的陽台，才能向外拓展寬度。最重要的是，建築的高度不能高於它所坐落的大道的寬度。單就這一個規定，國王的部隊不但能四通八達，暢行無阻，而且寬敞的人行道樹蔭林立，保證從早到晚，陽光都能充分地照射到每個角落。

比較早期革命時期的巴黎，與豪斯曼所建設的新興城市，那些古老彎曲狹窄的巷道，被大片寬敞的道路所取代，令人不禁對他所下的決定背後的邏輯與洞悉力所感動。他親自磋商許多工程合約，填滿許多人的荷包，包括他自己的，當然也樹立了不少敵人。許多窮人流落街頭無家可歸，整個古老與廉價的房舍一區區被毀，取而代之的是嶄新堅固乾淨的公寓建築，

豪斯曼男爵

使得先前居住在這裡的人無法負擔。但是因為有了人行道，人們容易重新步上街頭，靠步行抵達目的地，而不是騎馬或是坐馬車，過去不乾不淨的步行，反而成為一種適切的娛樂，一群新興的中產階級很快地蜂擁而入，塑造一個充滿美食、美酒、華服與娛樂的市場。革命從未發生，而土地所有權人則抱怨做生意的成本增加，因此一八七〇年拿破崙開除了豪斯曼。不過，豪斯曼活到一八九一年，眼見他所創造的世界，成為後來歐洲最亮麗的光環之一。

後來的人也企圖將自己的名字加入這頂光環中，結果不過是畫蛇添足而已。一九六〇年代，喬治龐畢度總統嘗試在城市裡建築高樓，只成功地建立一座蒙帕納斯大廈，巴黎唯一一座尷尬的城市高樓。密特朗總統在慎重考慮下，將他的紀念建築——國家圖書館的玻璃帷幕，建在位於城市邊緣的托比亞克（Tolbiac），至少巴黎人看不到它們。

戴高樂與龐畢度總統時代的文化部長安德烈馬勒侯[3]，則採取了比較簡潔的措施，與其介入城市的建築風貌，不如維持建築風貌，他通過一項法律，要求每一棟建築每十年至少要清理外牆一次。他對他的繼任者米戍雷（Edmond Michelet）說：「我傳給你一座白色的巴黎。」

如果巴黎的步行者心目中有英雄的話，應該是豪斯曼與馬勒侯。馬勒侯去世後，國家獻上最高的敬禮，將他的骨骸供奉在眾神殿（Panthéon）中，簡單的木製棺木並公開供人瞻仰一日，在旁守護的是賈克梅第的「步行者」[4]——一座真人大小雕像作品，修長的雙腿大步邁向未來。他是步行者之神。

有了乾淨、寬敞的街道，巴黎人開始步行，而且開始享受步行的快樂。他們甚至為這種行為創造了一個字，叫作flânerie（漫遊），從事這種行為的人就是flâneur（漫遊者）。

林蔭大道重塑了巴黎，如同高速公路重塑了洛杉磯。美國作家瓊蒂蒂安[5]曾對洛杉磯的道路系統，有以下的描述：

安德烈馬勒侯

> 任何人都可以在高速公路上「開車」，多數人都沒有開車本領還是照樣開，只會在這條路或那條路之間猶豫不決，無節奏地變換車道，一心只想著從哪裡來，往哪裡去。真正的參與者會身處當下，真正的參與是完全的臣服投降，精神集中的程度像是上癮，一名高速公路的癮君子。心靈純淨，讓節奏帶領，只有在意外發生的那一瞬間，時間才會失去正軌。

巴黎步行也需要這種節奏，導遊或指南書都喜歡安排行程，從A到B，但是漫遊者沒有這樣的行程。人行道就在那裡，無關目的地，可能會移動，也可能完全沒有行動。一個人可能只停留在一個地方，例如一間咖啡館，看著時間流逝。我請教過奇幻作家邁克摩爾庫克[6]，請他說出心目中「最美麗的巴黎步道」，他當時因為腳的原因以輪椅代步。他寄給我一張照片，裡面是他坐在盧森堡公園中，不過是一塊平方米大小的角落，地點選擇極佳，從那裡可以看見所有事物，已然足夠快樂。

在巴黎住了六年後，我才開始有這種感覺，一旦我的女兒露易絲上幼稚園後，我會牽著她去學校，先搭巴士，然後走上聖母院路（rue Notre Dame des Champs），海明威一度住在那裡，這條大道沿著蒙帕納斯斜坡蜿蜒向前，兩旁是公寓建築與學校，我們穿梭在苗條的青少年中間，他們抽著香菸互相交談，其他國家的男孩與女孩彷彿油和水一樣分隔兩邊，但在這裡性別混合，他們客氣地站到一邊讓我們通過，一位父親牽著小女孩的手：像是他們未來成年生活的寫照，先生與太太。

「再見爸爸……再見甜心。」把她交給修女後，我通常取道盧森堡公園回家。一個十一月的早晨，天空呈現宛如用鋅板砌成的巴黎屋頂般那種沉灰色，雨雪要來的前兆，我從阿薩斯街（rue d'Assas）進入花園，沒想到風雪竟從那個時刻開始。我轉過頭閃躲撲面的雪塵，寒風刺骨，經過百葉窗拉下的木偶戲院，以及空蕩無人的遊樂場，繞過沙坑，還有無人的警察崗哨，抵達寬石階最頂端的弧形欄杆，由此通往底下的花園，就在參議院（sénat）的後面。

那天早晨公園內所有的顏色都已褪去，剩下的景緻宛如一張柯特茲或是布列松[7]所拍攝的照片。公園內座椅空置，池塘中無人遊船，夏日花園內所熟悉的愉悅與休閒感覺不復存在，但是我卻興致高昂。巴黎真正的感覺，就像紫外線無法穿透玻璃一樣，消失在旅館房間內的雙重玻璃，或是遊覽巴士的車頂上。你必須用雙腿步行，冰冷的雙手插在口袋裡，圍巾圍在脖子上，心中想著熱騰騰的牛奶咖啡，才能體會。只是「出現」在一個地方和真正「身在」一個地方，是有差別的。

柯特茲一九二〇年作品《馬戲團》

1 路易育阿：Louis Huart，法國作家，原本研習法律，後來因撰寫系列巴黎生活而得名，〈漫遊者的生理〉（Physiologie de flâneur）刊出於一八四一年，主要描寫巴黎的漫遊者生態。

2 豪斯曼男爵：Georges Eugène Haussmann 又稱 Baron Haussmann（1809 - 1891），早期巴黎都市計畫設計師，在拿破崙三世的支持下，大力改造巴黎，開通道路，遷移住宅與建橋梁、下水道等工程，現今巴黎的規劃藍圖即源自他的設計。

3 安德烈馬勒侯：André Malraux（1901 - 1976），是一位非常值得介紹的法國政治家、文學家與冒險家。他高中都沒有畢業，就經常在報章雜誌發表文章，結識當時文藝界人士。二十歲出頭跑到中南半島竊取古物轉賣被抓，反而見識到殖民政府的貪瀆，因此創辦報紙揭發不公，並且出版小說，一九三三年以描寫中國國民黨與共產黨間「清黨」事件的小說《人的命運》（La Condition Humaine）獲得法國文學最高榮譽龔固爾獎。他周遊列國，了解國際情勢，倡導自由與正義。一九三六年他以個人身分，參加西班牙內戰，還跑去美國遊說政治人物支持反對獨裁的佛朗哥元帥。他在二戰快結束時才結識戴高樂，此後就一路支持這位法國總統，並在一九五九年出任法國第一任文化部長，對於文化古蹟的維護與發揚有很大的貢獻，經由這些貢獻，不僅讓世界見識到法國文化部的作用，也讓世人見識到文化的價值。

4 賈克梅第：Alberto Giacometti（1901 - 1966）著名瑞士雕塑家，這座真人大小的雕像「步行者」（L'Homme Qui Marche）是至今為止世界上最貴的銅雕，二〇一〇年在蘇富比拍賣會上賣出六千五百萬英鎊的高價。

5 瓊蒂蒂安：Joan Didion（1934 - ）美國作家，以文學性的新聞寫作手法著名，這類的新聞寫作統稱為「新文學報導」（New Journalism），以近似於小說式的手法報導事件，透過作者的文字還原事情真相，因此作者的主觀意識十分重要。二〇〇五年所出版的《奇想之年》（The Year Of Magical Thinking）是她至今為止最重要的作品，描述她一年之內遭受女兒生病，丈夫心臟病突發去世的心路歷程。

6

邁克摩爾庫克：Michael Moorcock（1939 - ），英國科幻小說作家，至今最著名的著作為《梅尼波恩的艾爾瑞克》（Elric of Melnibone）系列作品共十餘冊。描寫幻想國度梅尼波恩中最後一位君王艾爾瑞克的故事。他的反英雄（anti-hero）人物與多重宇宙概念影響許多後來的科幻小說。

7

- 安德烈柯特茲：André Kertész（1894 - 1985），匈牙利攝影師，當代新聞攝影的啟蒙大師，攝影作品與有關攝影的文章影響後世極深。
- 布列松（Henri Cartier-Bresson 1908 - 2004），法國攝影師，被尊為新聞攝影之父，他的攝影生涯帶領他周遊世界各地，拍攝各種政治與歷史事件，他在《決定瞬間》（The Decisive Moment）一書中曾說：「世界上每件事都有決定性的瞬間！」而攝影記者的任務就是捕捉這個瞬間，他的觀點視為新聞攝影的終極指標。

10 兇手的花園

花園，你豐盈的線條不受束縛，峰谷低垂，曲線柔軟，宛如女人的心思，通常愚蠢而惡毒，卻是令人沉迷的幻夢。

——路易阿拉貢[1]，《巴黎農民》

「步行是個好主意，你可以去盧森堡花園散步。」我把奧狄麗的建議告訴她後，瑪莉杜說。她看著我愁眉苦臉的表情：「盧森堡花園有什麼不好嗎？」

時光要回到從前的星期日下午，父母總會幫我們穿上最好的衣服，拖著我們到最近的公園綠地玩耍，對我們來說，就是雪梨的世紀公園（Centennial

路易阿拉貢

Park）。我一直到長大成人後才開始學會欣賞——還沒有到積極參與的地步——這個維多利亞時代留下的產物。花園小徑兩旁棕櫚林立，池塘邊緣蘆葦密布，憤怒的小鳥棲息在那裡爭執不休。澳洲的保守主義份子也在這裡發威，揮動著斧頭與鑿子，自律式地將希臘與羅馬運動員的雕像全部去勢，包含無花果樹葉在內。打從孩提時代開始，我就知道我的棲息地該是都市，腳下踩的該是柏油路，而不是草地。

不管怎麼說，第二天我們還是去盧森堡花園散步。

「這是瑪麗梅蒂西[2]的花園，」瑪莉說。對一位碩士論文探討文藝復興時期佛羅倫斯版畫家的女人來說，這股熱情的口吻一點也不意外。她把我的肩膀轉過去，讓我正對參議院那棟石砌的建築：「這是她的殿堂，佛羅倫斯彼提宮（Palazzo Pitti）的複製品。」

「但是彼提宮是個藝術畫廊，有東西可以看。」我對她說。

「這裡也有東西可以瞧。」

接下來的一個小時裡，我們就盯著這些東西瞧：噴泉、花床、遊艇池塘、兒童遊樂場、木偶劇院、蜜蜂養殖場、植物協會亭閣、網球設施、西洋棋台、滾球場，當然還有那座原始的自由女神雕像。我喜歡靠近音樂台邊的露天咖啡座，坐在那裡可以看書，品嘗小點，還可以把背轉過去什麼都不看。所以最終我認為：盧森堡公園也不過就是帶著法國風情的雪梨世紀公園。

然而葛蕾琴，鮮肉情婦，豬肉女詩人，改變了我的看法。

為了參加年度「古書展覽會」，一堆美國珍版書經銷商前來巴黎，帶著瘋狂的好客之心，我們邀請他們來我家共進晚餐。適逢多汁肥美的白蘆筍上市季節，於是開胃菜就選用水蒸白蘆筍搭配荷蘭醬。

海蒂拉瑪具有外貌與頭腦

最後一位客人到達後十分鐘，我還在廚房裡攪拌荷蘭醬。一陣香水味飄進廚房，跟著進來的是一位女士，腳踩驚人細高跟鞋，身穿粉紅洋裝配上黑蕾絲花邊，手持香檳，施施然走入廚房，一眼瞧見檸檬黃的醬料。

「這是什麼？」

她的黑髮向上盤起，鮮艷的粉紅色洋裝，襯托出皮膚的暗藍色調，看起來不像英語系國家的人，那是蘭妮萊芬斯坦或是海蒂拉瑪[3]才有的肌膚。她的語氣沙啞，帶著藝術歌曲般的節奏，彷彿在唱歌德的詩作〈迷孃〉：「你知道檸檬樹盛開於哪個地方嗎？」[4]

這般風情，再理智的頭腦也很難抗拒，我停下手中的動作，開始解釋：

「荷蘭醬。搭配蘆筍。」我舉起攪拌棒，醬料的黏液像條絲帶一樣流入碗中。「還不夠濃呢！」

還好她並沒有想要幫忙的意思，反而靠坐在桌子的邊緣，手裡拿著酒杯，擺出一副讓人欣賞的姿態。

「剛才一陣忙亂，我還沒有請教你的大名。」我說著，繼續動手攪拌。

「我叫葛蕾琴，我是……的情人。」她說。

她指的是客人之中最溫文儒雅的人物，一位美國經銷商，帶著自己的香檳酒前來，一種品牌不詳的酒，想必不單是最好的，也是最貴的。

「你也是圖書經銷商嗎？」

「曾經是，但是我現在是個藝術家。」

「畫家？雕塑家？還是電影製片？」

「你可以說我是……表演家？」她從情人帶來的酒瓶中重新倒酒，身軀往後靠，誘人的魅力絲毫不遜影星黛德麗[5]，如果這個時候她開口唱起〈再次墜入愛河〉這首歌的話，我恐怕也不會感到意外。

「我的新作品是在肉體上。」她說。

單是這句話，就足以讓我停下手中的動作。

「肉體？」

「至少是皮膚，在柏林……」

這可真是一個精采的故事。

瑪琳黛德麗的性感

幾年前她的丈夫拋棄了她，於是她選擇用鮮肉來表達她的憤怒，她用生豬肉拼出一個人體模型，再套上先生的西服，將這副人型帶到鄉間，擺在兩頭牛頭犬面前，一邊看著牠們撕碎形體，一邊拍攝。

「你這樣做嗎？」

「幾乎，但是豬肉，你知道，開始發出味道……不是很好，所以只完成了頭的部分……」

她停了下來，鼻子在空中嗅著：「什麼東西燒焦了？」

的確有東西燒焦了，那是我，聽她的故事聽到入迷，一邊往後退，退到了瓦斯爐邊，我的襯衫著火了。

第二天她打電話來。「哈囉，我是葛蕾琴，沒事吧？」

「不過是件襯衫，火並沒有燒到我。」我說。

「你跟我，咖啡，一起，好嗎？」

我們相約在盧森堡花園內的那家露天咖啡座上。

「我以為你會約在花神（Flore）咖啡館，或者至少是雙叟咖啡廳。」

「當然不會，那太……你們怎麼說的……資產階級？」

「這裡就不會嗎？」

她環顧四周，一排排漆成綠色的鐵椅，放在高大的樹蔭下。

「哦，不會，你沒感覺到什麼嗎？」

「什麼？」

「或許，戰爭的感覺？我想這裡曾經是德國空軍總部。」她對著參議院點頭道。

她說對了，納粹的高層將領們，無論是校長或是店主的兒子出身，在征服了各個國家後，都會貪婪的占據城堡。就像電影《北非諜影》（Cassablanca）中，首席領班招待德國演員康萊德所飾演的德國將領史特拉瑟就座時說：「我已經給了他最好的位置，他是德國人，無論如何都會據為己有的。」蓋世太保在巴黎占據了左岸最好的旅館魯特西亞（Lutetia）酒店，陸軍占據了可以俯瞰協和廣場的克里雍（Crillon）酒店。為了不讓他們專美於前，空軍司令胡果史特拉瑟拿下了盧森堡宮，他的頂頭上司，帝國大元帥赫爾曼戈林，經常前去拜訪他。納粹德國的聯勤部長亞伯特史佩爾曾酸溜溜地批評史特拉瑟：「司令喜歡奢華與風頭的程度僅次於他的頂頭上司，肥胖的程度也與他相當。」

葛蕾琴是對的，想到這些道路曾被那些穿著軍靴的士兵橫加霸占，的確不是滋味。參議院的邊門，一位年輕的女警腰間插著槍站在那裡，為什麼我以前沒有注意到？

「別忘了郎德狐。」葛蕾琴說。

我知道郎德狐（Henri Désiré Landru）事件，一九一四到一八年間他為了錢，謀殺了十名女子。其中一個女人的兒子懷疑是他所為後，他把那個兒子也給殺了，他所中意設陷埋伏的地點就是盧森堡公園。

他在《法國晨報》（France Matin）的廣告中布下陷阱：「四十三歲鰥夫，兩個小孩，收入優厚，老實可靠，環境優良，希望結識寡婦並以婚姻為目的。」這些細節多數是真的，郎德狐以販賣舊家具為生，兼行詐騙。默劇大師卓別林在電影《華杜先生》（Monsieur Verdoux）中，飾演一位郎德狐式的殺手，風流倜儻帶點玩世不恭，魅力十足。可是中年的戰爭寡婦不會要這種人，她們要找的是穩重、可靠，像郎德狐這樣的人物。他的個子矮小，前額圓禿，眉毛濃重，鬍鬚厚實深紅，使他看起來威武莊嚴，具有那些寡婦們所要的特質：一位實在的男人。當他邀請他的獵物到家中時，他從來不會招待她們任何挑逗性的飲料，不過是一杯馬德拉葡萄酒（Madeira）與一塊餅乾。紳士風範，舉止正確。

他的穿著也入情入理，講究細節，甚至連衣襟上絲帶的修整也不放過，這原本該是教育部成員佩帶的裝飾。作家路易阿拉貢對他的印象非常深刻，寫道：「可惜法庭沒有張貼告示，否則可以用斜體字清楚標示：無論在法庭或是城內，郎德狐先生的服飾皆出自最時髦的裁縫師之手。」作家尚考克多[6]甚至認為這位殺手非常新潮：「一般的情人把回憶用火燒盡：那些信件、花朵、手套、髮絲。於是何不乾脆把女人也給燒掉，不是更簡單省事嗎？」

「現在看起來很……普通，」說著，我看著那幾排桌椅，漆成綠色的販賣機，待在樹蔭下無聊的侍者。

「就是這樣才完美！」

我開始從她的眼光看事情：郎德狐一邊喝著薄荷水，一邊翻閱《巴黎晨報》，耐心等待。他的獵

郎德狐與他的犧牲者

物則站在門邊整理自己的頭髮，或徘徊在不遠處的樹蔭下，準備在身陷情網前先探虛實。

還有什麼地方比盧森堡花園更容易消除疑惑的呢？這裡不是偏遠的旅館，或是近郊的咖啡館。只是一座公園，情侶在此漫步，保母推著嬰兒車，管樂隊在台上演奏，還有一位老婦在收椅子的使用費。

他的計謀也非常傳統，甚至乏味。總是用同樣的廣告，吸引同樣的女人，允諾同樣的婚姻。然後一起去銀行開共同帳戶，女方把自己的積蓄，也就是嫁妝存入戶頭，所有的法國新娘都會帶著嫁妝步入婚姻。然後他會邀請女方到位於崗貝（Gambais）的鄉間別墅共度週末，這裡距離巴黎西邊六十哩路。到了星期一，他會一個人回來，清空他的銀行帳戶，把房子裡所有值錢的東西全部搬空，包括她的家具，都搬到他的倉庫裡，然後再度在《巴黎晨報》上登廣告。

有位朋友開始疑心，於是通知警方，但是郎德狐對所有的控訴一概否認，證據在哪裡？確實沒有出現任何屍體，郎德狐位於崗貝的鄰居曾提到，子夜時分郎德狐廚房爐灶內偶爾會傳出火燒的煙味，油煙的氣息瀰漫田野，但是在灰燼中並未找到任何屍骨，只找到用於女性內衣上的鐵鈕扣。

最後，是郎德狐的小氣出賣了他，他幫自己買了回程車票，但是只幫他的獵物購買單程車票，畢竟她們不會再回來。他可以對所有的指控自圓其說，唯獨這項細節無法解釋，於是一九二二年凡爾賽的斷頭台，斷送了他的回程車票。

崗貝的房舍依然在那裡，孤獨莊嚴地聳立在修剪整齊的樹籬後面，四周依然是那片過去整晚瀰漫著黑色煙霧的平坦曠野。李奇堡離這裡只有幾公里，所以我偶爾會經過這裡。開車經過的時候，我不禁懷疑，像他這樣一個男人，什麼會是他心目中最美麗的徒步之旅？是暗藏殺機鬼鬼祟祟地步步逼近毫不懷疑的寡婦？或是就連他這樣的兇手，徒步朝向盧森堡公園以及下一位目標邁進時，也會花點時間享受沿途風光，對過往孩童報以微笑，和作家阿拉貢一樣，將花園視為女人欣賞，並特別將這座花園據為己有，加以蹂躪乃至謀殺呢？

1 路易阿拉貢：Louis Aragon（1897-1982），法國詩人與小說家，直到十九歲才知道父親是位議員，而他的母親是父親的情婦。他早年參加達達主義和超現實主義文學運動，並支持共產主義，反對法西斯主義。二戰時期加入法國地下軍，寫出許多動人的愛國作品，後加入法國共產黨，並是法國龔固爾學院成員。除了他戰時的愛國作品與他的政治理念作品外，他的妻子，蘇聯作家艾爾莎，是他終身的靈感泉源，亞拉貢為她寫下許多情詩，是一對藝術文壇上少見的恩愛伴侶。法國流行音樂家曾將他的情詩改編成流行歌曲。

2 瑪麗梅蒂西：Marie de Medici（1576 - 1642），法國女王，嫁給法國波旁王朝創建者亨利四世，在亨利四世被刺身亡後，成為法國攝政女王，對宮廷內政介入極深，並大力支持藝術文化。

3
- 蘭妮萊芬斯坦：Leni Riefenstahl（1902 - 2003），德國著名女演員、導演兼攝影師，才華橫溢，對電影界、攝影界留下重要影響，但因為幫希特勒拍攝紀錄片而備受爭議，後轉拍海洋生物與運動紀錄片。
- 海蒂拉瑪：Hedy Lamarr（1914 - 2000），一九三〇年代知名的奧地利女演員，以性感偏黑的膚色與沙啞的嗓音風靡一時，她的生涯除了電影之外，最特別的是與作曲家喬治安泰爾共同發明跳頻（frequency hopping）通信技術，最初是為了躲避德軍對魚雷的偵查與干擾所發明的技術，卻成為現代無線通信展頻（spread spectrum）的基礎。本書第三十六章有較為清楚的描述。

4 歌德的詩作〈迷孃〉：這是十九世紀最著名的文學家與詩人歌德（Goethe）的作品〈你知道那地方嗎？〉，通稱為〈迷孃〉（Mignon），出自長篇《威廉麥斯特》（Wilhelm Meister）。貝多芬、舒曼、舒伯特、李斯特、伍爾夫等古典音樂大師均曾就這首詩譜成歌曲。

5 黛德麗：瑪琳黛德麗 Marlene Dietrich（1901 - 1992），一九三〇年代著名德裔美國影星，被美國電影學會選為百年來最偉大的女演員第九名。早年以《藍天使》一片走紅，後來因德國納粹上台而離開家鄉，去到美國後堅決反戰。從此不曾再回德國。她日常的中性裝扮，低沉音色成為當時女明星的異類，而銀幕上的她則是誘惑天使，冷艷性感。她在大戰期間翻唱的〈莉莉瑪蓮〉（Lili Marleen）一曲，成為敵我雙方共同流行的暢銷曲。

6 尚考克多：Jean Cocteau（1889 - 1963），考克多是一九二〇年代法國文藝界的領銜人物，也是一位真正的藝術家，一生行事不拘，浪漫開放，創意無限，創作許多不同類型的藝術，如小說、繪畫、設計、雕塑、劇作與前衛藝術。其中《詩人之血》（Blood Of A Poet）、《可怕父母》（Les Parents Terribles），以及所導演的電影《美女與野獸》（Beauty & The Beast）和《奧菲斯》（Orpheus）等為著名作品。
他特別喜歡神話傳說，曾說過：「歷史的真相最終成為謊言。而傳說雖是謊言，最終則成為歷史。」（History is facts which become lies in the end; legends are lies which become history in the end.）他也曾說過：「羅浮宮是個巨大的停屍間，人們是去那裡認屍。」
他逝世後墓碑上刻著：「我與你同在。」（Je reste avec vous.）

11 遊走四方的流浪客

澳洲是喜歡戶外活動的國家，人們走入屋內只是為了使用廁所，而且還是最近才有的事。

——巴利杭佛瑞[1]

就算洛杉磯的居住環境不足以令人抗拒步行，那在我成長的澳洲鄉間，距離也會令人卻步。

至少會令我卻步。

不過距離只是令雙腳遠離地面的原因之一，澳洲擁有世界上種類最多的致命動物、昆蟲及植物。虎鯊、牛蟻、河口鱷、毒蛇、水母、殺人蜂、吸血蝙蝠、有毒水果、向外生長的尖刺，絆腳的藤蔓、令人起疹子的花叢……各式各樣的東西生長在野外，隨時都能要了你的命。

我們自小就被警告避免走入草叢，那裡面有毒蛇盤據，毒性強烈，被咬上一口，不僅你會立即死亡，就連你的狗，還有你手中牽著的妹妹，甚至可能連開校車的女司機都難逃毒口。

活門蜘蛛或是漏斗蛛，會潛伏在地表下的暗道內，以偽裝的護蓋掩飾，伺機進攻你褲內的雙腿，老練的叢林客會在膝蓋下的小腿上綁著「線圈」（bowyangs），但是線圈並不能抵禦紅背蜘蛛的攻擊。這是一種豌豆大小的致命蜘蛛，近乎全黑的背上有一撇紅色。我們家位於鄉鎮的邊緣，最近才裝設下水道，廁所仍然設在戶外，「收糞的」（dunny man）一個星期會來幾次，這是古早時候留下來的習慣。紅背蜘蛛通常都會在這種戶外木製馬桶座下築巢，克萊夫詹姆士[2]曾提出警告，在這種情形下被咬到的人，通常只有五分鐘可活，麻煩的是止血帶該綁在那裡？

不是每一位澳洲人都和我一樣對戶外生活有所偏見。澳洲土著們遠離城市，以部落方式群居，定期的「走四方」（go walkabout）是他們的習俗。他們走過沙漠，以所能採集或是狩獵到的食物為生，以不為外界所知的方式和這片大地溝通，這是他們信仰的基礎。在白人之中，有一批游走整個澳洲內陸的流浪漢，又稱「背包漢」（swagmen），他們把所有東西捲在藍氈（bluey）內揹在背上（當地的俚語稱這種生活方式為「馱起藍氈」（humping the bluey），同名歌曲曾帶給美國人一些歡樂）。廣為人知的澳洲國民歌曲〈和我一起去流浪〉（Waltzing

Matilda），就是描寫一位「快樂的背包漢」隨遇而安的生活。這首歌裡他睡在小湖邊上，烤了一頭好羊（偷來的），結果被警察捉到，只好投水溺死。這種文化認同不是每個人都能接受，但是澳洲人喜歡不受拘束的流浪漢。

揹起藍氈的背包漢

這些背包漢偶爾會出現在我家後院乞討食物，由於我們住在城鎮的邊緣，有條趕牲畜行走、布滿蹄印的紅土道經過我家後門，所以比一般鄰居還常見到這些背包漢。他們通常會離開紅土道，脫下飽經風霜的帽子，禮貌地問：「女士，可以給我們些麵粉嗎？」

我的母親會拿一個紙袋裝些麵粉，而我們這些小鬼則會隔著紗門，好奇地打量著他們。有一次來了兩個人，其中一位是土著，這是我第一次見到土著。他穿著一件褪色的藍襯衫，燈芯絨長褲的膝蓋磨得很光滑，腳上什麼都沒穿，就算是這樣，看起來像是已經穿得很隆重。他的夥伴穿著一度很流行的斜紋外套，如今已破舊不堪並打上補丁。棉布背心的腋下汗水涔涔，已然變色。除此之外，腳上的靴子灰塵僕僕，磨損陳舊，看不出原來皮革的顏色，顯然已經在這條路上走過幾百，甚至幾千哩路。

雖然我那時候還是個小孩，他們的烹調方式令我很感興趣：「你們打算用麵粉做什麼？」我問。

那位白人面無表情地低頭看我。

「大餅（damper）。」他終於開口。

他帶著一種歐洲語言的喉音，難道他是因為戰爭的關係，被迫從歐洲移民來這裡的嗎？我父親曾經不屑地稱這一群人為「難民」（reffos），後來政府才重新稱他們為「新澳洲人」。

我知道這種大餅，麵包的一種，又像司康餅，用麵粉、鹽、水和發粉做成。

「怎麼做？」為了要解釋我的好奇心，我加了一句：「我的父親是麵包師傅。」

他停了好長一陣子才說：「把它們混在一起，然後放在灰燼裡烤。」

說話要費力氣，紅土道上遺世獨立太久，長久不說話語言也會退步，這可能是好幾個禮拜以來，他說的最多的一次。

我的母親過來，拉開門栓站在門內，手中還緊握著門把，把那袋麵粉和鹽遞過去。

「我還放了一點發粉，和麵粉混在一起。」

「謝謝你，女士。」他將紙袋放進口袋中，由於經常攜帶太多的東西，那些口袋已經被撐得變了形。

「但是怎麼做呢？」我繼續追問，我的眼睛掃過他們隨身攜帶的物品——捲起的鋪蓋，用電線權當提手的破舊鐵罐，罐身經過長年在野外燒水煮茶，已經被熏成深黑色，我沒有看見任何鍋碗可以揉麵粉或是烤麵包。他們怎麼能把所有的成分混在一起，捏成麵團呢？這種方式，我在父親的麵包房內看他做過千百遍。

「不要打擾這位先生。」我的母親說。

「沒有關係，女士。聰明的小孩。」那個男人說。

他蹲下來與我的視線等高，我聞到他口中呼出來的菸草臭味，隔著鐵門說話，像是一種告解式的私人對話。

「我們是這樣做的，孩子，這位傑克……」他朝著朋友歪歪頭：「把他的襯衫脫下來，臉朝向下橫躺，我就在他的背上製作麵包。」然後他對我眨一眨眼。

他直起身，手點著帽緣行禮：「謝謝你，女士，願老天保佑你。」

他們沿著後院小徑出了後門，踏上通往鎮外的紅土道，從頭到尾，那位黑人都沒有說一句話，甚至也沒意識到我們的存在。他們把後門關上後，我期待他們會放聲大笑，可是就算他們真的笑了，我也沒有聽見，不過我希望他知道我明白他是在開玩笑。

1 巴利杭佛瑞：Barry Humphries（1934 - ），澳洲諧星與作家，最著名的是在舞台上兩個極端的分身：一位是男扮女裝的Dame Edna Everage，打扮誇張言詞尖銳的上流女士，另一位是Les Patterson爵士，具攻擊嘲諷性的好色男。這兩個角色以及後來的著作與舞台劇，使他成為澳洲最著名的諧星之一。

2 克萊夫詹姆士：Clive James（1939 - ），澳洲詩人、作家與評論家，最有名的著作為自傳式的Unreliable Memoirs。他也在電視與電台主持評論性節目，並製作紀錄片。一九九三年的紀錄片《Fame In The 20th Century》拍攝八集，以世界名流為題，描述「名聲」的演變歷史，節目終結語：「空有成就而無名聲，生命可以很有意義，然而空有名聲毫無成就，則無生命可言。」（Achievement without fame can be a rewarding life, while fame without achievement is no life at all。）

12 徒步的音樂

只有颳著西北風，我才會發瘋；風自南方來的時候，我分辨得出什麼是蒼鷹，什麼是白鷺。

——莎士比亞，《哈姆雷特》

流浪漢是我童年的標誌，代表一種澳洲人特有的個性：渴望去流浪。緊跟在後面的國家代表是退伍老兵，膩稱「老友」（Digger），然後是索然無味的衛道人士，也是掃興之士，代表人物就是在世紀公園內閹割那些雕像的人。

在這之上，還有另一種更不名譽的人物：怪人（ratbag）。這種人被定義為「麻煩製造者，或是製造混亂的人」，可是這種定義沒有指出他們所具備的詭異瘋狂的元素，就是這種元素才使他們彌足珍貴而不可貶抑。對澳洲人來說，這種人證明了規則是為大多數人的方便而制定，並不適用於少數異議人士。

我第一次離開澳洲出外旅遊，要歸功於一位典型的怪人。某些歐洲人初識澳洲永無止境的地平線時，總會心生「走入當地」的壯志，我向來無緣近距離觀察這種行為，直到看見一位年輕的英國同學伊恩出現詭異的舉止為止。當時他的太太也在場，我驚訝地看著他對同事宣稱他不再是位教授，而是大學的駐校巫師，現代的「失序之王」(Lord of Misrule)，就是那種中世紀盛宴中的小丑，被請來做出詼諧的行為，嘲弄那些嚴肅之士的人。畢業典禮時，他沒有加入那些神情肅穆、身著長袍的學者行列，反而穿著一件愛德華國王時代的條紋式泳衣，衣身從頸部延伸到膝蓋，跳進一桶青綠色的果凍中。在這次事件以及其他的脫序行為過後，他的太太決定留下他獨自返回歐洲，我則隨她離去。

一九八七年，英國作家布魯斯查特溫出版了一本徒步澳洲的書，名為《歌之版圖》[1]，出版後立即獲得好評，在書市上也賣得很好。

查特溫和我印象中的伊恩一樣，臉上帶著凝視千古的神情，能用完美無瑕，精準幹練的語句，一連說上好幾個小時，描述他們一點也不了解的事物。不過，做為一個徒步者，他的紀錄無可挑剔，他曾經穿越巴塔哥尼亞高原，並寫了一本遊記，雖然不是非常精準，但是讀起來趣味盎然。他同時也是位精力充沛、充滿魅力又善於自我推銷的可愛人物，無論是在社交應對上、性取向上，或是知識談吐上，都和「阿拉伯的勞倫斯」[2]非常相像。他們都是躲在櫃內的同性戀者，熱愛旅行，並對真相抱持著鬆散的態度。勞倫斯多年來堅持他曾在一次穿著阿拉伯服飾的祕密探險中，遭受一位土耳其軍官的鞭笞與強暴，這簡直就是一種色情片的幻想。查特溫具有同樣的想像力，拒絕承認他罹患的是愛滋病，感染自他的性伴侶，其中一位是魯道夫紐瑞耶夫[3]。他聲稱他的病是來自於在西藏洞穴勘查時，被一種異國莫名的黴菌感染所致。

查特溫與勞倫斯生動地描述世界上最空曠的大地，這份熱情在當地人身上並不多見。羅伯波特[4]所寫的《阿拉伯的勞倫斯》劇本中，勞倫斯統合了阿拉伯君王費瑟的交戰部落成為一支有力軍隊。費瑟君王對他的動機感到訝異，他說：「我認為你是另一位熱愛沙漠的英國人，就像查爾斯道提、海斯特史丹霍普夫人，喀土木的戈登一樣[5]，沒有阿拉伯人喜歡沙漠，因為我們喜歡水源和綠樹，可是沙漠裡什麼都沒有，而沒有人要什麼都沒有。」

可是勞倫斯的確是無中生有，查特溫也一樣，就算是一片荒蕪，沒有事物可寫，他們也能創造出可寫的東西。以澳洲來說，就是關於步行的理論。《歌之版圖》書上聲稱土著們「走四方」的這種行為並非任意為之，而是會遵循部落長老的口傳歌謠尋找方向，他形容這是「一條隱形的迷宮路徑，遍布整個澳洲大陸，歐洲人稱之為『夢之軌道』，或是『歌行線』。」

書中是一位名叫亞卡迪的歐洲移民對查特溫解釋這件事：

年輕的勞倫斯

阿拉伯裝扮的勞倫斯

無論文字怎麼說，似乎只要歌曲經過的地方，都能以歌中的旋律描繪原野大地的輪廓。所以，如果蜥蜴人拖著他的腳步，穿過愛爾湖的鹽埕，你可以期待一長串的降音，像是蕭邦的〈葬禮進行曲〉。如果它曾在麥克唐諾峭崖上跳上跳下，就會有一系列的琶音與滑音，像是李斯特的〈匈牙利進行曲〉。

「所以樂曲就是地圖的索引？」

「音樂是一個人在這世界上尋求自我的記憶寶庫。」

這是天方夜譚，像是史蒂芬史匹柏的《法櫃奇兵》（Lost Ark）中法國考古學家，聲稱法櫃是「與上帝溝通的無線電」的劇情。查特溫的線民們，包括亞卡迪，是第一個跳出來向他反應，說他誤解了他們大部分的意思，還誇大了其餘的部分。但是到了那個時候，《歌之版圖》已經成為暢銷鉅著，特別盛行在那些熱愛沙漠的英國人之間。一九八七年亞德雷德藝術節的時候，我遇見倫敦藝文經紀人派特卡瓦娜和她的作家先生朱利安巴恩斯，兩人臉色蒼白但是神情堅定，正預備前往愛麗絲泉，由那裡進入荒野，尋找查特溫筆下所描繪的音樂路線。幸好有人在愛麗絲溫泉勸阻了他們，他們的旅程就停在冷氣環繞的四星酒店中。

1
布魯斯查特溫：Bruce Chatwin（1940 - 1989），英國知名小說家兼旅遊作家，擅長以說故事的手法描述所經過的探訪地點，雖然不盡確實，但是文體甚受讀者喜愛。一九七七年他花了六個月的時間探訪巴塔哥尼亞高原，寫成《巴塔哥尼亞高原》一書，奠定作家的地位，著名著作還包括《歌之版圖》（The Songlines）和《黑丘之上》（On the Black Hil）。

2
阿拉伯的勞倫斯：本名Thomas Edward Lawrence（1888 - 1935），英國陸軍上校，在一九一六到一九一八年間，參予阿拉伯的獨立運動並產生關鍵性的影響，因而成為知名的政治人物。他所撰寫的回憶錄《智慧七柱》（Seven Pillars Of Wisdom）記錄了阿拉伯獨立運動的經過，而他的事蹟更因為一九六二年由男星彼德奧圖所主演的電影《阿拉伯的勞倫斯》而轟動一時。

3
魯道夫紐瑞耶夫：Rodulf Nureyev（1938 - 1993），世界知名的蘇聯古典芭蕾與現代舞蹈大師，一九六一年投誠至西方。他兼具古典與現代的舞蹈風格影響後來的舞蹈界至深，同時提升了男性舞者在舞蹈界的分量與地位。

4
羅伯波特：Robert Bolt（1924 - 1995），英國著名電影劇作家，所寫的劇本除了《阿拉伯的勞倫斯》之外，還有獲得奧斯卡金像獎的《齊瓦哥醫生》與《良相佐國》兩部電影。

5
- 查爾斯道提：Charles Montagu Doughty（1843 – 1926），英國詩人、作家與旅行家，一八八八年出版的《阿拉伯沙漠之旅》是為早期旅行文學的典範。
- 史丹霍普：Lady Hester Lucy Stanhope（1776 - 1839），英國早期著名的考古探險女冒險家，足跡遍及中東與北非各地。

● 喀土木的戈登：Charles George Gordon（1833 - 1885），著名的英國將官，也被稱為「中國戈登」，曾經協助清朝帶領常勝軍打敗太平天國，後來派至北非，死於援救喀土木的戰爭當中。

13

為權力而走

虛華塑造了革命，自由不過是個藉口。

——拿破崙

查特溫並不盡然全錯，步行可以成為象徵，也可以成為溝通的工具。政治家了解步行的象徵意義。凱撒勇渡盧比康河（Rubicon），立誓要推翻既有政權。盧比康河不過是一條小溪，是義大利的邊界，任何膽敢率領部隊渡河的將領，即被視為叛軍。諷刺的是，現在已經沒有人知道盧比康河在哪裡了，它已經成為一種回不了頭的象徵，像是曾經在中世紀時期流經倫敦的艦河（Fleet），澳洲早期移民定居的坦克河流（Tank Stream），還有洛杉磯河，現在已經成為一條寬大的水泥河道，只剩中間還有水流經過，可以疏通暴風雨水，同時也是電影拍攝飛車追逐場面的最佳地點。

就像這些河流一樣，政治生涯中的步行也多半是象徵，而非常態。在多數民主國家的議會中，敵對的兩黨對立在議事堂的兩邊，改變立場被稱為「越過地板」（crossing the floor），不過是短短一段步行，但是具有象徵的意義。在施行這種舉動的時候，簡捷占有優勢。一九二二年，義大利獨裁者墨索里尼為了掌握政權，號召法西斯黨徒齊步「前進羅馬」（March on Rome），在羅馬集會，嚇得政府只能就地讓步。不過大元首本人幾乎沒有涉足地面，他讓子民們負責全程，只有在最後幾個街口時才加入他們，這樣在新聞記者面前看起來活力充沛，精神飽滿。

沒有任何一個國家的人能像法國人一樣步行，他們將政治遊行的層次提升到一個完美的境界。一七八九年的法國大革命前，每當巴黎的居民想要抗議貴族們奢侈的行為時，就會走上十哩路到凡爾賽宮前，搖晃宮外的鐵欄杆，直到引起路易以及瑪莉安托內特皇后的注意為止。時至今日，他們已經不再如此充滿活力與勇氣地走上石磚道，取而代之的是走上街頭（demonstration），示威遊行（manifestation）。

示威遊行是巴黎生活的特徵，特別是當天氣很好，同時喜歡聊天的人想要和朋友一起散步時，就會出現，多數人還會帶上小孩還有野餐盒。遊行中幾乎沒有任何暴力行為，因為每個人都知道，真正的目的是要能上晚間電視新聞。示威者和當地警方達成協議，不會占據主要道路，至少要等到新聞記者拍好示威者站在大道上的照片後，才有行動。示威者被引導進入城市邊緣比較寬敞的廣場後，在小孩該回家喝茶前，他們可以盡情地在那裡聚會。拆石磚丟警察已經是過去的事了，如果主辦單位認為需要加點暴力行為，就在警察與新聞界都同意的時間地點下，讓一些精力充沛的小伙子帶上滑雪面罩，喊喊口號，推倒路障。

我到巴黎的頭幾年，就見過幾次這種暴力表演，天真地以為這是合法的行為。直到一九九〇年間才明白其中奧妙。我與從澳洲前來遊玩的尼克拉斯一起外出，發現我們與其他群眾混在一場遊行的尾端，時間已經很晚，炙熱的空氣令人毛躁，遊行的隊伍逐漸上火，一個小伙子在聖日耳曼大道的另一頭，拿起一把咖啡座椅砸毀店家玻璃，尼克拉斯連忙上前觀看，然後就不見了，我找了一會，無功返家。

一個小時後，他才出現。

「真是不可思議！」他說：「前一分鐘我還在湊熱鬧觀看暴動，下一分鐘我就被抓進警車，和一群也是搞不清東南西北的美國人還有德國人一起被送到路的盡頭，遠離暴力區。」

很少人會在示威遊行中受傷，旁觀者也不會，特別是外國人的話更無可能。沒有人想要破壞旅遊生意。依據示威者與警察間的衝突紀錄來看，在法蘭西劇院觀賞《奇想病夫》這齣劇[1]可能還比較危險。

塞爾維亞電影導演杜尚馬卡維耶夫（Dušan Makavejev），長年居住在巴黎，他是第一位讓我意識到遊行其實就是街頭劇院的人。

西元兩千年十月，當他看到法國電視上播出數十萬塞爾維亞同胞蜂擁衝上貝爾格勒街頭，甚至開了一台挖土機衝進議事會堂，放火燃燒那裡後，他決定要親自前往現場。

「要知道，其實非常無聊，沒有人工作，所以也沒有電，我們整日坐在黑暗寒冷的公寓內，眼看成千上萬的群眾走過街頭，邁向城市。」

杜尚決定自己起身走路，加入下一個遊行隊伍，可是一上街幾乎立刻被朋友一把抓住，旁邊是一位義大利電視台的工作人員。

朋友責問道：「那個拿著法拉利旗幟的人在哪裡？」顯然有人從法拉利的展示間內扯下那幅紅色的躍馬旗幟，揮舞著它帶領隊伍。

杜尚沒有看見那個人，但是那個人的出現讓他反思自己到底為什麼會在那裡遊行？所以他決定跑到遊行隊伍前面去看。看到那裡有兩個人分別手拿旗桿，扯開一面很大的布條在空中飄揚，他伸頭往上看。

那是從超級市場內扯下來的布條，上面簡單地寫著：香腸。

一九八一到一九九五年間的法國總統密特朗，是政治遊行的行家。傳統上，新上任的總統都要去眾神殿參拜，這是供奉法國重要人物的龐大宮殿。在文化部長賈克朗[2]的建議下，他的轎車停在距離眾神殿一個街口的地方，他步出轎車，以走路的方式，穿過歡迎的人群。然後手持政黨的標誌，一支紅玫瑰，獨自踏上眾神殿的石階，他那孤影雄姿，等於百萬張選票。

整個一九八〇年代，每年到了「五旬節」（Pentecost）時，密特朗都會出行一次，走上梭魯特石岩（Roche de Solutré），這是從馬孔區（Mâcon）的葡萄園走去，隆起於平地的巨型石，景色如畫。據說是戰時反抗份子聚會藏身的所在——任何人都逃不掉象徵主義。總統領頭，通常帶著他的黑色拉布拉多愛犬「波羅的海」，然後是他的家人，以及核心人物（當然包括賈克朗），還有一些經過挑選的記者。他們可以從被邀請人員的名單中，發現權力結構的變化。密特朗很少說什麼，走路勝過演說。

走路會說話的例子，沒有什麼比挽救密特朗事業的那次事件更重要。在他任職總統的期間內，一位競爭對手威脅要將密特朗利用政府預算，在官邸愛麗舍宮內將私生女撫養長大這件醜聞細節洩露給《巴黎競賽》（Paris Match）畫報。密特朗聽聞風聲後，向他的外交部長兼著名的策略家羅蘭杜馬（Roland Dumas）請教。當天晚上在餐會上，杜馬手臂上挽著一個不知名的女人，漫步在總統官邸，密特朗的政敵臉色發白，她是第八區一家妓院的老鴇，而他是那裡的常客，於是這篇報導從來未發表。

1

- 《奇想病夫》：Le Malade Imaginaire（又譯：誰真的愛我），這是法國著名喜劇作家莫里哀（Molière）寫的名劇，描述一位整天疑神疑鬼以為自己生病的有錢人，依賴醜惡的醫生與藥師，同時又要強迫女兒的婚事，最終明瞭自己荒唐作為的滑稽喜劇。莫里哀本人則在演出此劇時在舞台上吐血身亡。
- 法蘭西劇院（Comédie-Française），是唯一自行培養演員的法國國家級劇院，同時也有「莫里哀劇院」之稱。

2

賈克朗：Jack Lang（1939 -），除了安德烈馬勒侯之外，賈克朗也是一位知名的法國文化部長，他任內除了推動羅浮宮擴建計畫外，還特別推動國際夏日街頭音樂節（Fête de la Musique），每年的六月二十一日在世界各地舉行，主要是讓各種職業或業餘音樂家，能夠在街頭表演音樂，讓所有的人免費共享。音樂內容不設限以及免費是重點，因此從一九八二年推出後，迅速推廣到全世界各地，已成為相當受歡迎的夏日音樂活動。

賈克朗除了任文化部長的貢獻外，更是法國政治界的重量級人物，一直活躍至今。

14
書商咖啡館的提議

步行者的野心與其浪費在
一輛六人座馬車的虛偽光環中？
還不如給我舒適的足具，
包在品德，與一件高級大衣內。

——約翰蓋伊，《瑣事，或漫步於倫敦街頭》[1]

初抵法國時我就認識陶樂絲，她是旅居巴黎甚久的美國人。出於熱心，私下經營這裡的外國人交誼圈。這些人過去可能是書商、餐廳老闆、外交官或是靠養老金生活的公務人員，多半和她一樣，與法國人通婚後，數十年來生活在這裡，構成了一個法國人稱之為 réseau 的社交網絡。一個由老同學、舊情人、遠親與近鄰交織在一起的社會網絡，通過它保持社會的運作。

法國人極少利用電話簿，舉凡水管漏水，開具令狀，購買車輛，甚至找個情人，第一步就是從社會關係中查找，包含親戚、朋友、遙遠的舊識，其中一定有你要的專家。

巴黎藝文研討會，是法國最長壽的英文作家組織，二十年來占據了陶樂絲大部分的時間。每年夏天中的一個禮拜，從世界各地前來的五十個人齊聚巴黎，接受作家和詩人的講學，並沐浴在這啟發了史坦茵、鮑德溫[2]、海明威、福克納與喬伊斯的氣氛中。

今年的課程已經開始，陶樂絲堅持要我立刻在我們經常出入的「書商咖啡館」（Les Editeurs）見面。這是一座寬敞、明亮、開放式的咖啡館，位於我家街口。在西邊五條街外的聖日耳曼大道與赫恩路（rue de Rennes）交會轉角的雙叟、花神與荔浦等咖啡館獨占光環的狀況下，這間咖啡館也為我們的街角增添光輝。一位美國新聞記者，被牆上琳琅滿目的書籍，底下的紅皮座椅，以及類似倫敦紳士俱樂部的氣氛所吸引（至少是法國人心目中倫敦紳士俱樂部該有的樣子），因此他稱這座咖啡館為「真正的巴黎咖啡館」。我不忍心告訴他這間咖啡館只有三年的歷史，在這之前，才是一間真正的巴黎咖啡館「亞爾薩斯啤酒屋」（Le Chope d'Alsace），至少具有巴黎咖啡館的一些特性：黑得像洞穴一樣，就連大白天也不例外，空氣中充滿廉價葡萄酒與香菸的味道，地板上的地毯會黏鞋底。

陶樂絲匆忙地走進來，在兩邊臉頰上進行儀式性的空氣之吻後坐下。先擺上一大疊傳真，接著是書夾、傳單、日程表，占據了大部分的桌面。

「進行得怎麼樣？」我問。

「還好，還好！」她漫不經心地回答。

這真是毫無意義的問答，研討會一向進行得很好，概念切題像漢堡，操作順手像面紙，簡單明確像鏟子。

真正的問題應該是：為什麼會進行得這麼好？

當初她對我解釋這個概念的時候，我懷疑地問：「沒有道理，這五十個人，大多數來自美國，花上幾千美金來法國一個星期，只為了上寫作課程？」

「是的。」

「而老師大部分也來自美國，付錢給他們來這裡教他們？」

「沒錯。」

「那他們為甚麼不省下錢去美國任何地方，或許，去亞特蘭大？」

我的天真無知讓她展露笑顏。

「約翰，這裡是巴黎。」

她太客氣，沒有直說「你這個白癡」。

如果她真的這麼說，我也無話可說，因為我忽略了企劃行銷最基本的原則——要賣熱騰騰的香氣，而不是賣牛排。

多年來柏林人特別強調「柏林氣息」（Berliner luft），一種自城市沼澤中散發出來的氣氛，具有啟發創作的力量。住在洛杉磯的人會告訴你加州的陽光絕對具有某種魅力，照耀在電影上，能發出特殊的光芒。而任何講究衣著的人，會認為沒有任何西服的剪裁能勝過倫敦的薩佛街（Savile Row）。所以作家們也可能認為巴黎過去曾經啟發過這麼多藝文大師，或許也會對他們產生重要的影響。我們對自我的狂思妄想，幾乎毫無止境，食人族也認為如果你吃了敵人的部分器官，你就能獲得同樣的勇氣與技能。而且我們還深信強人身上具有神奇基因。一位好萊塢製片人經過馬里布海灘，看見史蒂芬史匹柏坐在沙灘上遠眺夕陽，他從遠處望，看見史匹柏起身離去後，立刻滑入他所遺留下的空位中，搶沾才氣，誰能怪他呢？

看著陶樂絲點牛奶咖啡，我耐心地等待她說明來找我的原因。這種研討會期內的邀約，只代表她有事求於我。我對陶樂絲來說，兼具兩種角色：是朋友也是同事，也是她的社交網絡中人。

「今天下午有什麼事嗎？」

哈，來了！

「沒什麼特別的事，怎麼了？」

「你知道我們也有這些文學徒步之旅……」

參加研討會的人不會希望每分鐘都消磨在學習上，一天兩個小時已是極限，兩小時過後注意力就會分散。所以其餘的時間，他們希望徜徉巴黎——最好也是做些有關文藝的事。為了滿足他們的願望，研討會在下午與晚間也提供選擇性的餘興節目：朗誦、藝文欣賞，以及文學徒步之旅。

「誰帶領今年的文學徒步之旅？」

「很難找到適合的人，但是我們終於找到……」然後她說出一個當代知名的美國學界人士的名字：姑且稱他為安德魯吧！

「他不是在哈佛，還是其他地方任教嗎？」

「在史丹佛大學，不過他現在在巴黎擔任客座。」

「你的運氣很好。」

「我本來也是這樣想。」

「怎麼了？有什麼問題嗎？」

「還是別說的好，但是幫我個忙，今天下午跟著他的徒步之旅，我想聽聽你的意見。」

1 約翰蓋伊《瑣事，或漫步於倫敦街頭》：John Gay（1685 - 1732），英國著名詩人與劇作家，最著名的著作為《乞丐歌劇》（The Beggar's Opera）。描述發生在一個小偷身上曲折的愛情故事。這裡所引用的詩句，出自他一七一六年的敘事詩作《瑣事，或漫步於倫敦街頭的藝術》（Trivia，or，The Art of Walking the Streets of London），全詩長達一千行，分為三冊。以正經嚴肅的敘事風格，諷刺十八世紀的倫敦街頭寸步難行。

2 鮑德溫：這裡指的是詹姆斯鮑德溫（James Baldwin 1924 - 1987），美國黑人作家，作品偏重種族問題，包含著名的《山巔宏音》(Go Tell It on The Mountain)，以及性解放議題。

15 自由解放的城市

美國的白領、難民、英雄與流氓的足跡在這個城市內到處可見。

——華特 J.P. 克利，美國駐法國大使 1989 - 1993

除了環保旅遊之外，文化旅遊是這個休閒產業最主要的成長區域。每有一個人喜歡徒步跋涉不丹，或是在巴西熱帶雨林中細數蝴蝶，就會有一個人喜歡進入浩瀚文學領域的長途之旅，渾然不知這塊天地也和亞馬遜叢林一樣，充滿了驚奇、愉悅與多樣化。

每年夏天，西班牙、瑞士、義大利，甚至過去的蘇維埃聯邦，都會為想要成為作家的人提供暑期課程。陶樂絲曾經給我看過一些光彩亮麗的簡介，真是令人嘆為觀止。一個西班牙課程教導鬥牛的文學與美學，還包括前往鬥牛場，希望只是參觀而已。另外一個課程在羅馬，致力於發揚「美食的文學」，不過就是每天晚上享受一份盛大晚宴的藉口，需要閱讀的部分只是菜單而已。

其他的課程一樣奇怪。

「強制滯留咖啡館，」我讀著簡介：「學生可以選擇城市內任何一間歷史性的咖啡館，至少坐上兩小時，在這期間內觀察並記錄過往的景象……」

「我懷疑這個方法在這裡能否行得通，」陶樂絲嘲弄地說：「這裡有咖啡館，可是老闆不會讓你只是坐在那裡，牛奶咖啡可要花不少錢。」

「還有個女人教授『舞蹈寫作』，不需要在紙上寫作，只需要學習創作性的擺動身體。」

「我也注意到那一個課程，不過人家一直到明年夏天都排滿了。」

「還有這個，《學著喜歡你的小說》作者沙莫斯歐菲奈根，他的工作坊提供進階創作技巧，你看過這個嗎？他建議你買一個柔軟的玩具或是枕頭，然後以你的作品為它命名，如果作品進行得不順利，就該抱抱它，或是跟它說話。」

「啊，沙莫斯，我們兩年以前就請過他。」

「不會吧！你是說有人會為了這樣的課程付錢？」

「事實上名額很滿，我們還不得不拒絕一些人。約翰，如果他不是早就被聘走的話，我還會再請他，可是，所有好的老師早就都被請走了。」

沙莫斯的伎倆特別讓我覺得不齒，寫作不需要這些搞怪把戲，海明威會抱著一個叫做「妾似朝陽又照君」的枕頭嗎？費茲傑羅會不斷地捏著名叫「蓋茨比」的泰迪熊嗎？（不過從另一方面來看，亨利米勒不斷地玩弄著一個名叫塞克蘇斯的洋娃娃，感覺有點道理。）

「好的，我會跟著你的文學之旅走。不過給我點線索，讓我知道該注意什麼！」我說。

「我寧願你保持一顆開放的心。」

沿著奧德翁路走回家，我想起一次在芬蘭庫奧皮奧（Kuopio）舉行的節慶中參加一場徒步之旅，那並不全然是一次步行而已，而是一個觀念藝術作品稱為「風之旅」（Windwalk），由英國藝術家提姆諾爾斯（Tim Knowles）所創。他顯然是一九五〇年代法國理論家居伊德博的忠實信徒，居伊德博是「心靈地圖學」的其中一位發明者。「心靈地圖學」其實和超現實主義一樣，對你的看法相當認真，不過有位勇敢的人曾將它定義為：「和一個玩具箱一樣，以各種有趣、新奇的策略探索城市。用盡一切方式讓行人脫離既定道路，煽動他們，以對城市景觀產生新的見解。」[1]

我們這個芬蘭團體在市中心的廣場集合，每個人發給一頂單車頭盔，上面還插著一面三角小旗。小旗迎風飄展，於是每個人朝著小旗所展開的方向騎去。第一個轉角後，一陣風吹來，將團中半數的人吹往一個方向，其餘的人往另外一個方向。那天早晨過後，我們大多分散在城市各處，一場傳統的徒步之旅變成了一場冒險之旅。

快要抵達所住的公寓時，有個人輕碰我的手肘，用法語說：「對不起……我是說……抱歉……」

「沒關係。我說英文。」

他們看起來就像是每個星期經過我身邊上百對的夫妻一樣，名牌西裝，舒適便鞋。表情茫然，還有一張折了又折的地圖。

「我們正在找盧森堡公園。」

我指著這條路的頂端，奧德翁劇院的廊柱。

「公園在另一頭。」

他們帶著懷疑的眼光看著我，然後看看地圖，很希望我是個法國人，這樣才放心我不會騙他們。對他們來說，說不定我只是另一位和他們一樣迷路的觀光客。

「把地圖轉過來。」我建議道。巴黎街道地圖的北方朝上，但他們是往南走。他們小心地照著我說的話做。

「你在這裡！」我指著奧德翁路說：「這裡是劇院，這裡就是花園。」

「對了！」先生說：「你看，太太，我早跟你說了。」

太太的自制力顯然是項美德，她沒有踢他的腿，只是瞇起了眼睛。

「我們在找戶外咖啡館，聽說很好。」她說。

「事實上有三座，最好的靠近樂隊表演舞台，在最上層。」我說。

太太不是十分肯定地看著地圖：「那會是在……」

「我指給你看。」

我們沿著奧德翁路往上走，等候一輛公車鑽過停在街角那家地中海餐廳外的違規車輛，神奇地毫髮無傷。沿著奧德翁廣場邊上的餐館將玻璃門

尚考克多畫像

一九二三年的尚考克多

窗拉開，讓賓客擁有無與倫比的最佳位置，伴著暖風息息，將這條奇妙的劇院街道風光，盡收眼底。夏日時分，每張桌子通常都坐滿了交頭接耳的人群，負責處理馬恩那（Marennes）生蠔的人，正忙著成打地撬開木箱，而不耐煩的侍者等在一旁，準備接手上餐。頭頂上，藍色帆布迎風招展，上面眉飛色舞的幾個大字「Le Méditerranée」（地中海），每位巴黎人只要放眼一看，立刻會認出這是出自誰的手筆。

「聽說過尚考克多嗎？」我問。

尚考克多為「地中海餐廳」所繪的簽名

一九六〇年，考克多和他的朋友在這裡用過午餐，正準備離去。我可以想見當時他的駝毛大衣掛在肩上，修長白皙的手指夾起軟帽，準備戴在雄獅般的頭上。考克多進入餐廳時的赫赫印象，只有離開時的風情才能壓過。於是在躬身歡送他離去之前，餐廳經理邀請他在賓客簿上簽名留念。考克多這等風流人物，絕對不會只是簽名了事。他生動優雅地畫滿了整頁，畫作如此傑出，使得餐廳重新設計了桌巾、餐具以及招牌，搭配他的畫風。

「哇！」我指出其中部分的設計，也編織入餐廳前門外的紫紅色地毯中，那位先生大嘆一聲。他們低頭看看地毯，再抬頭看看招牌，往日經過時不曾注意的這塊城市角落，頓時生動起來。我忽然想起《大亨小傳》中的一段文章，曾經讀過千百次，而每次總有一陣相知的情緒。

總有感覺孤單的時候，直到一天早上，一位最近才來這裡的人，在路上攔住我。

「到西蛋村怎麼走？」他無助地問。

我告訴他後繼續前行，可是這時我已不再感覺孤單。他的問話讓我成為一位導遊，一位道路指引者，一位當地居民，他不經意地將這個區域的權力授予了我。

1 居伊德博：Guy-Ernest Debord（1931 - 1994）法國哲學家、馬克思主義理論家、電影導演。於一九六七年出版《景觀社會》（La Société du spectacle）是他最具影響力的著作，其中創造了「景觀」這個概念，認為人類生活的進程簡化成表象，影像景觀成為社會生活的重要部分，取代人類真正的溝通，形成生活的貧瘠與墮落。他的作品對於後來的馬克思主義、無政府主義等思想有著深遠影響。

「心靈地圖學」（Psychogeography）一詞是由居伊德博於一九五五年定義為：「在有或無意識計畫的狀況下，研究地理環境的特性與限制對個人情緒與行為上的影響。」本文中所謂有關勇敢的人所下的定義，指的是二〇〇四年七／八月號的美國獨立雜誌 UTNE Reade 中，由評論家 Joseph Hart 所寫的另類定義。以輕鬆幽默的淺顯方式解釋這個學說的基本思想。

16

討厭的萬事通

做個令人厭煩的人，祕訣就是詳細描述每件事。

——伏爾泰

兩天後的早晨，我和陶樂絲再度在「書商咖啡館」見面。

「我中了你的計。」我不滿地說。

「嗯！有一點，對不起。」她看起來沒有一點抱歉的樣子。

那天聚集在赫恩路上，準備進行文學之旅的十個人中，最令人訝異的就是導遊的年紀，大約只有四十歲，金髮，黝黑，語調柔軟。安德魯簡直就是電影明星勞勃瑞福的外甥，團裡的一些女人瞧著他的眼神不完全是知識上的興奮，年紀較大的人看著他強健的體魄，擔心自已是不是能夠跟上他的腳步。

其實他們都不必擔心。

走到雙叟咖啡館，安德魯穩穩地站在咖啡館前，背對著門口，面對著繁忙的聖日耳曼大道，看著我們的頭頂，開始說：「我們現在站在巴黎有名的咖啡館前，雙叟咖啡館成立於……」文學回憶錄中經常會描寫一些具有個人魅力的導師，如何啟發他們文學興趣的故事：「我期盼著下一堂課，我們可以聚集在威爾金小姐的裙邊，聽她一字一句地朗誦愛蜜麗狄金蓀的詩……」無論這些教育家有哪種魅力，安德魯都恰好相反。他熟記巴黎文化歷史的每一個細節，甚至連一九二八年去「選取餐廳」（Le Sélect）上次廁所的價錢都不放過。他希望我們也了解這些細節。可是我可以感覺到大家的興致逐漸冷卻，顯然對知識的泉源消化不良。一些人的眼光巴巴地望著放在人行道旁的桌椅。如果我們可以坐下來，哪怕只有一分鐘，點杯咖啡，甚至一杯香檳……？

「我不很確定，」陶樂絲說：「可是我聽到一些風言風雨，有人說他有點……枯燥。」

枯燥？安德魯比枯燥還糟，不但乏味，簡直無趣至極。

他毫不保留地告訴我們所有的事，包括歷史、統計資料、引用話語、日期，過後還有更多的統計資料。然後他拿出他最近出版的書，大聲朗誦（一片嗡嗡聲）幾頁。那些原本敬仰的神色全部變成討厭的神情，那些害怕身體無法承擔的人不再擔心。照這種進度來看，走到門口郵箱的速度都會像河上泛舟一般。這讓我想起導演泰瑞吉廉[1]提到有關與勞伯狄尼洛合作《巴西》這部影片的趣事，由於這位演員對細節非常挑剔，因此花了好幾個星期的時間才拍了一些簡短的片段，他說：「我們都很尊敬勞伯狄尼洛，但是到了最後，我們的心情有了一百八十度的大轉變，我們都想殺了他。」

如果說我比別人更能忍受安德魯枯燥的演講，那是因為我深受傳統天主教的教育，那種你預期會在澳洲鄉村小鎮中看見的神父與修女們所主導的教育方式，目的並不是要教育你，而是要在一個空白的心靈上，填滿各種無聊的教會規範。歷經十幾年沉悶的課程，外加星期天做禮拜的洗禮，我對枯燥無聊的演說早已練就一身刀槍不入的本事，就像歷經多次蛇咬可以拒抗毒液一樣。可是面對安德魯，就連我的免疫系統也開始下降。等我們來到聖敘爾比斯廣場後，教堂的高塔籠罩在我頭頂，我開始害怕走進教堂的後果，如果我昏倒在地，被認為已經死了，一個星期後才在一片陰濕的墓地中醒來，像是愛倫坡[2]小說中的章節，該怎麼辦？與其冒這個險——我往後退，悄悄地在下一個轉角溜走。

坐在花神咖啡館的露台上啜飲著琴湯尼，在閒散的傍晚時分舒緩心情，如果安德魯能和我以同樣的心情觀賞巴黎那就好了。一九二〇年代時期的咖啡館，桌椅擺到外面人行道上，新來乍到的美國佬們在這裡流連忘返，啜飲白葡萄酒，觀賞街頭景色在他們身旁流逝。這裡和老家的生活完全不同：計程車喇叭聲此起彼落，穿著三件式筆挺合身西服的花花公子們，一邊與他們的同伴共飲「水白蘭地」[3]，一邊對著頭帶網帽、身著絲質長襪的過往女子頷首致意，不知今晚的鴻運是否當頭。

對城市的愛戀，也像是對人的愛戀，總是一見鍾情，剩下的不過是深入了解而已。加拿大作家莫里卡拉漢描繪他在巴黎所度過的第一個夜晚：

轉角像是一盞極大的光圈，小小的身影淡進又淡出，在那後面是整個巴黎。巴黎環繞著我們，就算沒有任何法國人與我們交談，我們的心靈也不感覺陌生。城市給我們的感覺，就像是幾百年來；它所給其他國家的人的感覺一樣，一個發亮的所在，充滿自由的想像。

雖然安德魯對巴黎很感興趣，但是他不愛它，奧斯卡王爾德[4]曾經對這種人斥責道：「他們只知道事物的價格，卻不知道事物的價值。」安德魯只知道事實，卻不明白背後代表的意義，他能夠複誦事實，卻無法讓它們生動復甦，對一位導遊來說，這正是致命的地方。

「他看起來很理想，」陶樂絲說：「完整的履歷、和氣的態度……真是令人失望。」她拿出一疊紙，開始引述上面的批評：「老實說很乏味……不是我們所想的……我們沒有跟完全程。」

「唉，看來你擺脫不了他了。」

「未必見得。」她給我一個別有寓意的眼神。「每個人都可以被換掉。」

我遲鈍的反應終於了解她的話意。

「你不會是指我吧！」

「有何不可？」

「我不是導遊，」我反駁道：「我甚至不知道該從哪裡開始。」

「唉，約翰，」她笑著喘氣道：「天哪！你住在這裡，只要告訴他們一點你的故事就可以了！」

「故事？」我不明白。

「而且你不是說想做點運動嗎？」

「是呀……」

「走路就是最好的運動。」

「那……讓我想一想。」

「想得要快。」

「為什麼?下一次的研討會還有十二個月才會開始!」

陶樂絲看起來有點生氣的樣子:「你認為我會讓這些人繼續接受這種折磨嗎?今天早上我已經告訴安德魯,接下來的兩場徒步之旅,我們不需要他!」

她把紙夾砰的一聲合起來:「下一場是明天下午三點鐘。」

一八六〇時期，巴黎市內有五萬六千盞煤氣街燈，照耀整座城市，使巴黎有「光的城市」（The City Of Light）之稱。

1 泰瑞吉廉：Terry Gilliam（1940 - ），著名英國電影大師，作品畫面的多元化與想像力是他最重要的特徵。重要的作品除了《巴西》之外，尚有《奇幻城市》、《未來總動員》、《飛行馬戲團》、《帕納大師的魔幻冒險》等多部經典作品。

《巴西》描述一個飽受控制的社會中，一位公務人員追逐他夢想中的女郎，和喬治歐威爾的名作《一九八四》裡受老大哥控制的社會，有異曲同工之妙，荒謬諷刺，是泰瑞吉廉的傑作之一，在歐洲深受歡迎，但在美國票房並不好，不過他的劇意尖銳，畫面突兀，成為電影界反主流中的一部小眾崇拜經典電影。

2 愛倫坡：Edgar Allan Poe（1809 - 1849），被公認為懸疑推理小說鼻祖，所創造的驚悚、懸疑節奏與畫面影響後世許多推理作品，他的一生與他的詩歌與小說一樣，充滿瘋狂、極端的情節，他在潦倒的境遇下仍以寫作維生，詩作〈烏鴉〉（The Raven）一鳴驚人，可是當時的著作權並不完整，他並沒有得到豐厚的版權收入，加上嚴重酗酒，使他經常陷入財務不堪的狀態，於四十歲時因種種健康原因過世，留下六、七十篇短篇小說，以及詩歌與論文。除了他留下的作品開創了驚悚懸疑這種小說範疇，並影響後世深遠外，他去世的百年後自一九四九年開始，每年都有一位身穿黑衣的神祕致敬者，在他的生日凌晨，於墳前獻上三枝玫瑰與一瓶白蘭地，直到二〇〇九年為止，六十年始終沒變，然而無人真正看過，也無人知曉這位致敬者到底是誰，於是稱呼他為「坡的致敬者」（Poe Toaster）。

3 水白蘭地：Fine à l' eau，即是將水加入白蘭地中。二十世紀初，干邑白蘭地（Cognac）加水是相當普遍的飲料，在海明威與〇〇七的小說中經常可見，除了普通的水之外，亦可加入氣泡水或是各種果汁。

4

奧斯卡王爾德：Oscar Wilde（1854 - 1900），十九世紀愛爾蘭著名詩人劇作家，唯美主義的倡導者與實踐者，作品中經常可見批判物質與庸俗主義的內容，代表著作有小說《格雷的畫像》、詩集《斯芬克斯》、《真誠的重要》與《理想的丈夫》等劇本。

17 鴉片小徑

走到下一步，王后再度轉頭，這次說：「想不出英文就用法文來表達，走路的時候伸出腳趾，不要忘了你的身分。」

——路易斯卡羅爾，《愛麗絲鏡中奇遇》[1]

第二天下午站在蒙帕納斯大道上，帶著忐忑不安的心情，看著我的處女之旅團員一個個過來。

只要告訴他們一些你的故事就可以了。

她說得倒簡單。

那些故事？

有關誰的？

有位朋友是位音樂學家，曾經一時心軟，同意為一個藝術團體做一場有關西方音樂歷史的演講，他從葛利果聖歌開始，說到史托克豪森，又觸及序列音樂等等，足足說了兩個小時，結果迎來的是前排一位女士不滿的凝視，還噓聲說道：「你漏掉了史克里亞賓。」[2]

他們三三兩兩地出現在門前，兩對穿著合宜便鞋的中年女士，一位漂亮但神情恍惚的女孩，看起來像是還在時差的折騰中，還有一位身材短小的禿頭男士，留著一臉厚重的紅鬍鬚，該禮貌地說他看起來像郎德狐嗎？還是不要吧！

「大家都到齊了嗎？」

「還有一位女士也許會來。」一位女士帶著濃重的南方口音，轉過頭看著空曠的門道說：「或許她改變了主意。」

本來多達五十人的團體，只來了六位。看起來安德魯上次徒步之旅的名聲已經傳了開來。

「或許我們該開始由……」

我開始自我介紹，幾乎是用吼的，企圖蓋過馬路的車聲：「我們站在蒙帕納斯大道上……」

不到一分鐘，我已經開始同情安德魯了。站在街角說話，除了指引地鐵站的方向外，實在不能介紹其他任何事情。而且除非你的聲音經過訓練能夠擴音外，否則話聲傳不到兩呎，就已經在城市的喧囂聲中煙消雲散。

還有個問題，是我前天晚上在規劃可能的路線時才發現的。研討會原先計畫的蒙帕納斯大道東邊的路線，缺乏任何文學景點，沒有任何具有影響力的藝文人物曾經在那裡生活、消逝，或是居住過。這說明了為甚麼安德魯會選擇雙叟咖啡館作為開始，至少在那裡他還有話可說。

但是半公里外就是盧森堡花園、奧德翁劇院，還有一些具有意義的地點。問題是要怎麼去？海明威會怎麼做？我下了一個危險的決定，朝沃吉哈赫街（Vaugirard）走去。

「接下來需要用走的。」

「多遠？」那位帶著一臉疲倦神情的女孩問。

「不用多久，」我扯著謊以爭取時間。「你從哪裡來？」我問。

她花了兩個街口的時間，告訴我有關奧馬哈的風情，但是步上第三個街口時，她已經步履蹣跚了，而我們才在去盧森堡花園的半路上。

就在這個關口，救星出現，改變了我的命運，我們正巧停在一個古董店前。

「不會吧！瞧瞧這個？」我說著，注視著櫥窗。

細長的鐵管，雕滿花紋，端正地擺在架子上，顯然是這家店的明星產品。

「一支鴉片煙管。」我說，基本上是在跟自己說話：「知道這有多珍貴嗎？幾乎從來沒有看過擺出來賣？不知道要價多……」

除了酒精之外，沒有任何令人上癮的東西能像鴉片一樣，對歐洲的藝術與文化產生這麼深遠的影響。作家謬塞抽它，詩人拜倫將它融化在烈酒中成為鴉片酊喝它[3]。鴉片可以提煉出嗎啡與海洛因這些更精純的成品，提供更迅速、更強烈的快感，但是藝術家與思想家們更喜歡它純然原始的感覺。他們可以在它的麻醉下，花上整晚的時間，幻想整個世界蛻變為純粹的動態與形體。而對孕育出花枝招展的「新藝術」流派[4]，以及畫家莫內的睡蓮，作曲家德布西對噴泉、雲彩與海洋的音樂靈感來說，它都是最理想的麻醉劑——有機，超然，看似無害。

每項神祕的娛樂都會創造稀奇的配件，對醉心其中的人士來說，它和娛樂本身一樣可貴。就像喜歡打高爾夫球的人，喜歡鮑比瓊斯球桿，還有圓石灘或聖安德魯球場的會員證[5]，某些鴉片愛好者並不在乎毒品的效果，而在乎擁有雕飾最繁複的煙管、正確的燒煙燈，還有放在火上的煙簽，當然還要使用成分最好的鴉片。中國雲南出產的品種要比英國人在印度種植、蒙混給中國人的瓦拉那西品種「英國泥」(English Mud) 更好。

「你知道嗎，鴉片具有藝術上的意義，畢卡索也抽鴉片，他曾說除了大海的氣味之外，鴉片的香味是世界上最不愚蠢的味道。考克多也是位癮君子，他寫過的一本好書就是描述有關在聖克勞德（Saint Cloud）一家診所的解毒過程……」

身後一片沉默，我不禁轉過身來，六對眼睛都聚在一起，專心地盯著煙管瞧。

「呀，對不起，我們應該繼續往前走。」我說。

「不，不，」一位女士說：「這很有趣，繼續說。」

「有關……鴉片？」

「是的。」

鴉片對法國的影響要如何解釋呢？像是知覺上的差異，英國人喜歡陽光，法國人尋求陰影。鴉片不會造成情緒上的起伏，比較像是進入各種知覺之間的鑰匙……這種精神狀態相較於任何概念，更能啟發大多數的法國人，太虛境界……

「我不明白這要怎麼抽，」那位鬍鬚男說，往櫥窗內瞧去，「我是說煙管沒有煙鍋。」

我解釋該如何拿起一點煙膏，揉成豌豆一樣大小，放在火上燒直到冒泡，然後裝入煙鍋的小洞內，會昇華成煙霧，神遊太虛的開端。

那位害羞的女士說：「告訴我……真的有……」，她的聲音變得很小：「……鴉片煙窟？」

「當然，直到現在還有，法國人稱它為鴉片煙館，有些還很豪華呢！」

一圈臉靠得更近。

我繼續說：「你們……」

雖然我的聲音放得很低，但是他們都聽得很清楚。再一次證明公共演說的重點，不是說得多大聲，而是說什麼。

法國佬抽鴉片場景

「……鴉片模糊了對時間的概念，考克多說效果像是步出存在列車，但是需要三到四管煙才能夠達到這個效果，所以為了達到效果，你必須……」

「找個地方躺下。」鬍鬚男說。

「完全正確。」

我們一致點頭同意，不再是導遊與團體的關係。

我們是共犯。

兩天後，我穿越參議院前的沃吉哈赫街時，我寓所對面書店的老闆正好從郵局出來，眼神越過我的肩頭，訝異地說：「這是幹什麼？」

蹣跚地穿過馬路，加入我第二次徒步之旅的人口，總共二十七人。

我聳聳肩道：「我的粉絲。」

「真有你的！」他尊敬地說。

當他們圍攏過來後我說：「請看盧森堡花園入口處旁邊的門欄，根據法國詩人飛利浦蘇波[6]的描述，一九三〇年代的性虐待狂會利用這裡作為勾搭的地方……」

海明威或許不會同意，但是我想亨利米勒會支持我的。

1

路易斯卡羅爾：Lewis Carroll（1832 - 1898），英國作家，最著名的作品就是《愛麗絲夢遊仙境》與它的續集《愛麗絲鏡中奇遇》，他同時也是位傑出的數學家與攝影師。

2

本文所提到的包括：

- 葛利果聖歌：Gregorian Chant，格雷果聖歌是天主教的禮儀歌曲，可說是天主教儀式音樂的起源，是一種單聲部，無伴奏，通常由男人或男孩合唱而成，內容多為聖經內容。一九九〇年代，德國新音樂家 Michael Gretu 所領導的 Enigma 樂團，與法國的 Deep Forest 樂團在他們的音樂中大量使用這種合聲做為音樂元素，在流行音樂市場上取得極佳的成績，也使世人認識到這種天籟般的音樂。
- 史托克豪森：Karlheinz Stockhausen（1928 - 2007），德國當代重要音樂作曲家與理論家，他的重要音樂作品與所提出的音樂理論文章，具開創性與實驗性的視野。廣泛使用序列音樂為其重要特徵之一。
- 序列音樂：Serialism，也稱序列主義，二十世紀的現代音樂家們如史托克豪森，亟欲擺脫傳統古典音樂的束縛，所提出的一種音樂創作手法。特徵是選擇音樂中一些特定數值，按照一定的數學方式排列組合，因此稱為一種序列，然後在樂曲中不斷重複或是進行變奏，排除過去古典音樂中主題情緒與結構發展等規律，以完全理性的方式掌控音樂創作。
- 史克里亞賓：Alexander Scriabin（1872 - 1915），俄國著名鋼琴家與作曲家，無調性音樂先驅。

3

- 繆塞：Alfred de Musset（1810 - 1857），法國詩人作家，第一部詩集《西班牙與義大利的故事》是浪漫主義的代表，不過後來就脫離浪漫主義。繆塞曾經與作家喬治桑（George Sand, 1804~1876）相戀，他的作品《夜歌》即是描寫與喬治桑分手後的心路歷程，也是他的成功作品。

- 詩人拜倫：Lord Byron（1788 - 1824），浪漫文學大師，也是世襲男爵，外貌和他的筆觸一樣唯美優雅。一生不但致力於創作，更為民族的自由與獨立貢獻心血，最後死於希臘的獨立戰爭中。

4 「新藝術」流派：Art Nouveau，指的是十九世紀末至二十世紀初的藝術運動，以自然明亮生動的色彩，取材自原始的元素，並強調以手工的方式所製作包含繪畫、家具、玻璃器皿，以至建築的藝術形式，代表畫家包括法國畫家穆夏（Alphonse Maria Mucha），奧地利畫家克林姆（Gustav Klimt）等人。

5 這裡指的是以業餘高爾夫名將鮑比瓊斯（Bobby Jones 1902 - 1971）為名所生產的球桿。圓石灘（Pebble Beach）位於加州，聖安德魯（Saint Andrews）位於蘇格蘭，都是著名的高爾夫球場聖地。

6 法國詩人飛利浦蘇波：Philippe Soupault（1897 - 1990），達達主義積極的實踐者，而後與路易阿拉貢，以及安德烈布勒東 1919 年共同創辦雜誌 Littérature，被視為開啟了超現實主義。

新藝術派畫家穆夏的畫作〈黃道十二宮〉

18 來自巴黎的明信片

不要追隨那些所謂的「導遊」，從侯耶爾路（Royale）到劇院，路上到處充斥著那些所謂的導遊。他們會抓著你不放，要賣給你一些「有意思的」明信片，帶你去「有意思的」戲院、堂屋，或是看「展覽」。遠離他們。

——布魯斯雷諾，《打開天窗說巴黎》，一九二七[1]

「他們喜歡你。」陶樂絲得意洋洋地對我說，手上晃著一疊報告：「聽聽這個……」

「拜託不要。」

我和海明威一樣，聽到讚美的話就會感到渾身尷尬，特別是面對面的時候。海明威第一次在德朗布爾路（rue Delambre）的丁哥酒吧與費茲傑羅見面時，後者對他的恭維令他退卻。他在《流動的饗宴》中寫到：「那個時候我們仍然很傳統，對於直接的讚美感到羞澀。」

「有對夫妻甚至問我這是不是你的職業。」陶樂絲說：「你或許應該考慮考慮。」想像自己是導遊，心中不由自主地抗拒一堆既有的刻板印象。

我每天都會看見那些導遊，無論是拿著小旗幟或是小花傘，領著一群像鱷魚般慢吞吞的觀光客，在奧德翁路上走來走去，沒有人看起來神情愉快，更別說是那位導遊了，不過在一般導遊中，這還算是好的。

或許是我有悖常理，但是我比較同情尖酸的福克納筆下所描寫的那幾位不出名，但是具有冒險精神的導遊，也是他的堂兄。一九二五年，福克納曾住在轉角附近，他寫到：「一個髒兮兮的人站在地鐵廁所前，手上滿是法國明信片。」其他作家對導遊更是沒有好評。一九二六年記者巴西利烏恩（Basil Woon）在《旅遊指南中看不見的巴黎》書中寫道：「欣賞巴黎最糟的方式就是跟著職業導遊走，他們會帶你走遍林蔭大道，然後塞給你奇怪的明信片，大部分的導遊不是俄國人就是土耳其人，少部分是德國人或美國人。大多數是小偷，而所有人都是潛在的勒索者。」（沒錯，他的確是以調味料羅勒 (Basil) 為名。一九二〇年間，一個名叫搖擺光頭 (Wambly Bald) 的記者，以及一位名字近似勇敢惡魔 (Bravig Imbs) 的譯者也都住在這裡，可以理解他們藏身巴黎的原因，逃避家鄉對他們名字的嘲諷。）

小說中的導遊多半兼具海盜般誘惑與危險的氣質，這種精神早已蕩然無存，現實生活中的導遊多半索然無味。生活中真的有電影《美國舞男》中李察基爾所飾演，雇來陪伴寂寞女人的那種人物嗎？他原本只是他們的司機，但是從機場開出的路上，他問他們是否可以脫下他的司機帽，這等於女人在暗示：「換件讓自己更舒服的衣裳」，於是自此之後，他的任務轉為提供親密的服務。法國演員亞蘭德倫接了一個奇怪的差事，在《黃色香車》[2]電影中飾演一位義大利人，原本是黑道老大喬治史考特的導遊，後來成為他的女友莎莉麥克琳的親密愛人，而保鏢亞特康納利則睜一隻眼閉一隻眼。還有勞伯瑞福，在電影《哈瓦那》中接待兩位想要度過偷情週末的美國婦女，將她們帶到上海劇院觀賞色情表演後，三人行回到寓所，在鶯聲燕語中度過長夜。無論哪一部電影，每個人都有一段美好時光，這是我們期待海外旅遊都能發生的事。

電影中比較少見罪犯導遊，就算有，他們的威脅也比較微妙，多半犯傻而非犯罪。我的標準典範是一九四三年詭異的電影《致命疑雲》中的康拉德維德[3]。大多數人只記得他在電影《北非諜影》中飾演德軍上校，詢問男主角亨弗萊鮑嘉：「你是那種無法接受德國人會出現在他們所喜愛的巴黎的人嗎？」在《致命疑雲》中他飾演一位導遊，戴著一頂軟帽，穿著斜紋外套，掛著單片眼鏡，可是看起來一樣具有威脅性，在酷刑博物館內，他展示一把鉗子，面對瓊安克勞馥與佛瑞德麥克穆瑞，邪惡地說：「這把精美的工具，最適合鉗去指甲，而且狀況還很好。」然後指向一座金屬人像，打開鎖蓋，顯出充滿尖刺的內部，他解釋道：「這是紐倫堡的鐵娘子，也可以被稱作德國的自由女神像。」克勞馥顫抖地說：「你看起來不像是一般的嚮導。」他看著她，露出鯊魚般的微笑：「你看起來也不像是一般的觀光客。」其實他是偽裝下的好人，令人有點失望，我真希望他能停留在那個角色中久一點，至少推銷一些明信片給瓊安與佛瑞德，顯然會是比黃色更黃色的圖片。

「你想錯了。」我們坐在雙叟咖啡館的露台上，泰倫斯格蘭特說。

康拉德維德「有意思」的明信片使巴黎蒙上異色的陰影

「有意思」的明信片使巴黎蒙上異色的陰影

歐洲每一座城市內都有它的格蘭特，外國人圈中的萬事通。他來自於紐約布魯克林，還保留著過去在成衣區內賣成衣的職業態度與風格。沒人知道他對巴黎的喜愛打哪而來，但是他的熱情與出乎意料的態度是一樣的。他的網站 paris-expat.com 的收入，足夠維持一棟位於「拉雪茲神父公墓」[4]遠處的五樓無電梯小公寓，反正他也不會在那裡花太多時間。如果他不是在雙叟咖啡廳的露台上與美麗的觀光客閒聊，或是與侍者開開猶太玩笑的話，可能就在主持新書發表會，參與電視或廣播電台的紀錄片拍攝，或是在新開幕的餐廳內到處遊走，廣發名片，對任何八十歲以下的女士大膽求愛，還會趁機在沒人制止的情形下，爬上桌去，清唱〈帶我去月球〉以饗群眾。

「有正確的方式去想嗎？」

但是我這話問得太遲。他的注意力原本就一直徘徊在人行道上那些要去上班的女人身上，現在則被一位穿越波納帕特街的女郎所吸引，滿是鬍鬚的臉龐帶著色狼般的熱情，再過五秒鐘他可能會衝到外面攔住她，說著不甚純熟但是連珠炮似的法語，拿出名片，希望待會兒晚間能和她在路特西亞飯店的酒吧間見面，喝杯雞尾酒，然後……誰知道呢？畢竟，這裡是巴黎！

我用力地戳他的肋骨。

「幹什麼！」

「拜託你集中精神，做個導遊有什麼『正確的方式』嗎？」

他對那位離去的女郎揮揮手：「你瞧見那對小屁股嗎？」

「看到了。麻煩你解釋我為什麼『想錯』了？」

他很不情願地回過神來面對我的問題。

「這樣說好了，你不是位導遊，你是位作家。」

「是的……」

「如果價錢合適，作家也可以在他忙碌的時間內找個空檔，帶你遊覽只有他知道的巴黎。」

「這只是賣弄文字而已，如果我提供導覽的服務，我就是個導遊。」

「你還記得葛麗泰嘉寶在《俄宮艷使》[5]中，剛抵達巴黎，而服務生幫她

《俄宮艷使》中的葛麗泰嘉寶

拿行李的場面嗎？」

我當然記得，她問他：「你為什麼要幫我拿行李？」服務生回答說：「這是我的工作。」於是她說：「這不是工作，這是社會中的不平等現象。」而服務生回答道：「這就要看你的小費而定了。」

（我錯過結識比利懷德[6]的機會，他留下這麼多精湛的電影更讓我難以釋懷。他甚至還留下一封從巴黎發往美國的電報中，最生動有趣的電文。一九六二年他離開洛杉磯，飛越大西洋，前往巴黎拍攝《艾瑪姑娘》，臨行前他的祕書說：「我想要巴黎查維特（Charvet）的男領巾送給我的先生，我自己要一個真正的法國淨身盆。」比利答應她之後很快就忘記，甚至無視於她越來越具威脅的留言。在他日常忙碌的工作中，購買衛浴設備顯然毫無重要性可言，所以最後他打了封電報說：「領巾已寄出，淨身盆找不到，建議淋浴時倒立。」）

「所以這都和錢有關。」

「所有事永遠都跟錢有關，親愛的，大部分的導遊導覽巴黎要收多少錢？」

「一個人大約收十歐元。」

「那你應該收一百，不，應該要更多，兩百。」

「為什麼？」

「為了徒步遊巴黎！」

「誰會付這種錢？」

「花一個早上的時間和一位真正的巴黎作家相伴？這位住在海明威、費茲傑羅和喬伊斯經常拜訪的那棟房屋？你會很訝異的。」越想越興奮，他又說：「我會在網站上宣傳，將會非常轟動，等著瞧好了。」

我正要準備感謝他，他繼續說：「我只收百分之五十就好！」

1 布魯斯雷諾：Bruce Reynolds（1931 - 2013），是一九六三年轟動全英國的火車大劫案主要首腦，他與十數名同夥搶劫英國皇家郵車，得手兩百多萬英鎊，於逃亡五年後始落網，而後出版過三本書描寫這樁世紀大劫案。

2 《黃色香車》：The Yellow Rolls Royce，是一九六四年一部以黃色勞斯萊斯為主的三段式電影，其中一段的主角是法國男星亞蘭德倫（Alain Delon）與美國女星莎莉麥克琳（Shirley MacLaine）。

3 康拉德維德：Conrad Veidt（1893 - 1943），德國演員，成名於德國默片時代。在納粹掌權後與他的猶太裔妻子移居英國而後美國。他最有名的角色為在電影《北非諜影》中飾演德軍上校，由於他知道自己在英美電影界都將被派飾演納粹德軍的角色，因此他的合約中註明納粹角色必須是壞人，同時他將收入所得大部分捐給英國抵抗德軍侵略。

4 拉雪茲神父公墓：Père Lachaise，巴黎市區內最大的公墓，也是最有名的墓地。許多名人埋葬與此，包括作家巴爾札克、王爾德、女高音瑪麗亞卡拉絲、作曲家比才，舞蹈家鄧肯、法國流行歌星伊迪絲琵雅芙，以及美國搖滾歌手吉姆莫里森等人。一九九〇年代還有一位老婦在墓園高處養了一大群貓。

5 《俄宮艷使》：Ninotchka，1939年由米高梅電影公司所出品的喜劇電影，由葛麗泰嘉寶（Greta Garbo），描繪史達林統治下的蘇聯社會與巴黎的對比。這齣劇即是由比利懷德編劇。

6 比利懷德：Billy Wilder（1906 - 2002），出生於奧地利的猶太裔導演，他的父母都喪生於納粹集中營中，他後來移民美國，成為影史上最重要的電影導演之一，曾獲二十一次奧斯卡獎提名，重要作品包括《俄宮艷使》、《失去的週末》，特別是由瑪麗蓮夢露飾演的喜劇《熱情如火》與《七年之癢》，以及莎莉麥克琳主演的《公寓春光》等，樹立了他喜劇電影的特殊諷刺風格。他曾說過：如果你要對人們說真相，最好說得有趣，否則他們會殺了你。

19 腳下的歷史

中午十二點，在曼谷
只有瘋狗與英國人，
會在大太陽下，
嘴角冒著白沫奔跑。

——諾埃爾科沃德，《瘋狗與英國人》1

逃離格蘭特以及像金魚缸一樣的雙叟咖啡館，我躲在「地窖修院」（Chai de l'Abbaye），布西街上我最喜歡的那家安靜咖啡館，可以讓我有時間思考。

帶領人們漫遊巴黎這件事有點瘋狂，巴黎人從小走路長大的，漫步其中已是生活的一部分，巴黎街頭不會有操著法語的導遊。魚還要學游泳嗎？

但是觀光客不是巴黎人，他們像是意外事件的生還者，不知道自己是誰？身在何處？要去何方？就拿最基本的手機這件事來說，一旦跨越大西洋就會讓觀光客頭疼，總要好幾天才能恢復。看著他們漸漸恢復的情緒，像是看著仰賴輸液管與點滴架接受治療的病人。法文中有形容愉快感覺的精準語言，例如鑑賞家（connoisseur）、美食家（gourmet）、芳香花束（bouquet）的語源都出自法語，那麼對形容這種心情不佳的字眼也頗有貢獻：例如 ennui 這個字是形容因為無聊而會導致憂鬱、還有 cafard（蟑螂）這個字，形容心情的沮喪像看到蟑螂，longueurs（冗長）這個字特別描寫圖書或影片當中既長又無聊的一段。

艾莉森盧瑞[2]在她的小說《異國情事》中建議，當我們到國外旅行的時候，只需要使用兩種知覺：「可以用視覺，才會有 sight-seeing 這種字眼。還需要儘量用味覺，甚至達到極端的程度，幾乎和性慾一樣：品嘗當地的食物和飲料是至關緊要的行為，因為這表示你真的置身當地。」但是聽覺、嗅覺或觸覺都不需要，甚至可以被禁止。

她說的很對，來法國的觀光客最難忍受的就是語言，就算你懂一點詞彙，可是通常接觸的是你完全聽不懂的口音，或是更難了解的行話。例如，為什麼蜜桃叫作 brugnon？為什麼龐畢度中心又稱作 Le Beaubourg？livre 有多重？其中最糟糕的就是標示牌：只有當地人才會了解為什麼 DEFENSE D'AFFICHER—LOI DU 21 JUILLET 1889（一八八九年七月二十一日國防公告）的意思其實是「不准張貼海報」，或是餐廳「提供」（offers）某些東西代表免費贈送，但是任何「建議」（proposed）的東西卻需要花錢購買呢？

到了夏天，這種情況更糟，只要天氣晴朗，盧森堡公園內可以看見各種「禁止觸碰」的招牌，公園的最南端，接上聖米歇爾大道，被稱為「小盧森堡」，由兩條相同的草坪組成，兩旁是林蔭大道上修剪對稱的樹木。為了要保護青草，兩條草坪必須嚴格遵守輪流使用規則。可是一旦到了夏日，一些汗流浹背的背包客，步履蹣跚地走入大道樹蔭後，眼看對面兩條草坪，一條坐滿野餐客與戲耍的孩童，一條空無一人，於是總會高興地躺在無人的那塊草坪上，很快地就會被經常巡視的花園警衛趕走。

天氣越來越熱，暑氣耗損走路人的精力，他們所犯的最大錯誤就是走得太快。剛開始你還可以和新來客一同漫步，不到半個街口，你是對著他們的背影說話。所幸夏天他們會放慢腳步，直到完全靜止。每到八月，當每個人都逃往海邊或是山邊時，加拿大作家梅維絲葛蘭特[3]卻一反風潮留在巴黎，她的短篇故事〈八月〉對這種時尚，描寫得非常精確：

> 巴黎的脈動開始慢了下來，蒼白的林蔭大道上灰塵遍布，旗幟、廢紙與撕爛的海報隨風飄揚。忙碌卻毫無頭緒的行人腳酸眼花，衣著簡單地站在紅綠燈下，猶豫不決是否該過那條

街？懷疑過街之後，巴黎是否將會變得更好？

城市的分針開始遲緩，到了八月將完全靜止。

夏、冬兩季在巴黎步行，需要重新調整心態，不只是調整步行的方式，也要調整觀看的方式。

在紐約步行時，我往上看。曼哈頓的高樓大廈，和大峽谷的懸崖一樣，永遠令人嘆為觀止。它和埃及金字塔所代表的意義一樣，是對權力的實現，對完美的崇敬，與對未來的承諾。在倫敦步行時，我環視四周，驚人的社會差異獨步全球，不但身材體型五花八門，語言、視覺與聽覺更是變化多端，倫敦活在變化中。

但在巴黎，我往下看。

（嘲諷者可能會說：「當然，因為你可能會踩到黃金。」這真是不公平，雖然巴黎的狗數量並沒有減少，但是棄置的便便顯然少了很多。過去城市派遣許多年輕人騎電單車，帶著吸塵器在街上清掃這些令人厭惡的證物，不過現在這種被稱為電單車清狗糞（moto-crotte）的服務已經停止。現在甚至還可以看見那些狗主人把便便掃起來放在塑膠袋中，這種行為和十年前法國人在咖啡館內點可樂一樣，很難想像。）

不是這個因素，而是因為巴黎的歷史就在腳下。雖然柏油路面覆蓋了大部分的街道與林蔭大道，但是你仍會在腳下發現原始的方型石塊，老街上可能是粗鑿砌成的大型石塊，新鋪的路面就是切割精確的小型石塊。十九世紀末期，巴黎為了節省開支，採用磚塊大小的木條鋪地，比這種木條更粗糙的拼木地板經常可見於公寓內。不過這種材料終結於一九一〇年，當年塞納河氾濫，淹沒街道，木板發脹，河旁路徑成為一堆無法彌補的垃圾場。

在那之後，底層鋪沙的大理石塊就成為標準配備，通常鋪成扇形，看起來無傷大雅，直到一九六八年暴動的學生把這些石塊挖起來當武器丟擲時才發現，磚塊底

一九一〇年巴黎大水災

下的沙地成為他們額外的收穫：整個巴黎成為一塊新的塗鴉之地，「人行道下就是沙灘」。雖然那些被磚塊擊中頭盔而不省人事的條子（flic），可沒分享學生的熱情，不過傷口遲早會痛合。對我來說，那個時代留下來的熱情與衝動，彰顯在一張一九六八年的無名海報中：畫面上一頭亂髮的女孩，衣擺飛舞，正在往前投擲一個磚塊，海報上黑色的大字飛舞，寫著：美麗就在街上。

學生們也點出一個古老的真理：誠如漫遊者所言，如果漫步巴黎街頭是一種藝術，那麼城市就是他們所創造的畫面。既然巴黎是那麼古老，畫面並未全然空白，於是藝術家們是在自己或是他人的舊作上重新渲染，如同中世紀的學者刷去牛羊皮紙上的字跡重複使用，這種被稱為重寫本（palimpsest）的紙張，無論重複使用過多少次，前人的字跡依然若隱若現，如同我們這些漫步在巴黎街頭的步行者一樣，用自己的步伐書寫新的篇章，走過的城市將不再一樣。

海報「美麗就在街上」

1 諾埃爾科沃德爵士：Sir Noël Peirce Coward（1899 - 1973），英國著名劇作家、作曲家、導演、演員及歌手。以機智犀利的劇作成名，以結合風趣時尚的言談舉止風靡大眾，曾於一九四三年以電影《與祖國同在》（In Which We Serve）榮獲美國奧斯卡榮譽獎。

2 艾莉森盧瑞：Alison Lurie（1926 - ），美國作家與文學教授，被認為是當代文學中的珍奧斯汀，一九八五年以《異國情事》（Foreign Affairs）一書獲得普立茲獎。除了小說外，多年來並開設兒童文學課程，研究主題包括寫作、民間傳說及文學。創作過多本童書及小說。

3 梅維絲葛蘭特：Mavis Gallant（1922 - 2014），加拿大短篇故事作家，長年居住於法國，為《紐約客》雜誌撰寫小說，並於二〇〇三年獲得歐亨利短篇小說獎。

20

尋找馬諦斯

燈火奇異地流瀉在被遮蓋的拱廊內，巴黎主要林蔭大道的附近隨處可見這些拱廊，奇怪地也被稱為過道，似乎無人有權在這些太陽照不到的迴廊逗留片刻。一道綠灰色的光芒，似乎是從深水下隱約浮現，宛如裙擺下一晃而過的白晰美腿。

——路易阿拉貢，《巴黎農民》

我們和百萬富翁並不熟絡，提姆是其中之一，他是一位個性隨和的澳洲人，在一九六〇年代很有眼光地看中新南威爾斯北方一塊無人的海岸，稍加潤色，再經過簡單的木工打理，就成為理想中的度假小屋。他並不缺買家，雪梨或布里斯班的人喜歡這個區域，有的人喜歡它的氣候，有的人喜歡它近海，海豚往北方繁殖之際會游經這裡的海灣。其他人則喜歡附近樹林中茂盛的花草。於是十年之間，提姆擁有三處辦公室，販賣與租賃這些度假小屋，閒暇之餘還可以環遊世界。

某一個星期六，是他的巴黎之行的最後一日，我們在露台上吃早餐。

「我想買點東西回去給我太太。」他說。

我放下手中剩下一角的巧克力麵包，心想一位百萬富翁的太太，可能什麼都有了，還會喜歡什麼樣的禮物呢？

「愛馬仕的絲巾？香奈兒的皮包？」

「都有了。」他說。他的話證實了我的想法。

我們又想了一會兒，我一邊添加咖啡，一邊欣賞晨光中巴黎屋瓦的光澤。

「她喜歡畫作。」

「這附近有很多藝術書坊，」我說：「或許我們可以去奧賽美術館，那裡的書店藏書豐富。」

他若有所思地點點頭，然後說：「我想——可能就買一幅馬諦斯嗎？」

當然囉，悶熱的巴黎星期六，與其在一間間畫廊中採訪搜尋馬諦斯的素描或版畫，或許還有更好的消磨的方式，可是一時之間，還真不知該怎麼想。

於是我們從羅浮宮後面的拱廊街開始，沿著一條彎彎曲曲的路徑，一路幾乎抵達蒙馬特的山腳下。

Galerie Vivienne 拱廊街

Galerie Véro-Dodat 拱廊街

「維荷鐸達」、「微微安」、「全景」、「喬芙娃」和「維爾度」這些拱廊街[1]，年代可以上溯至十九世紀上半期，都有一分古典寧靜的氣氛。路易阿拉貢稱它們為人類水族館，我寧願說這像是飼養箱，密閉式的無水玻璃箱內，冷血蜥蜴與青蛙棲息在人造景觀中，沒有炫耀自己的念頭，非常滿意只是冷眼旁觀，或是被欣賞。

一條條細長的鐵柱支撐著玻璃屋頂，陽光透過屋頂，投下金黃柔和的光芒，鼓勵我們放慢腳步，像個真正的漫遊者。腳下的大理石地板，古老陳舊，稍有不平，與兩旁精緻小店互相輝映。這些小店是各種嗜好的大集合——珍版書、古董明信片、郵票、電影畫片、洋娃娃等。其間還有咖啡館、糕餅鋪，以及分散各處的精緻旅店。超現實主義電影大師路易斯布紐爾[2]的父母蜜月的時候就住在一間這樣的旅店中，於是當他定居巴黎的時候，特別找出那家酒店，睡在那張孕育他的床上。只有拍出《安達魯之犬》這種電影的導演，才會有這種怪異的舉動。在昏黃燈光半催眠的狀態下，心緒更會引發幻想。他在巴黎的期間，是否去拜訪過相當於「杜莎夫人」的巴黎格雷萬蠟像館嗎[3]？電影明星阿諾史瓦辛格、瑪麗蓮夢露，以及本土名人搖滾樂手強尼哈勒戴（Johnny Hallyday）的蠟像，與

路易斯布紐爾

拿破崙進攻埃及時在帳外沉思，路易十六一家人等待上斷頭台的蠟像陳列在一起，這些可能引發他拍攝電影《庫魯茲的犯罪生活》的構想嗎？劇中主角受到櫥窗內木偶的吸引，最終將它焚毀。

拱廊街也有一些經銷商；經手價格合理的畫作與版畫，這裡更接近提姆和我所要尋找的目標。

我們幾乎立刻就找到第一幅馬諦斯作品，在一間畫廊的櫥窗內，鋼筆水墨描繪出一位女郎的頭部，和十幾張平庸的素描與水彩畫放在一起；這家畫廊靠近著名的「德魯奧拍賣區」（Hôtel Drouot）。儘管畫上有那龍飛鳳舞的簽名，我仍然無法全然相信這就是真品。再說，畫廊已經打烊，我們的女郎被關在玻璃窗前的鐵條後面。

我用手機撥打門前所示下班後的聯絡電話。

店主的聲音聽起來似乎並不很高興，後面的雜音像是家庭的談話聲，是不是還有餐盤的聲音？還有玻璃杯的聲音呢？是在吃晚早餐，還是早午餐呢？

「我們已經打烊，要到下星期才營業，你的朋友不能那時

馬諦斯畫中的後宮佳麗

再來嗎？」他說。

「他禮拜一就要飛回澳洲了。」

「我不知道……我要去勃艮地……」

「他是真的想買，特別想要一幅馬諦斯。」我特別強調。

我可以聽見手機中有人在後面叫著：「上桌了！」這種呼聲沒有任何法國人抗拒得了，如果這位經銷商還有任何猶豫，聽到這句話心意也定了。

「現在真的不行，」他說，「我要走啦！等營業的時候再來吧！」然後就掛上電話。

提姆看起來很沮喪：「奇怪的做生意方式，老家可不是這樣。」

「還有很多家。」我說。

可是沒有，至少眼前沒有。有部分是我們的錯，因為這些迴廊中還有許多小通道，引領著我們前去探索。在一間販賣明信片的小店中，我發現一張非裔美國舞星喬瑟芬貝克[4]的影像，她的身上除了時尚設計師保羅波列（Paul Poiret）特別為她設計的紫羅蘭香蕉裙外，大膽地近乎全裸。再走幾間店，有一間很小的北非咖啡館，提供咖啡與杏仁餅乾，瞇上眼睛，我們恍若置身於摩洛哥的市場中……

喬瑟芬貝克與她的香蕉裙

我們的探索之旅終止於左岸，一間距離塞納河只有幾呎遠的小畫廊中，它和我們經過的畫廊不同，店門大開，店主親切，意願高昂。

「馬諦斯？當然有！」他說：「請坐，喝咖啡？香茶？還是來一杯葡萄酒？」扶手椅頓時出現，支起畫架，正經的助手從後面的房間內拿來一盒盒平板箱，帶著白手套的手，在畫架上擺出一張銅版畫，一位僅著一條透明絲質褲子、上半身裸著胸部的女人，慵懶地躺在一條圖案繁複的毯子上，像貓一樣毫不在乎地展現自身的美麗。這是一位後宮佳麗（odalisque），北非有錢大爺豢養的女奴，她冷漠夢幻的臉龐，杏仁般的大眼，呈現在紊亂捲曲的髮絲中，肯定是馬諦斯。

「眼前這幅——」，提姆在澳洲有限的高級詞彙中尋找適當的字眼，以表達他無上的喜悅，終於說：「——很好！」

「畢卡索說，」店主特別強調：「馬諦斯去世後，這些後宮佳麗的畫作就是留給我們的遺產，畢卡索從未到過北非，也沒有離開過歐洲，但是他說他不需要離開，從馬諦斯的眼中就可以體會。」

賣畫有了畢卡索的加持，比什麼都管用。提姆拿出一張信用卡，在這之前我只見過一次這種信用卡。我的演員朋友唐恩戴維斯（Don Davis），很幸運地在電視連續劇《星際大門

SG-1》中演出一個常態性的角色，有一次，他帶我到香榭麗舍大道的富凱（Fouquet）餐廳午餐，餐廳員工看到那張著名的臉已經非常激動，再看到那張卡差點跪了下來。

「我知道有綠色的，」我對唐恩說：「也見過金黃色，還有白金灰色，而且還見過一次鈦合金黑卡，不過這張卡可還是第一次見到。」

「鈽金卡。」他笑著說：「沒有上限。」他歪著頭打量著天花板，示意連這棟高價的房屋在內，「我可以買下這棟屋子。」

不得不佩服這位畫廊老闆，他接受提姆這張信用卡時，連眉頭都沒皺一下。交易完成後，提姆的財產不過損失了約一部小汽車的價值，那位後宮佳麗還在等待包裝運送，我們就此離去。

「有趣！現在該去吃午餐了！」他說。

1

巴黎的拱廊街指的是在購物中心內擁有玻璃天窗，可供行人穿越的步道，兩旁可能是古董商店，服飾精品店或是畫廊，又稱為 passages，以下是文中所提到的拱廊街與其地址：

- 維荷鐸達（Galerie Véro-Dodat）：19, rue Jean-Jacques Rousseau - 2, rue du Bouloi。地鐵 1 號線，站名：Palais-Royal-Musée du Louvre。
- 微微安（Galerie Vivienne）：4, rue des Petits Champs, 5, rue de la Banque, 6, rue Vivienne。地鐵 3 號線，站名：Bourse。
- 全景（Passage des Panoramas）：11-13, boulevard Montmartre - 151, rue Montmartre。地鐵 8 & 9 號線，站名：Grands Boulevards。
- 喬芙娃（Passage Jouffroy）：9, rue de la Grange Batelière - 29 Passage Jouffroy。地鐵 8 & 9 號線，站名：Grands Boulevards。
- 維爾度（Passage Verdeau）：6, rue de la Grange Batelière - 31, bis rue du Faubourg Montmartre。地鐵 7 號線，站名：Le Peletier；地鐵 8 & 9 號線，站名：Richelieu-Drouot。

2

路易斯布紐爾：Luis Buñuel（1900 - 1983），西班牙國寶級的超現實主義電影大師，《安達魯之犬》（Un Chien Adalou）是這位大師奠定聲名之作，也是他與超現實畫家達利合作的影片。這部十六分鐘的無聲短片中，他以看似無關的眾多驚人聯想鏡頭，影射人心底的欲望與社會的壓力。其他的名片還包括《青樓怨婦》、《朦朧的欲望》等。《庫魯茲的犯罪生活》（The Criminal Life of Archibaldo de la Cruz）描寫一位精神狀態不穩定的男子，畢生最大期望就是成為一位連環殺手。

3 「杜莎夫人」蠟像館是由雕刻家杜莎夫人（Madame Tussaud）於一八三五年在倫敦成立的蠟像館，現今全世界已有十餘座分館。巴黎格雷萬蠟像館（Musée Grévin）成立於一八八二年。亞洲的上海、北京、香港、武漢、曼谷、東京等地均有分館。

4 喬瑟芬貝克：Josephine Baker（1906 - 1975），是第一位登上美國主流電影、音樂廳的非裔美國歌舞明星，後來移居巴黎，成為法國人。她出生於路易斯安那州，自小窮困成長於街頭，後來加入巡迴舞蹈團並赴法國表演，她很快地在巴黎嶄露頭角，獲得成功並成為巴黎藝術家們的靈感泉源，她的表演大膽創新，經常身上僅穿香蕉狀的圍邊短帶，帶著一隻美洲豹上舞台。不過因為種族問題，她始終未能在美國獲得與國際一樣的名聲。二次世界大戰期間，她還曾為法國情報局擔任間諜，以明星的身分周旋於國際名人間，收集情報並寫在自己的樂譜中。

21

尊貴的沙丁魚

啤酒冰涼沁心，馬鈴薯沙拉厚實可口，橄欖油又香又醇。我在馬鈴薯上撒黑胡椒，麵包沾橄欖油。喝一口濃烈的生啤酒後，我慢慢地吃喝。吃完馬鈴薯沙拉後，又點了一盤瑞士香腸。這種香腸很像圓厚的德國香腸，切成兩半再抹上一種特製的芥末醬。我用麵包抹去所有的橄欖油還有殘餘的醬汁，慢慢地喝著啤酒直到不再冰涼，接著又點了半杯。

——海明威於荔浦的午餐

我們去荔浦餐廳吃午餐，來巴黎的人都不應該錯過荔浦餐廳（Lipp Brasserie）。Brasserie 的意思是「釀酒坊」，啤酒過去就是在這棟狹長建築的地下室釀製，這地方距離聖日爾曼德佩區的教堂不過幾百呎而已。往日的精神依舊長存，依然是木製地板，依然是十九世紀的明鏡與銅飾裝潢，菜單依然提供扎實有飽足感的菜肴，所提供的主要啤酒依然是自家釀造。兩次世界大戰期間，荔浦吸引了許多藝術家前來，他們喜歡價廉物美的食物遠勝於餐廳氣氛。海明威就是常客之一，他特別喜歡水煮煙燻香腸，冷馬鈴薯切片，淋上橄欖油一起吃。

每間重要的餐廳都有它最特別的角落，可以眼觀四方也可以被四方觀看，對荔浦來說，就是位於正門兩旁的玻璃窗座，具有百貨櫥窗的效果，預留給電影明星或是龔固爾文學獎[1]的得主。提姆和我被領到後面桌台，

荔浦餐廳

正合我們的意，因為客人談話的聲音迴盪在光禿禿的地板間，吵到無法說話。

想到海明威，我點了他喜歡的菜肴：水煮煙熏香腸與馬鈴薯沙拉，外加一杯這裡釀造的啤酒，長圓的酒杯可以裝滿半公升。

「我要沙丁魚。」提姆說。對一位生活在印度洋區，經常享受新鮮魚類的人來說，這樣的選擇不難理解。

幾分鐘過後，我們的侍者回來，手上拿的不是主食，而是餐間小點，先是一小瓶深綠色的橄欖油，放在提姆的盤子旁邊，然後是一盤切成薄片的綠洋蔥（法國人堅持稱它為「白洋蔥」），然後是半顆檸檬用紗巾包起，放在鐵夾內用來擠汁，幾分鐘後，他又拿來一個鐵盤，上面是薄薄乾乾的黑麥吐司，包在細麻檯巾內。

我們的主食終於上桌，我的香腸與馬鈴薯只簡單地砰然放在桌上，缺少應有的儀式。但是提姆顯然點了一般人不會點的東西，需要適當的排場：侍者手捧的盤子上盛著一樣用檯巾蓋起來的東西，他恭敬地掀開檯巾，展示底下的食物，一盒沙丁魚罐頭。

侍者對訝異的提姆展示罐上的商標宛如展示葡萄酒一樣，然後捲開罐蓋，把裡面的東西倒在盤子上，一聲親切的「祝好胃口」，轉身離去。

我早該料到提姆會很訝異，他以為會是澳洲餐廳內常見的鮮烤沙丁魚，而我卻沒想到該有所解釋，對法國人來說，某些罐裝沙丁魚品質優良，足以達到收藏等級，特別是春天捕獲的魚類最為肥美，留待「美食家」享用。有些罐頭處理工廠會在裝罐前燒烤或是嫩煎後才封罐。一位美食鑒賞家曾經描述這種口味：「複雜獨特，幾乎與魚無關，厚實豐富，十分迷人」。特別是「紅標」[2]的沙丁魚罐頭更為特殊，保證捕獲後十二小時內就會靠岸，靠岸後四小時內就會進入工廠，當天就會清洗乾淨，用葵花籽油煎過，儲存四個月後再銷售，罐頭上的標示不僅記載捕捉的日期，還會記載捕捉的船隻。生產沙丁魚罐頭的大廠康耐特包（Connetable），推出一種「頂級」的沙丁魚罐頭，零售價高達十四美元一盒，並且建議購買的人像儲存葡萄酒一樣「放置」幾年，偶爾翻轉一下，以便風味一致。

標示紅標的商品均為特級品

「不過真讓我感到意外的是，你甚至連眼睛都不眨一下，我還以為這是在開玩笑呢！」提姆後來說。

到了這般時刻，他應該了解法國人平常對待重要事物已夠認真，何況是食物，當然倍加恭敬！

一九三〇年代時，華德狄斯奈片場的動畫家們認為製作米老鼠色情卡通會很有趣。華德狄斯奈本人和其他人一樣，笑得很大聲——然後把他們全部開除。消息很快傳開：

在狄斯奈工作的首要規則就是：別和老鼠過不去。

這句話也同樣適用於法國，別跟任何進入口中的食物過不去，就連不起眼的沙丁魚也不例外。

買了一幅馬諦斯，又在荔浦吃了飯，剩下的時間還能比這更好嗎？我們也沒有這種指望。所以到了四點，當侍者整理餐桌並且開始為晚餐做準備時，提姆和我還在喝第三杯咖啡，並喝第四杯（可能是第五杯）蘋果白蘭地。

我當然該去工作，可是每當一絲清教徒式的想法，悄然湧上心頭，足以影響享受漫遊的愉快心情時，我就會想起法國女星凱瑟琳丹妮芙。

凱瑟琳丹妮芙

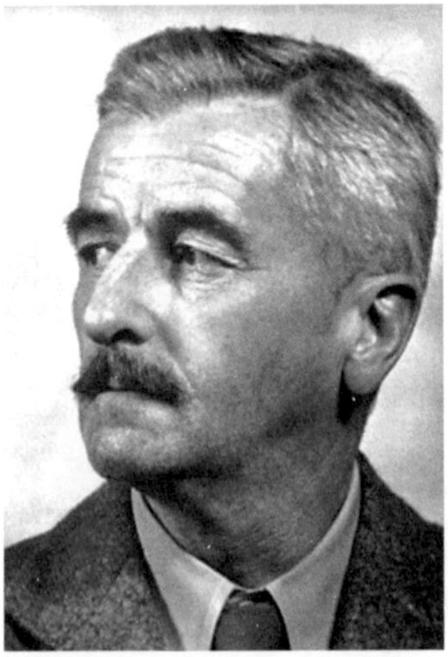
威廉福克納

丹妮芙是我們多年的鄰居，住在聖敘爾比斯廣場上一座很高的玻璃圍牆公寓內，我們偶爾會在路上相遇，無論是在普瓦蘭（Poilane）排隊——巴黎最好但是店面甚小的麵包店。或是在我們都喜歡尋寶的任何舊貨市場。我曾經訪問過她幾次，有一次是在聖羅蘭本店的沙龍內，她身穿一套藍色細麻西服，嶄新畢挺的程度像張新鈔。

一九六八年，丹妮芙因拍攝莎岡的小說《熱戀》[3]一片走紅，當時二十五歲的她正值青春貌美。她所飾演的女主角露西，是一位被有錢人寵壞的情婦，這位四十餘歲有錢的中年男子查爾斯，是由米歇爾皮可利所飾演。當他發現露西被一位年輕記者所吸引，竟然任由她離開自己的身邊，去和那名男子共同居住在狹小的公寓內，他認定他們兩個不會持續太久。露西靠著變賣珠寶，搭巴士度日，正如法國俗話所說的，靠愛情與清水過活，使她日漸萎頓。然而這裡是法國，真正的心聲出自文學作品：威廉福克納的《野棕櫚》[4]，也是描述一位男子放棄了舒適的城市生活，與她的愛人回歸曠野。

一天在午餐時分，凱瑟琳坐在一間咖啡廳的吧台上，一邊讀著這本小說，一邊吃著火腿起司長棍麵包，其中的一段章節特別引起她的注意，於是她起身要求大家安靜，當整個咖啡廳鴉雀無聲後，她開始大聲朗誦：

就是閒散才孕育出我們所有的美德；我們最可親的特質：包括沉思、安靜、懶散、不打攪他人；身心兩方面皆能完全吸收消化，並側重肉體歡愉的智慧，如吃喝、排泄、私通並曬太陽。人生苦短，這世界上再沒有任何事，能比活出滋味並心頭清明更好；更能與之比擬。而那些我們所謂的基本美德：節儉、勤勞、獨立，才是孕育出狂熱盲從，自命不凡、愛管閒事、膽小畏懼這些壞德的禍首，還有最糟糕的，講究表面。

整座咖啡廳頓時響起一片掌聲，我們可以看見這些拿死薪水的奴隸們心中在想：如果我也敢的話……

露西真的敢，她拋棄她的愛人，回到過去的好日子中，電影的最後一個鏡頭，她適時地回到那種充滿香檳、莫札特、聖羅蘭服飾的生活中，而且做為一個真正的巴黎人，在這步行者的最佳城市中，她當然是自信地大步跨出，義無反顧地在路中間——踏步行走。

1 龔固爾獎：Prix Goncourt，法國最尊貴的文學獎，由法國小說家愛德蒙龔固爾（Edmond de Goncourt，1822 - 1896）所設立。

2 紅標：label rouge，是法國於二〇〇六年通過的食品標示法，任何標有 label rouge 的食品與非食品如花朵，均為特級製品。

3 莎岡：Françoise Sagan（1935 - 2004），本名法蘭絲瓦・奎雷茲（Francoise Quoirez），小名琪琪（Kiki），出生於法國富商之家。十九歲出版處女作《日安憂鬱》便聲名大噪，成為法國暢銷小說家，作品多半以中產階級的愛情為主。電影《熱戀》改編自她的小說 La Chamade，由凱瑟琳丹妮芙（Catherine Deneuve）與米歇爾皮可利（Michel Piccoli）主演。

4 野棕櫚：The Wild Palms，威廉福克納最為動人的作品之一，以兩個故事構成，其中一個故事即名為《野棕櫚》，描寫男女間自由強烈的愛情悲劇。男主角哈里遇上有錢但生活苦悶的有夫之婦夏綠蒂，兩人不顧一切私奔，然而謀生不易，加上時局艱難，兩人在困苦的環境中掙扎，最後女主角在難產後死亡，而哈里被控私自為她墮胎下獄，獄中夏綠蒂的前夫給他夏綠蒂的藥物讓他快速解脫，他這才發現夏綠蒂是自殺而死。但他並未向法庭解釋，也未選擇快速解脫，他選擇了永恆的悲傷。小說的結尾是男主角悲傷的自白：「……她不在了，一半的記憶也不在了；如果我不在了，那麼所有的記憶都將不在了。是的，他想，在悲傷與虛無之間我選擇悲傷。」

22

穹頂餐廳三女神

試著學習呼吸的時候深呼吸，吃東西的時候真正地品嘗食物，睡覺的時候真正入眠。盡可能真正地過生活，想笑的時候開懷大笑，憤怒的時候盡情發洩，學習真正地活著，因為你很快就會死了。

——海明威，給年輕作家的建議

魯本斯的《優美三女神》

格蘭特的原則是如果一口不錯，那麼接下來整瓶酒只會更好。秉持這種心態在他的網站上分出一站給我，裡面有圖片，一篇訪問，書的推介，還有以我為導遊的直接廣告。由於他的網站與許多旅行社、出版商、餐廳與航空公司相連結，因此當任何人用 Google 查詢「巴黎旅遊」的話，我的名字很快就會跳出來。

「你接受了我有關文學之旅的建議。」陶樂絲說。我們相約喝咖啡。

「嗯……是的。」

我的臉紅得像是挽著教堂風琴手一起從汽車旅館走出來的神父，但是她對我的神情不以為然。

「很多人都利用文學巴黎賺錢，你為什麼就不行呢？」

當格蘭特介紹第一批客戶給我後，我就知道為什麼不行了。

比莉珍、鮑比珍與瑪莉貝絲（還是叫瑪莉珍、比莉鮑比和珍妮貝絲呢？）三位都來自德克薩斯州的阿馬利羅，雖然她們沒有戴牛仔帽，也沒有踩高跟馬靴，但是她們站立的樣子，頭稍微有點往後仰，像是從帽沿邊緣往外看，身軀稍微後傾，倚靠腳跟站穩，好像靠在看不見的支柱上，告訴我這正是她們平常的習慣。

「來過巴黎嗎？」我帶著期盼問。如果她們來過的話，我就不必從頭開始解釋了。

「沒有。」其中一位回答。

「從來沒有。」她的朋友說。

「第一次離開美國。」第三位回答。

除了她們的名字外，驚人的是她們的體型，畫家魯本斯喜歡身材高大的紅粉佳麗，如果他要描繪《優美三女神》[1]的話，那麼她們會是最好的模特兒。

「會說法語嗎？」

「不會。」是比莉珍，還是鮑比珍說？

「一個字都不會。」第二位說。

第三位把頭歪得更遠，盯著我說：「你在開玩笑吧！」

這讓我更加緊張，問道：「對巴黎有特別感興趣的地方嗎？」

「你是什麼意思？」

「我是說你們曾經讀過任何過去住在巴黎的作家的作品嗎？例如費茲傑羅、亨利米勒，或是海明威嗎？」

她們集體皺起眉頭，像是漫畫角色頭上泡泡圈中出現一個巨大的問號。

「我們還是先出發吧？」我囁嚅地說。

接下來的一個小時內，我帶領她們穿梭在聖日耳曼佩德區的小巷中，指出和文學、歷史、或是藝術毫無關聯的各個景點，例如傑克布路（rue Jacob）二十號，巴黎女同性戀元老娜塔莉巴妮（Nathalie Clifford Barney）在這裡發表演說並建立了希臘式的「友誼殿堂」，吸引了許多美麗的賓客。在福斯坦堡廣場（Place von Furstemberg）安靜的角落中，陽光透過五株高大的栗樹，在金色石磚表面投射出條紋般的光影。那天《時尚》（Vouge）雜誌的攝影師正在那裡拍攝，我們在旁觀賞了一會兒，那些瘦得不可思議的模特兒們，像蜥蜴一樣靈巧，在那些古色古香的街燈旁，擺出各式各樣撩人的姿態。

可是當我們穿越沃吉哈赫街進入盧森堡公園時，我感覺到我的客戶們已經意興闌珊，無論她們想在巴黎發掘什麼，都很遙遠，而我正是罪魁禍首。

傻傻地以為她們或許知道葛楚史坦茵，於是我帶著她們朝她的寓所弗勒呂斯街（rue de Fleurus）走去，站在阿薩斯街交會口時，我靈機一動。

就在對街角落，一座令人沉溺於口腹之欲的殿堂，頂級享受的聖母院，在這天氣晴朗的早晨，從敞開的大門中，飄出絕香的美味，令人難以抗拒。

「你們喜歡巧克力嗎？」我問。

三個小時過後，穹頂咖啡館的侍者幾乎都已回家去了，只剩下一對實習生招呼我們。對我們「再來一杯咖啡，或是再來這些小甜餅乾」這些要求，盡量報以禮貌幽默的態度，但是顯然她們非常希望我們趕快買單離去。

可是這三位德州女神還沒到走人的時候，經歷過緩慢的熱身，她們終於開始享受愉快的時光。

這一切要從福勒呂斯街上的熱巧克力開始說起，就是位於克里斯欽康斯坦（Christine Constant）精品店旁邊的小咖啡館[2]。

我對她們解釋道，法國巧克力大師康斯坦聲稱重新發現了古馬雅人的祕密，將紅辣椒加在熱巧克力內，靠著《濃情巧克力》（Chocolat）的原著小說與電影，將這個配方流傳到世界各地，電影中的茱麗葉畢諾許，就是利用這種好吃、可口，又會上癮的產品，改變了整個村鎮。

「你是說他們就在這裡發明這個？」

「上面是這樣說的。」我指著菜單上的馬雅熱巧克力。

「加了辣椒的巧克力？」她大力地拍著桌子：「端上來吧！」

經過這番洗禮，哪個部分的巴黎是她們中意之處，已是十分清楚。

她們從來沒有聽說過葛楚史坦茵這個人，但是喜歡愛麗絲托克拉絲[3]的麻藥糖糕食譜，還有我依照食譜，為穩重的美國圖書館接待會，製作出一大塊麻糕後，所發生的故事。

我們改道前往散布於哈斯拜爾大道（boulevard Raspail）末端的露天食品市場。市場上的攤販提供試吃——現切的乳酪和香腸，放在刀鋒上讓她們品嘗，使這三人行陷入狂喜狀態。

「天哪！這像是在酒吧裡吃午餐，而且完全免費！」瑪莉珍說。

吃了東西之後，她們宛如花朵般綻放。我怎麼會分不清楚這三個人呢？她們的差別就像三隻小熊一樣。

比莉珍插嘴道：「沒有喝的，就不會像酒吧午餐了。」

「這有什麼問題！」

十分鐘之內我們就進入了穹頂咖啡館。

這間偉大的終極餐廳，開張於一九二七年，是第一家結合了咖啡館、酒館與餐館於一個屋簷下的餐廳。沿著林蔭大道矗立，主要的用餐地方在穹頂字眼之下，美國式的酒館在左邊，地下室是舞廳。當時巴黎的保守人士曾經不屑地說這是「新潮、乏味的德國式咖啡館」，可是觀光客大為傾倒，蜂擁而至。

我企圖解釋這裡具有的文化意義，可是女士們只對一件事

一九三〇年代的穹頂咖啡館

感興趣。

「這裡會有波本酒嗎？」

不但有，而且是三種不同廠牌。於是她們安排了一場品酒比賽，這樣我可以喝出其中的不同。然後酒保朱利斯（到了這個時候，我們已經用小名互相稱呼了）問她們是否嘗試過波本混合艾碧斯酒（absinthe）[4]？

「艾碧斯酒，不是有毒嗎？」貝蒂說。

「而且非法？」

十九世紀末巴黎艾碧斯酒的廣告海報

朱利斯聳聳肩，意思是就算是真的，在老朋友之間也無所謂。

「只是建議喝——」朱利斯喃喃自語：「地震酒。」

「地震酒？裡面到底是什麼？」我說。

「哦，其實沒什麼，不過是一點琴酒，一點波本，再加一點艾碧斯酒，當然還要加一點冰塊。」他用法語說。

「肯定清涼爽口。」雞尾酒沒有冰塊簡直不叫酒。

不過這個地震酒可真是名副其實，達到一種需要另一輪下肚才能穩住自己的程度。然後一位很能體諒我們的餐廳經理帶著我們回到自己的桌位。

接下來的兩個小時，我們的足跡踏遍整份菜單，像是啟示錄中的四騎士[5]。油封鴨、紅酒牛肉、烤雞、燉羊肉、燉肉……幾乎每一樣菜都不放過，而且每樣菜的主要成分都是肉。就連經典式的法國韃靼牛肉，用香蔥、黑胡椒、伍斯特醬與塔巴斯哥科辣椒汁調和攪碎的生牛肉，也得到她們的讚賞。

「就像是生辣椒一樣，」瑪莉貝絲說著，吞下另一大口：「而且還不需要另外煮，我回家一烤肉，就用這個鬼玩意。」

她對搭配的比利時啤酒也同樣感興趣，「葡萄酒是給同性戀和笨蛋喝的，」（她悄悄地在我耳邊說，聲音大到桌邊四周的人都會聽得到，還好他們都不懂英文。）

「我現在吃的到底是什麼？」瑪莉貝絲指著一道菜問：「不是不喜歡這道菜，只是好奇是什麼？」

「甜麵包加上核桃。」我說。

「那是睪丸嗎？」比莉珍從桌子的那頭問道。霎時各方抬起頭來，我感覺到數打眼光集中在我身上。

「不是，這是別的東西，我想是脖子裡面的。」我趕快說。

「管他是睪丸、腦子，還是屁眼，我全部都吃，煮的和生的都一樣。」比莉珍說。在我腦中出現比莉珍像咬蘋果一樣咬牛睪丸的畫面前，她環顧四周，神情滿意。

「管他的，我愛巴黎！」

我已經十分清楚我的文學徒步團員們傳遞出的訊息，而這德州三姝更加強了這種想法。來這裡拜訪的人，並不想要他們的巴黎。

他們想要我的巴黎。

他們回家後有很多的時間去閱讀福樓拜，或是法國大革命的歷史，而他們現在真正想要做的：就是伸出雙手，擁抱生活——去吃也是被吃。

1 魯本斯：Peter Paul Rubens（1577 - 1760），巴洛克畫派早期代表人物，《優美三女神》（Three Graces）是他的重要畫作之一，描繪希臘神話中宙斯的三個女兒，分別代表美麗、熱情與愉悅，現存於西班牙馬德里的普拉多美術館。魯本斯也以這個主題畫出其他畫作。

2 克里斯欽康斯坦：巴黎有兩位大廚都叫 Christine Constant，一位是米其林大廚，一位就是這位巧克力大師，他的店 Magasin & Salon de Thé 位於兩條街的交會口。37, rue d'Assas / 18, rue de Fleurus，各由兩邊出入，可搭乘地鐵4號線到 Saint-Placide，或是地鐵12號線到 Rennes 站，他的巧克力製作以加入茶香與各種花香知名。

3 愛麗絲托克拉絲：Alice B Toklas（1877 - 1967），葛楚史坦茵的長年伴侶，與她一起共同推展巴黎的藝文活動，包括她們所建立的「藝文沙龍」。不過托克拉絲一直位居幕後，協助葛楚史坦茵處理實際生活事務。史坦茵過世後，她繼續創作，出版自傳與食譜，她的第一本食譜書 Alice B Toklas Cookbook 頗受歡迎，第二本食譜書為《過去與現在的香氣與風味》（Aroma and Flavors of Past and Present）。

4 艾碧斯酒（absinthe）：這種酒的翻譯經常會與苦艾酒（vermouth）或是茴香酒（annises）搞在一起（google 與維基 wiki 的翻譯），又有翻譯為大麻酒。這種酒與苦艾酒基本上都以茴香籽與其它植物提煉而成，然而提煉方式與成分差別極大，苦艾酒為許多雞尾酒的配料，多為餐前酒（開胃酒），而艾碧斯酒酒精成分極高，通常與其他烈酒相混合而成為餐後酒。同時因為其中的化學成分側柏硐（thujone）的關係，被認為具有大麻的效果，因而在一九一五年被禁，其實後來化驗證實成分極低，與一般烈酒無異，於是再度開放。這種酒因為是二〇年代的藝文人士如海明威、畢卡索等人愛喝的飲料，因此著名，同時還有特別的調酒方式與配件，後文會說明。目前也有酒商引進艾碧斯酒，又稱香艾酒。

5 啟示錄中的四騎士：The Four Horsemen of the Apocalypse 在《聖經・啟示錄》的第六章中記載，四位騎士的名字各為Pestilence（瘟疫）、War（戰爭）、Famine（飢荒），以及Death（死亡）。

23 鵝肝的美味

我心目中的天堂是邊聽小喇叭，邊嘗鵝肝醬。

——席尼史密斯（1771 - 1845）[1]

歐元強勁，國家穩定，陽光溫暖，酒類收成良好，現在是來法國最好的時機。遠離伊拉克戰爭是聰明的決定，既可以擺脫「吃乳酪的投降猴」這種挖苦的稱謂，還有「風暴諾曼」之稱的施瓦茲科夫將軍[2]不屑地譏刺：「能夠不帶法國去打仗，好像不帶風琴手去獵鹿一樣。」法國人與當地的外國人一致暗自高興能脫離布希政府。

沒有人能預料到戰後的金融危機，不過就算法國人預料到的話，他們的作風也不會有任何改變。歐洲對他國的失敗有種幸災樂禍的傳統，德國人發明了一個字眼 schadenfreude，法國箴言大師拉羅富什科[3]則捕捉了這種精神，大概是這樣說的：「真正的成功，要踩在好友的失敗上。」

奧地利人特別歡迎絕望，他們是鬱悶自虐的大師。在拜訪維也納之前，從馬勒與史特勞斯的音樂，席勒與克林姆的畫作中，我就可以體會到這種特性的價值。往後的維也納之行中，體會更深。一位在奧地利電影博物館工作的朋友，經常一臉倦容地熱情迎接我，然後就開始敘述最近的苦難，無論是相關政治或相關個人。

抒發了半個鐘頭的苦悶之後，他會聳聳肩說：「幸好我們還有丹米爾！」於是我們會走到米歇爾廣場（Michaelerplatz）去偉大的丹米爾餐廳（Demel）。這間餐廳可以上溯到一七八六年，水晶吊燈與大片玻璃，散發出奢華的氣派與動人的食欲。女侍推著多層式的點心車，每層玻璃上裝滿口腹的誘惑。其中最堂皇的極致，是塑形成大捲心菜的糕點：外殼由白巧克力做成，裡面是濃醇鮮奶油，再用櫻桃白蘭地調味。丹米爾餐廳與它的糕餅工坊體現了維也納隱含的寓意：快樂與憂愁是一體的兩面，薩赫蛋糕（Sachertorte）的巧克力外殼愈是苦澀，愈能襯托出底下樹莓醬迸發出的酸甜滋味。

維也納的藝術群雄之中，我最喜歡馬克思萊哈特（Max Reinhardt），他是兩次世界大戰期間，歐洲最具創新力的

馬克思萊哈特

劇院製作人，一九三〇年代末期，當德國急欲染指他的鄰居，希特勒不斷發表有關生存空間的演講時，他還是繼續籌辦一年一度的薩爾斯堡藝術節，每個午夜都在他的萊奧帕爾茨克龍城堡（Leopoldskron）以消夜款待名流。

維也納的丹米爾餐廳

每當凌晨兩、三點，最後一輛馬車離開後，萊哈特會對他的暱友輕聲道：「再留一個小時。」劇作家卡爾楚克梅爾寫道：「就像是被推翻前的凡爾賽宮，不過更警覺小心，意識更清楚。有一次，在留下來的那個小時中，我聽見萊哈特幾乎是帶著滿意的語氣說，這些夏日藝術節最好的部分，就是每一次都可能是最後一次。他停了一下繼續說：「你甚至可以在舌尖上品嘗到生命的無常。」」

一個飽受壓抑的民族，數代以來經常被迫去吃那些養尊處優的人所嫌棄的東西，從他們的觀點去看烹調，是需要有豐富的想像力。只有富人才會拋棄禽類的內臟、皮、喙與爪，豬腸、豬血、豬耳朵與豬尾巴，還有牛舌與牛肚。猶太人利用他人丟棄的動物軀塊烹調食物，難怪在所有菜肴當中，種類最豐富。同樣的，美國南方包含白人與黑人在內的窮苦人家，從豬隻最糟糕的部分，以及別人不會吃的苦澀蔬菜中創造出美食佳肴。

這些美食成為國家榮譽的象徵，提醒他們出身苦難。如果這些成品本身，或是品嘗的時候，還帶著痛苦甚至危險的因素，那就更棒了。日本人吃河豚，這種魚幾乎沒有什麼味道，它含有可能致命的毒素，他們吃它的理由正是基於這點。再說荷蘭，一年中某些時刻，當地新鮮的鯡魚非常美味，導致老饕喜歡生吃，完全無視於這些魚可能帶著寄生蟲的危險。對法國人來說，抽沒有濾嘴的香菸，吃沒有殺菌的牛乳做的乳酪，愉快地享用鵝肝，是對自我文化的肯定，也是向那種無法承受謹慎與同情的時代致敬。

我個人對鵝肝的認識，就某種程度來說，就是我個人對法國的認識，並且嚴格遵守它放縱自我的明顯特質。一九七〇年代，瑪莉杜還只是我的女友而非太太的時候，我們在靠近巴黎地鐵北站最大的一間餐廳吃午餐，她建議我點鵝肝做為開胃菜。

我的原則是每樣東西至少嘗一次。而且如果對她承認我是第一次品嘗這種東西的話，看起來會很笨。

端上來的鵝肝切成薄片金黃亮麗，潤滑的油脂米黃光鮮，搭配烹調時流瀉的醬汁，旁邊還有一個鐵盤，上面是包在檯巾內的乾吐司。

「沒有牛油！」我巡視桌面。

「為什麼要牛油？」

「塗吐司呀！」

「有了鵝肝，你不需要牛油。」

「乾吐司不好吃，我們可以跟侍者要嗎？」

「不可以！」

她憤怒的口氣令我訝異，乖乖閉上嘴吃我的乾吐司，赫然發現她完全正確。鵝肝和牛油一樣肥潤，把兩者放在一起會很奇怪。而且就法國人的觀點來說也很糟糕，因為踐踏了事物的本質，而且這樣做的下場，還會引起侍者的藐視（你相信嗎？這些笨蛋觀光客將鵝肝和牛油混在一起吃！），使我們看起來愚蠢無比。這種經驗發生在早先為BBC到巴黎採訪的旅程上，經過一整天辛苦的訪問後，我和製作人回到飯店，不清楚法國人在晚餐前絕對不喝白蘭地的習慣，我們都點了白蘭地舒展精神等待瑪莉，準備和她一起共進晚餐。當她坐下來後，侍者傲慢地問她：「小姐也要來一杯餐後酒嗎？」

誘惑通常開始於味道。帶著口紅的初吻，初嘗生蠔，或是第一顆橄欖的驚喜，永遠令人難忘。沒有人會忘記露易絲布魯克的電影《墮落少女日記》[4]，她在妓院內接過一杯香檳酒，剛開始有點遲疑，然而喝下後，香檳酒所代表的生活型態隨即展開。或是《鬼迷茱麗葉》裡的女主角茱麗葉瑪西納[5]，從風流倜儻的西班牙人手中接過一杯水果葡萄酒，在那個年代極具異國情調，而且聽到他充滿誘惑地說：「它能滿足所有的渴望，甚至是未表達的渴望。」

露易絲布魯克著名的娃娃頭

德州三姝使我了解，引誘新來的人欣賞巴黎最好的方法，並非通過文學，而是通過味覺。而沒有任何味覺比鵝肝更有效。

我開始設計將我的文學徒步之旅，終結於蒙帕納斯大道，時間大約在正午過後。如果我的客戶們要求我建議一家好的餐館，我會指向穹頂餐廳，他們通常會邀請我一起加入，我會欣然應允，高興地對他們解說整份精緻的菜譜。

我會開始道：「我知道我要吃什麼……」然後指出餐廳的特色佳肴，一片鵝肝以及一杯冰冷的甜白酒。

「當然酒必須是Sauternes產區，」當侍者倒著亞爾薩斯省的格烏茲塔明娜白酒時，我還會很自得地解釋：「而且鵝肝必須來自鵝，而不是鴨子，不過這個可以給你一點感覺。」

看著他們謹慎小心地初嘗佳肴，然後赫然發現自己正品味著揉合味道、口感以及氣味的最佳組合，這種組合與醃肉加雞蛋，蘋果加肉桂、羅克福（Roquefort）乾酪加波爾多酒的組合一樣，他們的神情帶給我莫大的滿足感。葡萄酒強烈的口感追逐著被吐司吸收的肥潤鵝肝，果味的醞釀令人還想再來一口。

我其實在演練誘惑的技巧，引誘他們遠離大麥克與山露汽水，他們每嘗一口，就減去一分美國味，準備開始體會法國式的愉悅。

電影《俄宮艷使》中，三位蘇聯傳教士投奔自由到西方，開了一家餐廳。他們原先的保護人，由葛麗泰嘉寶飾演的尼諾奇嘉，非常生氣地說道：「你們將要拋棄俄羅斯嗎？」科帕斯基回答說：「啊，尼諾奇嘉，別說這是拋棄，我們的小餐廳就是我們的俄羅斯，羅宋湯的俄羅斯，牛肉的俄羅斯，還有小鬆餅、酸奶油……俄羅斯麵包，大家會吃而且會喜歡。」，「而且我們並不只是提供佳肴，我們是在報效我們的國家，我們會交朋友。」

是啊，我也是在報效我的國家，至少是現在這個接納我；給我一個家；帶領我多方欣賞；使我珍惜至今的國家。食物是世界的語言，或許我帶著澳洲口音，但是我讓每個人都能聽懂。

1 席尼史密斯：Sydney Smith（1771 - 1845），英國幽默作家，也是位牧師。留下許多幽默有趣著名的語句為後世所引用，除了本文的引句外，還有「法國人一向認為有三種性別：男人、女人與牧師。」以及他對沙拉的禱詞。

2 施瓦茲科夫將軍：Norman Schwarzkopf（1934 - 2012），美國著名將領，波灣戰爭的多國聯軍統帥，因為率領「沙漠風暴」（Desert Storm）行動進攻伊拉克，故有「風暴諾曼」之稱。

3 拉羅富什科：François de La Rochefoucauld（1613 - 1680）法國箴言大師，留下許多著名格言如：「如果我們沒有錯，就不會對他人的錯感到如此高興。」；「調情是女人的本性，不這麼做只是出自恐懼或是智慧。」；「真愛如鬼魅，大家都說，卻無人看過。」等等。

4 露易絲布魯克：Louise Brooks（1906 - 1985），美國女明星，《墮落少女的日記》（Diary of a Lost Girl）是一九二九年所拍攝的經典黑白默片。她同時以「娃娃頭」（bob cut）的髮型風靡一時。

5 《鬼迷茱麗葉》：Juliet of the Spirits，電影大師費里尼一九六五年的經典作品。

24

當你開始體會巴黎

我們為什麼如此壓抑？我們為什麼不能徹底放鬆？是害怕失去自我？如果我們不能失去自我，我們絕對無法找回自我！

——亨利米勒，《性慾世界》

感謝格蘭特的努力與口耳相傳的散播，聞風而來的客人很快地就讓我應接不暇。每個星期一（偶爾也會在其他日子）早上九點四十分，我會離開家門，沿著聖日耳曼大道漫步走向雙叟咖啡館，我的團員會在那裡等我。

追隨安德魯的那個下午，讓我了解到話說太多的錯誤。所以每一次旅程，我都會少給一點訊息，少說一些背景，沒有人會記得數字，不過一些文人軼事，或是一些具體影像，會像小刺一樣鑽入他們的腦海中。於是我整理出一份濃縮簡介，結合了曾被藝術家們所推薦，或是寫過的文章中；有關巴黎最好的解說，可以在每段徒步之旅中完整介紹。

該如何喚起他們對巴黎的回憶呢？海明威和他的同好們，在第一次世界大戰後首次見到的巴黎是這般情景：映入眼簾的建築被幾世紀來燃燒的煤塵熏成黑色，路旁排水溝內滿是廢水與殘羹剩菜，羊隻、野狗與雞隻爭相覓食。然而在文字上，沒有比喬治歐威爾在《巴黎倫敦落魄記》[1]這本書中尖銳的描述更加貼切。當時他在一間右岸的旅館內當洗碗工（plongeur），卻住在左岸的貧民窟裡：

阿傑特所拍攝的一九一二年巴黎日蝕景象

牆壁像用來燃燒的木材一樣單薄，為了要掩蓋其間的裂縫，他們貼上層層的粉紅紙張，但是紙張已經開始鬆落，裡面還躲藏著數不清的小蟲。天花板邊緣，長排的小蟲爬行其上，好像成排的士兵，每到夜晚就飢餓地往下入侵，所以每幾個小時你就必須起身，成群地撲殺他們。

可是這種房間景象若是出現在法國攝影師布拉塞，或是埃利勞達爾的相片中，或是尤金阿傑特[2]拍攝的街景內，可以把整個故事說得更好。

當米勒在這裡流連忘返的時候，圓頂咖啡館會是什麼模樣？喝著茴香酒，看著酒碟慢慢堆高，眼睛掃視來往群眾，看看有沒有熟識的人會幫他買單？這裡有一張圓亭咖啡館過去的照片，這些餐廳在當時都不屬於現在這種高級豪華的層次，而是吵雜的小酒館，是那些想成為藝術家的人，或是妓女們聚集的地方，充滿了各種小道祕密，只有亨利米勒或是海明威才會知道。

有的時候我會帶當時放置開胃酒或咖啡的小碟，每一碟都會

圓亭咖啡館早期的照片

印上飲料的價格，所以即使是最健忘的侍者，只要把客人肘邊逐漸堆高的碟子加起來就好。有的時候我還會拿出一根雕花鏤空的艾碧斯酒湯匙，展示如何平衡地放在酒杯上，再將一顆方糖放在湯匙中間，讓冰水流滴過方糖，落入下面清澈綠白的液體中，這是「綠仙子」，喝下去能使人陷入迷離的境界，不過現在提供他們逼真的美夢就好，以示補償。

艾碧斯酒與雕花湯匙

多數的團員都不需要太多刺激，就能激發想像力，他們若非早有此意，就不會出現在巴黎。觀察敏銳的大師沙特曾說過：「存在先於本質」，意思就是我們先行動，然後再設法找個哲理來解釋我們的行為。沒有任何自然法則——只有我們自己建立的法則。每個星期當我看見來自俄亥俄州的學校老師，或是來自聖塔芭芭拉的廣告主管，聽見我對他們說就是在這個酒吧內，滿面淚水的費茲傑羅對海明威吐露心事：「賽爾妲說我的構造無法使一個女人快樂……她說這是有關大小的問題。」他們用手摩挲著傑克布路這間咖啡館的吧台時，我看到沙特的說法再度獲得證實。

「如果你們想看的話，」我指著那條通往暗處的狹窄階梯，「你們可以去海明威進行檢查的地方，他在《流動的饗宴》書中曾經提過，可是沒說細節。」

這間咖啡館確實是原始的咖啡館，但是我也可以用另外一間來說，沒有人會在乎，重要的是伸手觸摸過去歷史的感覺。往往第一個小時過後，拜訪者會移動地更加緩慢，更熱心地環顧四周，不只是盯著街邊的精品店猛瞧，而是抬起頭，看著二樓的窗戶，心中在想……

一九一六年畢卡索、基斯林以及巴凱特在圓亭咖啡館的照片，由尚考克多所攝。

1

- 《巴黎倫敦落魄記》：Down and Out in Paris and London，這是英國作家喬治歐威爾一九三三年出版的第一本長篇著作，也是他的回憶錄，描述居住於這兩個城市的窮困生涯。
- 布拉塞：Brassaï，本名Gyula Halász（1899 - 1984），匈牙利攝影師，成名於法國。最著名的作品就是在兩次世界大戰期間中，捕捉巴黎的街景與風光，並且拍下了當時許多文人朋友的影像。

2

- 埃利勞達爾：Eli Lotar（1905 - 1969），法國攝影師，成名作品為一九三〇年代的巴黎屠宰場。日後加入電影攝影行列。
- 尤金阿傑特：Eugène Atget（1857 - 1927），法國紀錄攝影的先鋒，拍攝並記錄許多巴黎進入現代化前的街景，因此得名。

25

地下的世界

耶和華對撒旦說：你從哪裡來？
撒旦回答耶和華說：
我從地上走來走去，往返而來。

——《聖經・約伯記》1：7

在巴黎度過的第一個春天，一個灰沉的星期天，雨果打電話給我。當時露易絲尚未出生，我和瑪莉杜住在她位於西堤島多芬廣場（Place Dauphine）的小小公寓內，我不會說法語，只認識少數幾位會說英文的人，還是透過她善良的家人的介紹。

在這些陌生人中，最常見到的就是雨果，一位年近四十長得像狼一樣的紐約客，看來可以無所事事地生活在巴黎，除了……寫一些東西。他從沒詳細說明，我也沒追問，深怕他會要我讀他的作品。

我們在我的小姨子家見面時，他就表現得異常友善，可是我總覺得他看起來有點陰險。或許是因為他從不正眼看人，而是偏著頭打量，咕噥的說話聲又聽不清楚，完全符合福克納筆下那位「一個髒兮兮的人站在地鐵廁所前，手上滿是法國明信片」。

雖然雨果一開始就把我當成朋友，可是我從來就不相信他的誠意。剛開始我以為他希望我能將他的文學作品介紹給編輯或是經紀人，可是逐漸了解他之後，其他的動機隨之浮現。他把我當成他心中一齣寫實劇的人物，從亨利詹姆斯到派翠西亞海史密斯[1]這票描寫外國人的小說家作品中，這種情節經常出現，最接近他的版本顯然是描寫外國人的黑幫電影中的經典《黑獄亡魂》。在這個巴黎版中，我就是那位笨頭笨腦的西部通俗小說作家賀利馬丁，飄零在戰後的維也納，語言一竅不通，被一位聰明狡猾的當地人收留照顧，並引入歧途。其中最具代表性的就是這位好心人，精明、無畏，帶著哲思的黑幫高手名叫哈利萊姆[2]，換句話說，就是雨果。

那天下午打電話給我的，正是雨果飾演的萊姆，瑪莉杜去上班而我正想寫作，也只是想想而已。聖母院空洞的鐘聲和英國教堂歡樂的鐘聲完全不同，使我知覺遲鈍。任何人想從巴黎過去的歷史中尋找靈感，無論是已經發生過或僅是想像中的，都會身心沮喪。還有什麼東西沒被想過，沒被寫過，或是沒被實踐過的呢？

雨果的電話來得正是時候。

「在做什麼？」他問。

「沒什麼。你呢？」

「也沒幹麼！想出去走走嗎？」

「去哪裡？」

「嗯……找個地方，我有些想法，兩點在丹頓見好嗎？」

下午兩點，天色更加陰鬱，一陣風驅走那些身穿博柏利米色風衣的觀光客，彷彿捲起廣場上的枯葉一般。我看見雨果穿越聖日爾曼大道，穿著骯髒的毛衣，鬆垮的燈芯絨長褲，還配上一條手織圍巾，巴黎人對圍巾的搭配有自己的傳統，或裹、或繞、或垂、或掛，微妙地代表你的個性、職業、甚至性取向，而他完全無視於此，將圍巾的兩端塞進胸前的毛衣內，那種圍法只比吊死人的繩索要好一點。

他沒有坐下。

「我們走吧！」

「去哪裡？」

「走著瞧！」

他的微笑帶著些許邪惡。如果我是個女人，一定會藉口頭痛遁走，然而情勢難逃，只能和他一起走到街角，在丹頓雕像[3]的陰影中往下走入地鐵，和多數其他雕像一樣，丹頓雕像矗立的時間遠比主題人物可能想到的時間還久。

我們從巴黎老城區南緣的丹費爾羅什洛廣場（Denfert-Rochereau）走出來，這個地鐵站又是處在另一座紀念碑下，貝爾福獅紀念銅雕（Lion de Belfort），這是一隻臥獅，以紀念一八七〇年巴黎勉力對抗普魯士人。回想我從聖米歇爾大道往下走幾個街口，經常會經過一個小型的方型石雕，上面是一個無精打采，半臥半坐的裸體女郎雕像，一隻手托著頭，顯然陷入苦惱，好像宿醉一般。下面滿篇文字解釋說這是紀念治療瘧疾的藥物——奎寧的發現。顯然法國紀念雕像的大小，和他們的成就正好相反。

在獅子的陰影中，兩座十八世紀的海關公舍標示出巴黎內牆的所在，一度是巴黎的城市與鄉間的分界線。雨果帶我越過馬路來到其中一棟，在一間窗格斑駁的小亭排隊，繳了十法郎，進入一道漆成陰暗深綠的木牆門，在骯髒的玻璃窗後，我對一張水漬斑斑，被裱貼起來的公告規則感到十分困惑：

「地下墓穴（Catacombs）？」

雨果的神情非常得意，非常欣賞自己的傑作，甚至還幫我付了入場費。對一位會用隨身計算機拆分咖啡館帳單的人來說，格外慷慨。

「你怎麼會認為我會有興趣往下走呢？」

蜿蜒下行的水泥石階，看起來狹窄的連我們的肩膀都過不去。

「這很有趣，你會喜歡的。」雨果笑得有點邪惡。

「我不這樣想，」我看著木頭指標，「六十米——幾乎有兩百呎。」

「作家應該體驗一切。」

雨果的嘲諷令人惱怒。我緊抓住鐵護欄杆，數千隻緊張的手已將它磨得光滑無比，我加入隊伍，往下步入黑暗。

這段路程花了好長的時間，鞋跟踩在結實的水泥地上的聲音越來越大，我意識到自己的呼吸聲，還有沉重的壓迫與潮濕感。

到了底層，我們進入一條又長又窄的隧道，窄到張開手臂就可以碰到兩邊的牆壁。雨果帶了一隻手電筒，其他參觀者也帶了，顯然和雨果一樣是常客，他將手電筒照在牆上，雕琢的石塊和帶著砍鑿痕跡的岩石交錯分布。

「這裡很安全。」他說。

我對自己說這地方沒什麼好怕的，巴黎大部分區域都鋪設這種蜂蜜色的砂石。由於露天採石場不足以應付許多地區房舍的需求，於是從羅馬時代開始，採石匠便往地下挖掘，掘成洞道，直到巴黎西北方變成像蜂窩一樣。

成堆的岩石千斤似地壓在我們的頭上，我隨著搖曳的光束往前行。

我們沿著通道繼續走了大約一小時，直到通道的寬度僅容兩人側身而過。地面起起伏伏，一條又寬又黑的線條在我們的頭頂壁上，看起來像是成千隻火把燒灼過的痕跡，但是後來發現那是十九世紀指引觀光客的路線。我不時地發現還有一些其他通道，都以鐵門深鎖，雨果用手電筒探入這些洞道，燈光照不了幾呎，就被黑暗吞噬。

我們繼續向前深行，雕花鐵門取代了一般鐵門，塗上碎白的顏色，牆上還有刻入石壁的信手塗鴉，大多數是姓名與年代。越往裡走，年代就越遠，一八七六、一八一四、一七八七、在德國占領之前，在拿破崙之前，在法國大革命之前。

越往裡走，燈越少，空氣越悶。水珠凝聚在頂壁，滴濺在地上。最後我們抵達一扇窄門，低矮的門楣頂端刻著：「由此開啟死亡帝國」。

為了紓解巴黎市內墓地需求的壓力，從十八世紀開始就將屍骨埋藏在這些洞穴內。但是十九世紀豪斯曼的工匠們是第一個以系統式的方式處理墓穴。當他們開始挖掘中世紀的巴黎時，他們發現地窖、墓園、瘟疫萬人塚：一層死亡的地層。於是他們毫不猶豫地將這些屍骨運至經過開採後的地下洞穴，重新埋葬並給予應有的葬禮。

地下墓穴入口標示：「由此開啟死亡帝國」

這些屍骨至今仍在，蔓延長達十一公里，歷經歲月與霉菌的風霜，呈現菸葉般的顏色，黑暗中難以看清。他們像磚塊一般，堆砌在隧道兩旁，與人齊高。堆放的次序是一層頭骨，十層大小腿骨，再一層頭骨。不過如果工匠們覺得無聊，或是數量實在太多，他們就隨處任意堆放，被柵欄隔起來的通道中，顯示有更多的頭骨與骨盆骨被堆放在走道上，有些地方甚至從頭頂隔板中溢出來。

通道間的石塊上註明這些屍骨來自哪所教會，並以法語和拉丁語默禱生命的無常。一些人甚至選擇葬在這裡，躺在由岩石雕成；漆成白色的靈柩中。

我們背靠石壁讓其他團體先行，這裡一直到一九六〇年代才開放給觀光客，在那之前沒有人可以進入，害怕他們會在黑暗中迷失方向。時至今日，每個星期都有成千上萬的觀光客步入這些地下通道。因為人數實在太多，所以在我們造訪過後不久，就被關閉重新整修，後來又因為一些破壞者亂丟骨頭，亂噴塗鴉，於是再度關閉。

雨果在黑暗中斜眼看我，微光映照下的臉孔更加詭異。

「你覺得怎麼樣？」

我說出他想聽的話：「鬼氣森森！」

「對！就是這樣。」雨果雙眼頓時光芒四射。

他在這裡恰得其所。美國來的觀光客，由於本身缺乏歷史，所以對於失蹤寶藏，古老的謎團，還有鬧鬼的城堡等傳奇故事非常著迷。巴黎聖母院的故事《鐘樓怪人》（Notre Dame de Paris）；描寫又聾又駝的敲鐘人昆西莫多，後來許多故事脫胎自他，《達文西密碼》就是其中最新的版本。還有帶著黑面罩的壞蛋像《千面人》與《審判者》[4]，當然還有極受歡迎的《歌劇魅影》。

遲至一九二〇年間，巴黎仍然沒有公布這些地下墓穴的地點，一本一九二七年的書，將這個訊息當成國家最高機密，保證將要公布真正巴黎的內幕消息。「你在巴黎所遇見的人，很少人能告訴你地下墓穴在哪裡！以下是內幕報導：搭乘計程車到丹費爾廣場—羅什洛路的轉角。」對那些沒有讀過這本書的人，導遊則提供祕密之旅。帶領團員們走過黑暗發臭的小巷來到一處閘口，通過閘口後狹窄的石階，滴水的通道，來到一座門前，門沿上標示著幾個大字：「地下墓穴，私人產業」，大字下是褪色的盾形紋章，暗示這裡是貴族階層的領地。入內後他們發現一處陳列人骨的地窖，主人是一位彬彬有禮蓄有鬍鬚的紳士，禮貌性的收取一小筆費用（最好是用美元）帶領他們參觀各處。某位特別好奇的遊客，伸手觸摸那些看來新鮮的可疑屍骨，發現竟然是用蠟做的，這位「男爵」才解釋說原始的骨頭已然化為塵土。

我對雨果說這裡很恐怖，其實是說謊。

地下墓穴在法國，就和其他東西一樣，洋溢著居家的感覺。幾世紀以來的採石工人，多數是法國人，早就以它建立小型家園。一座石窟的牆跡顯示，某家理想華廈的前門必須鑿入地下十呎之深。窟內已經乾燥的青苔，顯示水流曾經滲過柔軟的岩石，涓流成一渦早已乾枯的小池。想要逃稅、居留、交涉、或是以此偽裝的精明人士也常以死亡為由，像是蚌殼裡的珍珠包藏著一些惱人的沙粒，利用層層儀式與風格為這些令人不安的事物，刷上光亮的保護色彩。安排地如此肅穆，使得亡者的屍骨和花床泥土中外露的貝殼一樣，並無任何陰森的感覺。

道路蜿蜒向前，環繞古老工事。沙岩和花崗岩不一樣，如果你在一處採掘太深，它將會往下塌陷，形成鐘洞——深達五十呎的錐型圓坑。住宅的所有人有的時候只知道有人在地下開挖坑道，然而裂口出現，整座房舍就此消失無蹤。我們經過大約半打如此形成的圓形坑洞，只有一圈危險的手扶護欄，防止意外跌入坑內。朝下可見空洞中湧出泉水，形成洗腳池。水澤經過幾呎岩層過濾，無色如空氣。顯然鑿石匠可能習慣較污濁的水池，因此害怕在裡面洗腳。任何看起來不像真的事物，都不自然，有可能被詛咒了。

幾百個洞穴中才會有一個開放公共參觀，如果你知道正確的出入口，你可以從巴黎這個區域的任何一個地方進去。牆上一七八六年的塗鴉之上，刻著另一個較近的參觀者一九六八年，還有解除核武裝置運動的標誌。地下墓穴吸引喜歡尋找刺激的人、崇拜魔鬼的人和陰謀論者。法國將領拉法葉侯爵（Marquis de Lafayette）就是在這裡密謀組織一支私人軍隊，航行到美國支持喬治華盛頓對抗叛軍。二次世界大戰的時候，反抗軍在這裡策劃破壞納粹德軍的行動。非法組織是一種傳統，像這些通道一樣古老，現代學地理的學生利用這裡慶祝自己的畢業典禮。醫生也如此，鄰近醫院的庭院內，就有一個地下通道口，方便之至。

正式的參觀道路帶領我們回到另一個盤旋而上的樓梯，高興地呼吸新鮮空氣並擁抱空間。

「下個禮拜我們可以去別的地方，」雨果像萬聖節的小孩一樣，興奮的計劃下一次探險之旅：「我知道很多好地方！」

「像什麼地方？」

「下水道？」

1

• 亨利詹姆斯：Henry James（1843 - 1916），美國作家與文學評論家，被視為十九世紀寫實文學的重要大師。長期居住於倫敦，作品經常以外國人的觀點描述十九世紀歐洲（舊社會）與美國（新大陸）之間社會生活文化的對比。著名的作品被拍成電影的有《伴我一世情》（Portrait of A Lady）、《梅西的世界》（What Maise Knew）、《慾望之翼》（The Wings of the Dove）。

• 派翠西亞海史密斯：Patricia Highsmith（1921 - 1995），知名美國驚悚小說女作家，所著作的天才雷普利系列作品廣受喜愛，此外還有由電影大希區考克拍成的《火車怪客》（Stranger on A Train）。

2

《黑獄亡魂》：The Third Man，一九四九年英國的經典黑幫電影，描述美國通俗小說作家何里馬丁，應好友哈利萊姆之邀來到戰後的維也納謀生，沒想到抵達後卻發現好友哈利車禍身亡，於是前去墓園祭拜，卻在這時發現哈利死因另有隱情……。本片由 Carol Reed 執導，重要的主角包括自導自演經典作品《大國民》（Citizen Kane）的奧森威爾斯（Orson Welles）。

3

丹頓雕像：Georges Danton（1759 - 1794）喬治丹頓，悲情的法國政治家，法國大革命的領導人。擅長演說辯論，被稱為「平民的演說家」，在大革命過後極力主張強硬手段處死國王，後來因為恐怖手段逐漸脫序，於是改變想法，採取寬容的立場，然而為時已晚，三十五歲時被政治對手送上斷頭台。

4

《千面人》與《審判者》：這兩位都是二十世紀初法國著名的小說與電影人物。《千面人》（Fantômas）是由兩位法國小說家 Marcel Allain 與 Pierre Souvestre 創作出來的犯罪高手，風流倜儻並精通易容術，玩弄警方於股掌間。法國導演 Louis Feuillade 從一九一三年到一九一四年年間，將他們的作品拍攝成一系列五集無聲影片，轟動一時，但是評論家認為他們過於美化罪犯，於是導演 Feuillade 創造了另一個角色《審判者》（Judex，拉丁文的意思為判官），這是一位正直的蒙面俠客，打擊罪犯不遺餘力，成為早期的超級英雄。

26 天堂與地獄酒店

誰知道男人心底隱藏著什麼樣的魔鬼？
陰影知道！

——廣播系列節目《陰影》，介紹一九三〇年代

我沒有接受雨果的邀請參觀下水道，後來發現一九七〇年代過後，那裡業已關閉。七〇年代之前，在水道通路內工作的強健工人，會划著小船運送遊客，接著用沿著牆邊行駛的小車取代，然後又用動力車頭駕駛無篷火車載客，然而這些設備最終都和觀光計畫一起消失。取而代之的是一部分已經廢棄的管路通道，構成巴黎下水道博物館，位於奧賽碼頭的法國外交部之下。在那裡你可以看見燃起藝術光芒的乾淨隧道，重現或想像《悲慘世界》中男主角尚萬強逃離警長賈維爾的場面。

這種展出當然不乏觀光人潮。十八世紀歌德式小說中，古墓室內進行魔鬼崇拜儀式，心懷不軌的修士擄獲修女，這些場景助長了這股傳說熱潮。早期的觀光客，特別是美國人，懷著這種畫面來到這裡，以為他們腳下的巴黎盡是鬼魂、盜墓人與魔鬼崇拜者，出沒在這些滿布骨骸的地下墓穴內。而且巴黎歌劇院的地層中還隱藏著一座湖，一位邪惡的音樂天才划著船，綁架那位失蹤的女高音，將她帶到自己的棲身之所。

蒙馬特與蒙帕納斯的酒店見到這種情勢，很快地把握住商機，紛紛更名為字眼聳動的夜總會：「世界的盡頭」、「死亡老鼠」、「白狼」、「瘋牛」等等。幽靈表演的酒店生意興隆，其中最受歡迎的就是「無常酒店」（Cabaret du Néant）。當你一進入店內，就會響起一陣聲音：「歡迎！疲憊的流浪者，請入死亡聖殿，進來吧！選口棺木，坐到它旁邊！」在主要的吧台，又被稱為「毒屋」內，你會坐在形狀類似棺木一樣的桌子旁邊，頭上是人骨做成的燭燈，侍者身穿

無常酒店

殯葬禮儀師的制服：長外套與高禮帽，侍奉飲料。付費觀賞表演的顧客會被帶到狹窄的墓室，稱為「解體之屋」，在昏黑的光線下坐在狹長的板凳上。遠遠的盡頭是一座直立的棺木，裡面是一位年輕女郎的屍體，圍在裹屍布內，燈光暗了下來：

她的臉色逐漸蒼白僵硬，雙眼下垂，雙唇緊閉，雙頰下陷成空泛的虛無——她已經死了。但是事情還沒有結束，那蒼白的臉龐逐漸生輝……變成紫黑色……雙眼清晰地下陷到黃綠色的眼眶中……頭髮逐漸掉落……鼻尖溶成紫色的腐洞，整張臉龐宛如液體般的混濁，然後這一切全部消失，出現一枚發光的頭蓋骨，展現出一度是位女人美麗的臉龐。

對戲劇稍有了解的人都知道這是派伯爾幻象[1]，小心地擺好燈光與反射玻璃的角度，就能創造出幽靈的幻影。可是大多數的旅客對這種表演大為傾倒，出口處一位男侍拿著倒轉的頭蓋骨，讓他們慷慨地盡情奉獻。

這類表演的終極酒店，要屬位於蒙馬特的雙子店，被稱為「天堂」（Le Ciel）與「地獄」（L'Enfer）。導遊會解釋說，這是兩間夜店，雖然都在同一個地方，不過是由不同的人所經營，地獄是一位知名的罪犯，天堂則是一位改過自新的惡棍。其實這兩家店都是同一位老闆，魔鬼和天使的店面如出一轍，門前都以石膏打造。天使門前是一位坐在一抹彎月上的女郎，愛人呵護在她身旁，上面標示著：「藝術與娛樂」。地獄的入口，則挖成一張大嘴，上面是猙獰的雙眼與裸露的利齒，門前站著一位拿著夜叉的地獄使者。蓄有鬍鬚的巨人聖彼得站在天堂門前，手握一把和他身高一般的鑰匙。

地獄之門對來客的歡迎詞和其他這類表演一樣，讓顧客很快地進入狀況。當他們走入這扇張著大口的地獄之門時，使者會說：「請進，親愛的受詛咒之人！」如果是女人，他會說：「來吧！可愛的不貞之人，請坐，迷人的罪人，你的兩面都將受煎烤。」

他們坐在點上紅燈與綠燈的桌邊，頭上的雕像是在地獄中倍受煎熬的靈魂。站在一旁的小惡魔侍者等著為他們點餐，手拿宛如發燙的鐵桿不時戳戳客人。一杯黑咖啡搭配一杯白蘭地就是：「一杯罪惡淵藪，外加一撮催化硫磺。」端上來時還帶著警語：「為你的五臟六腑加味，使他們脆弱無力，至少在一段時間內，將使你飽受即將入喉的熔鐵折磨。」在等待折磨之際，依據節目單的描寫，他們的娛樂會是：「窮兇惡極的表演，包含下地獄以及煉爐的折磨。」其中一項表

地獄酒店之門

演就是兩位音樂家坐在爐灶中，應該已被慢火折騰三千年，但是仍然有精力演奏吉他與曼陀林。

乍看之下，天堂似乎並不具有誘惑，將你放在一張長桌前，和一群身穿修道服飾的人士坐在一起。他們是：「巴黎最幽默的教士，提供禮拜與佈道。」然後才是有趣的：「一位教士的夢想，肉體情慾活人圖解。」於是顧客被請到一樓觀賞：「極樂世界的歡樂理想、雲端上的天使舞樂，旁觀仕女蛻變成天使之路。（保證安全回復原來狀況），在現場紳士觀眾的協助下，進行這場有趣的實驗，理想中的東方夢幻與伊斯蘭樂園。」

極樂與東方夢幻？如果能夠提供給我的徒步客戶就好了，但是別說我一個人很難做到，就連那種讓觀眾消失又出現的表演，我也只求客戶別像跟著安德魯教授那樣逐漸消失不見。我已經幸運地躲過一次，但是意外的鴉片煙管不會每天出現，而我有關巴黎罪惡與腐化的故事很快就會消化殆盡，我真的需要好好想一想。

1 派伯爾幻象：Pepper's Ghost，這種利用燈光與玻璃形成的投影技術，是由十九世紀末的科學家John Henry Pepper所改良發明。

27

藍調時分

我從十五歲開始就喝酒，少有事物能帶給我這樣的快樂。辛苦用腦工作了一整天，想到明天還要繼續這麼辛苦時，有什麼能像威士忌一樣，讓你改變思緒，翱翔在不同的空間中呢？當你又冷又濕，又有什麼能夠溫暖你呢？出發打仗前，有誰能像萊姆酒一樣，帶給你片刻的溫暖呢？只有在寫作或是賽拳的時候，它才不是良伴，做這些事要腦筋清楚，但是射擊的時候，它又能發揮作用。現代生活總是充滿各種壓抑，而酒精正是最好的鬆懈劑。

——海明威

帶領文學徒步之旅的最後一個下午，我發現自己身處於蒙帕納斯與聖米歇爾大道交口處，距離那日和雨果一起拜訪地下墓穴後，拋下他離去的地方不遠。一份懷古之情油然而生，比起眼前這陣細雨清風更加強勁，促使我穿過街頭來到樹叢後方，位於林蔭樹下僻靜的丁香園咖啡館（Closerie des Lilas）[1]。

午餐的人潮業已回家，剩下一些侍者在餐廳內擺設餐桌準備晚餐，我往左轉經過那台大鋼琴，一個小時後，鋼琴師將會在這裡撫弄蓋希文、柯爾波特、伊迪絲琵雅芙的音樂，我往後走入酒吧。

每張桌子上面都釘著一面小銅牌，註明在一九二〇年代的黃金歲月中，有哪一位著名的酒客曾經出現在這張桌上，當然偶爾也會出現在桌底下。我的這張桌面註明曼雷，真是湊巧，他在構思《天文台上的時光》[2]這張傑作的時候，就住在距離這裡一兩條街外的幽谷街（rue du Val-de-Grâce）。畫中女人

現在的丁香園咖啡館

的紅唇和太空船一樣大，漂浮在巴黎天文台上面。

整座酒吧幾乎只有我一個人，就連吧台都是空的。一對情侶在角落互相擁抱親熱，熱情地只占據了一個位子。另外一位孤獨的酒客，頹喪地倒在一瓶霧黃的茴香酒後，他所占據的桌子正是我想要的，黃色的小銅牌上面寫著厄尼斯特海明威（至少英文拼字正確，不像貝克特或皮耶路易）。

英語社會與拉丁語社會，對待傍晚時分的態度很不一樣。英語國家的人認為這是開車、塞車的尖峰時刻、也是快樂時間（happy hour），一段空白、最好能被遺忘的時光，不是無聊至死就是該喝到不省人事，或是把汽車音響轉到一直不停播放老歌的節目。就像史考特費茲傑羅筆下所說的好萊塢星期日：「那不是個日子，而是兩個日子中的一條溝。」

但是義大利、西班牙及法國這些國家，卻有不同想法。對這些國家的人來說，五點到七點的傍晚時分，位於一個特別的時區，那裡的時間不再向前，而是停滯在空中，就像法國人說的，介於狗與狼之間。巴黎特別喜歡這段時光，將它包裝在幻術與神話中。對情人來說，法文中 Le cinq à sept [3] 這句話代表一段偷來的共享時光——從下班開始到回家的兩個小時內，過了之後如果是結了婚的人，就回家與家人共進晚餐；如果是單身的人，就回去餵貓、調酒、洗澡，並重新回味。

圖像攝影師與電影攝影師們，稱這段時光為「神奇時刻」，特別是在夏末，陽光穿過綿長的空間，柔和地斜映大地，是最令人賞心悅目的時刻。女明星們通常會在午餐過後發脾氣，藉口頭痛，或是將自己關在拖車內，但是只要五點一到，這些困擾準會消失，重新化妝打扮，光彩地出現在眾人面前，準備好拍特寫鏡頭。畫家和詩人們則偏愛秋季，這時巴黎的天際交織出灰白與玫瑰的色彩，一項憂鬱的邀請，啟發了詩人魏爾倫最有名的詩作〈秋之歌〉[4]：

嗚咽長鳴
小提琴音
惶惶秋季
傷痛我心
那低沉的單調之音

香水師也在這個時候採集花朵，因為這時的香味最為濃烈有力。嬌蘭化妝品公司綜合了玫瑰、鳶尾、茉莉、香草與麝香的精華，創造出令人陶醉的香水，所用的名稱「藍調時分」即是取自這種時刻。

巴黎的「藍調時分」（L'Heure Bleue）並不僅止於此，還啟發了世界上最感傷的故事：費茲傑羅的小說《重訪巴比倫》（Babylon Revisted）。一位生活在異鄉的外國人，在喝去所有金錢、家庭、工作後，眼中所見的秋天的城市：

紅如火焰，藍如煤氣，綠如幽靈般的霓虹標誌在寧靜的雨絲中，霧般迷濛。傍晚時分，街肆開始活躍，餐廳開始點燈。他在金蓮花大道轉角乘坐計程車，經過莊嚴的協和廣場，過了潺潺的塞納河畔，查理忽然感到一陣左岸的地方風情，他要求司機開往劇院路，那不是他要去的方向，但是他希望在那雄偉的廣場前，觀賞綻放於他眼前的「藍調時分」。

查理回來後，希望能接走他的小孩，當然無法如願，失敗似乎是他的唯一本事，我們知道他仍會走上沉溺酒精的老路，就像費茲傑羅本人一樣。對某些作家來說，喝酒並不是一種逃避，而是一份事業。

據說如果要真實地描寫一九七〇年代的好萊塢，就必須要認識古柯鹼的重要。同樣的，要了解一九二〇年代生活在巴黎的外國人，就必須了解酒精的重要。

一九二〇年代美國通過沃爾斯特法案[5]實行禁酒令，歐洲當然不會跟進。酒保吉米恰特（Jimmie Charters）曾在蒙帕納斯的丁哥與騎師酒吧工作，後來轉到河對岸，位於劇院旁邊的哈利酒吧。他在書中曾寫道：「縱情喝酒是一項義務，如果來賓不喝到不省人事，就不能算是一場成功的派對。」

對巴黎的餐廳與酒保來說，酒精就是金礦。一九二〇年之前的法國，幾乎沒有人聽說過雞尾酒。他們喝葡萄酒或是啤酒，晚餐前喝開胃酒，晚餐後喝餐後酒，但是禁酒令改變了這種現象。咖啡館重新改裝成美國酒吧，聘雇酒保——通常是戰事後留下的美國黑人，供應馬丁尼、古典雞尾酒及甜酸威士忌。「雞尾酒是我們這個時代最實際的發明！」這是一九二八年，《倫敦時報》的通訊記者西斯里赫德史東（Sisley Huddlestone）訪問蒙帕納斯一位有名的畫家時所寫的文字：

基斯凡東榮（*Kees van Dongen*），這位最像巴黎人的荷蘭畫家，我記得他曾經是一位窮困潦倒、在飢餓邊緣打滾的蒙帕納斯藝術家，但是現在搖身一變，成為一位有錢的肖像畫家，經常舉辦古怪但時髦的午夜派對，撫著濃密的金色鬍鬚，若有所思，然後眼睛一亮，說出他的醒世哲言：「我們這個時代，是雞尾酒的時代。雞尾酒！各色各樣，應有盡有。我不是單指一個人所喝的雞尾酒而已，它是所有其他的象徵。現代女人就像一杯雞尾酒，一種光鮮亮麗的組合，社會本身也是種光鮮亮麗的組合，你可以把所有不同口味與階級的人全部融合在一起。這是個雞尾酒的時代！」

巴黎本身就是一個裝滿酒精的大型派對，一九三〇年法國名人保羅莫朗[6]發現「足浴鹽」非常受歡迎，這是一種專利浴鹽，對狂跳查爾斯頓舞整晚後，浸泡發疼的雙腳，非常有效。

對咖啡館老闆來說，這種投資非常划算。外國人喜歡提早喝酒，多半在傍晚時分，而這時的法國客人還在工作，咖啡館通常無人。外國人吃飯也早，不像法國人，九點之前往往不見人影。不過其中最重要的是，外國人的饑渴難以填滿。法國人喝酒為了放鬆和享樂。但美國人或西班牙人，還有德國人，是放鬆和享樂才喝，他們會點非常貴的混酒或香檳，然後一口喝乾，繼續再點，付賬又很爽快，很少注意到帳單超收或是找錢不足。

就連最穩重的美國觀光客到巴黎之後，也會覺得他們的任務；就是該好好地醉上一場（或是喝酣、喝掛、喝趴、喝茫、喝栽、喝高、喝倒，喝歪，喝死[7]，外表猶如梅西百貨的閃亮櫥窗，內在則是一團火焰直衝頂戴，或是要像一九二七年的旅遊指南中所列舉的六十種類似情形中的任何一種）。年輕的記者韋佛利魯特（Waverley Root）到巴黎加入《論壇報》的工作，在法國土地上所吃的第一餐，就點了一瓶波爾多紅酒，侍者並沒有告訴他就連法國人也不會在早餐喝酒，他為什麼要告訴他呢？生意就是生意！

一九二〇年代巴黎的紙醉金迷，每個人幾乎都長醉不醒的昇平景象，要歸功於這些戰後的回憶錄：莫里卡拉漢的《在巴黎的那個夏天》，雪維亞畢奇的《莎士比亞書屋》，以及最重要的海明威的《流動的饗宴》。然而現代著作的描述和過去的熱情天差地遠，在這些現代作品的描繪下，這些著名的酒吧都很邋遢。丁哥酒吧（Dingo），是海明威與費茲傑羅初次見面的地方，又小又吵，有名的是來往顧客的怪癖：丁哥這個字是由法文 dingue（瘋狂）演變而來，酒保吉米恰特在他的書中解釋，為什麼他的回憶錄要取名為《一定是這裡》（This Must Be the Place）：

我記得有一次從圓頂走到丁哥，佛羅希馬丁走在我前面約十呎處，當她靠近酒吧入口時，一輛豪華的勞斯萊斯轎車停在路邊，車內步下兩位打扮入時的女士，她們遲疑了一會兒，懷疑地的看著丁哥酒吧，從窗帘縫隙間的窗口往裡瞧。

佛羅希看見她們輕蔑地注視著她，於是走進酒吧時，從肩頭丟出一句話。

「賤貨！」

聽見這話，那位女士急切地碰碰她的同伴：

「來吧，海倫。」她說：「一定是這裡！」

一本指南書聲稱騎師酒吧「難以形容」，它的「天花板低陷又有裂縫，牆壁斑駁還用海報糊貼，用鞋油塗上卡通。」哈利酒吧也是唬弄觀光客的陷阱，他們在酒內摻水同時找錢不實。光是這樣似乎還不夠降格，他們還在一九二四年推出「國際酒蟲協會」。只要交一塊美金，會員就可以拿到一個徽章——上面是兩隻帶著高禮帽的蒼蠅，互相鳴叫——還有辨識其他會員的暗號：「輕拍會員的左肩，好像有隻蒼蠅杵在那裡，擺出所有酒蟲會員應有的握手姿態——伸出右手，像是拿著一杯威士忌，右腳抬高，踩在吧台底邊外緣的護欄上，然後放聲鳴叫。

大家都一樣，就連費茲傑羅這樣的醉漢，回憶起那位酒保時也會感傷不已，這位酒保在太陽剛跳到地表上時，就會為大家調配一種醒酒劑，以消除他們的宿醉頭痛。不過如果酒客知道自己是如何被剝削的話，或許讚美就會少一點了。吉米恰特在他的回憶錄（海明威為他寫序）中自我告解，說他的薪水是總收入中最小的部分：

當酒保，最重要的的收入來自小費……顧客中的醫生、律師也會提供免費的服務。還能在法國的劇場、電影院，還有較低級的夜店中拿到折扣。當我們說動顧客去這些地方時，我們最高能拿到百分之六十的佣金，賭場總是會付給我們百分之二十五，外加免費餐點飲料。從法國烈酒商那裡也能收到佣金，一瓶杜松子酒、白蘭地、威士忌是一法郎，吧台內的香檳是五十分到一法郎，店內昂貴的香檳可以收到五法郎，其他的飲料一律二十五分。

法國酒吧還有更妙的方法訛詐顧客，居住在那裡的外國出版家南西丘納德（Nancy Cunard）與兩位朋友，在聖米歐爾大道的一間咖啡館內點了琴費士（gin fizz）酒，結果發現竟然不能喝。店家將酒瓶拿過來後他們才明瞭，瓶上的商標寫著「美國琴酒」，原來這些美國釀私酒的販子，不甘心只在國內販售他們在澡盆內釀出的私酒，竟然做了出口的買賣。

「我看過你。」一個美國口音打斷了我的思緒。

是那位喝茴香酒的人，原來是安德魯，那位被我替換掉的學術導遊，我後知後覺。

「我參加過你的導遊之旅。」我提醒他。

「原來……，」他想了起來，「然後你接手了……」

「陶樂絲說……你有健康的問題……」

「沒關係，我不介意。說實話，我很感激。我可以坐下來嗎？」

他過來坐在我的對面，沒有陽光的照耀，他看起來沒有那麼年輕，憑直覺我知道那瓶茴香酒也不是他今天的第一瓶酒。

「我知道自己很呆板，」他說。多數酒客以為卸下心防代表坦白，然而大多只是尷尬而已。「但是在學校教書久了，就會有這種壞習慣，你知道這感覺像什麼，學生除了最近的吸血鬼小說之外什麼書也不看……所以我已經習慣解釋一切。」

艾莉森盧瑞的《外交事務》這本小說中，在倫敦的美國學者，將自憐比喻成一隻憂傷的狗，隨時隨地跟隨著他。和安德魯說話的時候，我察覺這隻特別的狗正在桌底下抽氣，於是安慰地拍拍牠。這些知識份子來到巴黎想要成名，然而願望破滅，情緒孤獨苦悶，於是用酒精麻醉自己，安德魯完全符合這種模式。英國評論家詹姆斯伍德在書評裡曾說，作家理查葉慈在他的淒涼小說《真愛旅程》中反映出一堆「相同的家庭，散漫而無紀律。每個家中都有一張寫作桌，椅腳下圍著一圈被踩碎的蟑螂屍首，窗帘被香菸熏得毫無生氣，幾本書四處散落，廚房裡除了咖啡、波本酒與啤酒之外，什麼都沒有。」葉慈也是蒙帕納斯一九五一年度的畢業生之一[8]。

「我們會在這裡相遇，該不會是巧合吧！」我說著，企圖改變話題，環顧四周繼續說：「應該就是這裡。」

這句話真是不該說，一連串的資訊馬上隨之傾洩而出。

「啊！你是說哈利酒吧對吧！吉米恰特是在丁哥酒吧，不是這裡，然後是騎師酒吧，然後才是哈利，就在多努路（rue Danou）五號……」他自得地笑笑：「對那些不會說法文的人來說，就用拼音的方式讓他們了解。海明威當然是在這丁香園喝酒也創作，例如寫出《大雙心河》，但是恰特……」

「我再幫你買杯酒，茴香酒好嗎？」我趕緊說。

「好的謝謝，」然後他又改變主意：「或許該是一杯蒙哥馬利……」

蒙哥馬利馬丁尼是海明威的發明：十五分的琴酒對一分的香茅酒。一代名將，陸軍元帥柏納德蒙哥馬利在領軍攻戰前的必備酒品。

「或許稍後再說，我現在只要金巴利橙汁雞尾酒就好。」我說。我可不敢想像馬丁尼的後勁。

酒保接受我們所點的酒，在海明威與費茲傑羅那個時代，他應該會是一位自信、健談、詭詐，甚至是拉皮條的人，如今更是過往軼事的泉源。在有關海明威的紀錄片中，侍者和旅館的人談起他來，好像在說一位老朋友：「老爸經常來這裡……」海明威去世後法國電視台邀請了三位權威人士，總結他的一生：一位鬥牛士、雪維亞畢奇，還有麗池酒店的酒保。

沒有人提到一件尷尬的事實，就是在二次世界大戰前，海明威幾乎沒有去過麗池酒店。首先，這個地方是在右岸，離他們群聚的地區很遠，他是一九二〇年代一個窮困潦倒的作家，如果接受邀

麗池酒店的海明威酒吧（圖中人為費茲傑羅）

請而且有人付錢的話，他可能會來這裡，但是一般說來，他負擔不起這裡。從以前到現在，這裡的要價，一直都是天文數字。而當他有了錢之後，他喜歡去克里雍酒店，往外觀賞協和廣場。

無論如何，他去世之後，麗池酒店將他視為顧客中的聖賢，甚至還設立了海明威酒吧，裝潢得藝術風格十足，有一座銅雕的頭像、「咆哮年代」[9]的照片，再加上幾本書渲染氣氛。而且作家還可以在這裡收取信件，圓頂、圓亭咖啡館都是如此，門邊設有專門的收信架。但是海明威從來沒有在這間以他為名的酒吧內喝過酒。在他的時代，這裡叫做「仕女酒吧」，因為那個年代的女人禁止進入主要酒吧，只好棲身於這個避難所。一九二七年的導遊書揶揄地說：「像盒子一般大小的房間，大約十五平方呎，美國的搖擺女郎、電影皇后、舞台明星，甚至靠贍養費維生的女人都群集於此。」另外一本書說：「這裡是加爾各答的黑洞……裡面霧氣瀰漫。」同時註明：「大約每晚六點，這個地方就擠滿了人潮，令人窒息，還有一絲細緻的味道，隱約地像是玫瑰油的香味，令人想起老波本酒瓶上的玫瑰。」如果你想知道更諷刺的事，一九九七年戴安娜王妃就是利用這個地方的邊門逃離狗仔隊，迅速地離開這間過去歧視女性的神社，踏上死亡之路。

麗池酒店與海明威的相遇是在一九四四年之後，在他「解放」奧德翁路之後，率領著他的群眾越過塞納河，一路召集人馬，最後超過七十人，直接闖入麗池酒吧。依據傳統，海明威為每個人點了蒙哥馬利雞尾酒，充滿感激的經理人員將他安置在最好的套房內，可以俯視整座庭園，並滿足他所有的需要。他的情婦也是後來的太太瑪莉威爾斯，住進隔壁房間。而幾十年過後，應該就是在旅館的地下室中，她才發現那個滿載書稿的手提箱，其中一份「被遺忘」的手稿，就是後來的《流動的饗宴》。

不是海明威，而是費茲傑羅，使得麗池酒店與它的酒吧享有傳奇盛名。費茲傑羅以這裡為背景，寫下《夜未央》（Tender Is the Night）以及其他短篇小說中的場景，特別是輓歌《重訪巴比倫》，並且經常不需費力，就能喝到不省人事，因為他就像一位朋友的描述，只消兩三杯酒下肚，就跟紙花一樣融化在酒精裡。當《大亨小傳》重新發行，他的聲譽日漸鵲起時，前來麗池酒吧的人會問起他，但是沒有人記得他，他不過是另一個醉漢而已。在《流動的饗宴》中，酒保甚至問海明威：「老爸，誰是費茲傑羅，為什麼每個人都在問他？我不記得這個人，會很奇怪嗎？」但是他承認酒保應該懂得拿軼事調製雞尾酒，所以他就說「他們想聽的，讓他們高興的任何事」。

我擔心接下來的夜晚會喝醉，海明威與他的傀儡們對此一定嗤之以鼻，不過我承認這個想法充滿誘惑性，在丁香園舒適的環境中，點一輪蒙哥馬利，一輪再一輪。忠於職守的酒保會不斷地奉酒，外加鹹豆與薯片讓客人保持口渴。一旦鋼琴師出現，我們就會隨著《魂斷巴黎》、《為卿瘋狂》這些老歌不斷的搖頭晃腦。晚餐前的情侶會填滿剩下的桌位，其中可能有我們認識的人，也會加入我們，然後我們會對酒保說：「先生，請再來一輪……」，然後在藍調時分聲名狼藉的悠久傳統下，醉倒在迷失的夜晚中。

1 丁香園咖啡館：La Closerie des Lilas，位於巴黎蒙帕納斯大道一七一號，設立於一八四七年，位置偏僻，但卻是一九二〇年代藝文界人士經常光顧的地方，特別是海明威。

2 《天文台上的時光》：l'Heure de l'Observatoire Les Amoureux，曼雷最有名的超現實主義作品之一。其中的紅唇輪廓來自於他的愛人李米勒（Lee Miller）。

3 Le cinq à sept：這句話很有意思，在加拿大的魁北克法語區，這句話直譯為「五點到七點」，意思是一群朋友在下班後相聚共享晚餐前的喝酒時光，和美國人的快樂時光意義相同。可是在法國，這句話代表「午後偷情」，出自法國女作家莎岡的暢銷小說La Chamade，這部小說後來改編成電影《熱戀》，由凱瑟琳丹妮芙主演。

4 魏爾倫：Paul Verlaine（1844 - 1896），法國著名詩人，他的作品意象豐富，且具有豐富的音樂性，被視為法國詩界改朝換代，引領變革的詩人。有名的詩作除了〈秋之歌〉（Chanson d'Automne）外，還有〈月光〉（Clair de Lune），音樂家德布西的同名之作即來自這首詩的靈感。

5 沃爾斯特法案：Volstead Act，就是一九二〇年的禁酒令，禁止製造、販賣、銷售任何含有〇．五%以上酒精的飲料，造成黑幫崛起，大量控制私酒的製造與販賣，當時的總統投票反對這項禁令，但是國會駁回，於是這項法案直到一九三三年才逐步取消。

6 保羅莫朗：Paul Murand（1888 - 1976），一位毀譽兩極化的法國外交官兼作家。在他的外交事業方面，雖然出身世家並代表法國出任大使，但是他在大戰期間傾向希特勒，反對猶太人，並背叛戴高樂的行為，使得他直到去世前幾年才終於獲得法蘭西終身院士的地位（戴高樂並沒有依照習俗在總統府內接見他）。但是身為作家，他觀察敏銳，文體豐富，短篇小說頗獲好評，大文豪普魯斯特並為他寫序。不過最受歡迎的是他的報導文學，特別是L'Allure de Chanel一書，描寫香奈兒的傳奇，以冷靜卻深刻的字彙刻畫出孤獨傲世的一代女王。

7 原書一連串描述喝醉的形容詞都在這裡，歡迎有興趣者慢慢對照。squiffy, ginned, edged, jingled, potted, hooted, tanked, crocked, embalmed。

8
- 理查葉慈：Richard Yates（1926 - 1992），美國小說家，生前作品並不暢銷，但廣受評論家推崇，去世後作品逐漸重新出版，受到文藝人士的喜愛。一九六一年創作的小說Revolutionary Road於二〇〇八年被改編成電影《真愛旅程》，主要描寫戰後的一九五〇年代的美國社會生活，對美國夢與個人理想的掙扎。他在一九五〇至五一年間曾居住在巴黎。
- 詹姆斯伍德（James Wood）是位英國評論家，他對理查葉慈的這篇評論，名為《出於灰燼》（Out Of Ashes），是針對Blake Baily所寫的理查葉慈自傳《悲哀的誠懇》（A Tragic Honesty）的書評，出現在二〇〇四年九月二十五日的英國《衛報》。

9 咆哮年代：Les Années folles，指的是一次世界大戰後的一九二〇年代，歐洲國家復甦，人文主義興起，新興藝術觀念蓬勃發展，直到二〇年代末經濟蕭條為止。

28

蒙帕納斯的藝術時光

我們滑下山丘進入一九三九，和一八九〇年代滑入一九一四的方式一樣，我們陷入黑洞猶如陷入某種歡樂之地。

——保羅莫朗

每到夏天，巴黎的咖啡館就會將玻璃牆往後拉，騰出空間，讓客人坐在人行道桌邊。過往行人的衣裙會輕輕掠過你的小桌，有的時候會晃動你的薄荷汁，或是搖動你的咖啡杯，道歉之餘說不定會受邀共飲，有的時候還不止於此。

因此毫不意外，每個夏天早上，格蘭特都會出現在雙叟咖啡館，雙眼掃視過往女子，擺出架勢，隨時準備，只要有絲毫鼓勵的神情，馬上追上前去。

「你看起來很像我家的貓，牠追小鳥的時候，也會渾身顫抖。」

「嗯，什麼？」

「沒事。你說你有個想法？」

他從那些飄然躍過的腳踝，貼身短裙下的臀肌，胸前豐滿的抖動中，好不容易回過神來。

「嗯，對，那些曾經參加奧德翁之旅的人想知道你會不會介紹其他路線，例如蒙帕納斯附近，所以我想或許介紹……繪畫？」

我能了解為什麼繪畫藝術對徒步之旅來說，是項合理的選擇。

十九、二十世紀之交，每位藝術家都想來巴黎學習，大量人潮接踵而至，國立「法蘭西藝術學院」以及私人學院像「朱利安學院」與「大茅舍學院」根本應接不暇，許多學生擠在朱利安學院的人體繪畫課室內，嘴上煞有其事地叼著菸斗，以致後排的人抱怨他們在煙霧中無法看清模特兒。藝術家占領了蒙帕納斯與蒙馬特這兩個地方，咖啡館內到處都是畫家與模特兒。一年一度的「四項藝術舞會」[1]，也因為男人的服飾與模特兒的裸體而著名，模特兒身上除了塗上人體色彩外，其他服飾都顯得多餘。一位熱中於此的作家在一八九九年寫道：「這些學生是巴黎的寵物。」他甚至堅稱「四項藝術舞會」具有教育意義：「展現奇妙的聰明才智，無與倫比的藝術效果，其中的自由與開放思想，對藝術的崇高價值具有刺激與擴大的效果。這些藝術家與學生們，在這些年度的創舉中所見到的是優雅、美麗與莊嚴。他們在課堂內學習到將模特兒視為創作工具，要能配合他們，以他們為主，為這項偉大的盛會創作生氣蓬勃的傑作。」

畫展成為觀賞者的競賽，那些被稱為沙龍的展覽場互別苗頭，和巴黎賽馬場一樣，也是重要的社交場合。其中最時髦的活動就是參加預展（vernissage），沿襲過去允許藝術家把握最

藝術預展的盛況

十九世紀位於大皇宮的藝術預展

後機會修正作品的傳統。最重要的預展就是「法國藝術家沙龍」，巴黎最時尚的人物都會參加。一九一一年的一幅繪畫中，顯示位於香榭麗舍大道尾端裝設玻璃屋頂的大皇宮，像座火車終點站，擠滿身穿正式優雅禮服的仕女名流，揮汗穿梭其間，一座座真人大小的雕像分置各處，昂首矗立，無視於底下陣陣人群高談闊論。無論這群人在這裡做什麼，都不是前來欣賞藝術。

除了時髦的肖像畫家之外，大多數的畫家都很窮，對真正具有創作力的藝術家來說，創作是件愉快的事，金錢只是副產品而已。畫家雷諾或是塞尚每天早上工作之前，都會匆匆畫上幾筆水彩畫，一方面暖身「讓自己的手進入狀況」，另一方面用這些畫當燃火紙。雷諾當時和塞尚一起在鄉間作畫，有一天問塞尚可有廁紙，塞尚給了他一張水彩畫，雷諾原本已將它揉成一團準備使用，可是最後想想再看一看，看過之後，認為這張畫拋棄可惜，於是把這張畫攤平了，後來掛在他的電影製片兒子尚雷諾位於好萊塢的家中，提醒他們藝術作品並不是一直都能以金錢衡量。

不過，藉藉無名的畫家會自畫作中榨取每一分錢，只要有人願意出錢，他們就願意製作各種油畫，尺寸大小都可以訂製。葛楚史坦茵還記得有一次，她不喜歡一幅畫中的腿，那位經紀人急著說：「你高興的話，可以把它切掉，畫家不會在意，他只想要錢。」對這些藝術家來說，一九二〇年代是座金礦，旅遊業興盛，觀光客都想要購買紀念品。一九二八年，記者西斯里赫德史東抱怨一場蒙帕納斯的觀光之旅，包含拜訪「一個真正的藝術家工作室」。

在搖搖晃晃的樓梯頂端，導遊一把推開閣樓大門，嚇著了正在擺姿態的裸體模特兒，以及在油畫上作畫的藝術家。畫家立即大聲抗議，模特兒驚慌逃遁，不速之客連忙道歉，為了掩飾尷尬，開始對藝術家的作品流露莫大的興趣。要不了多久，導遊就會暗示藝術家也許願意以批發價格賣出他的傑作，半個小時過後，參觀者腋下夾著油畫離去，自認談到好價錢。導遊留下收取佣金。然後模特兒煮咖啡，她的愛人重新打開一張舊的油畫作品放在畫架上，添加一些新鮮的油料，等待下一位觀光客到來。

在赫德史東眼中更糟的是，真正的畫家也參與其中。藤田嗣治、莫依斯基斯林、朱爾巴斯金[2]這三位都是很會自我宣傳的藝術家。藤田幾乎身無寸縷的來到一場蒙帕納斯酒會，得意地展示他

畫家藤田嗣治，典型的蒙帕人

身上的刺青，還拉著一座柳條籠，裡面是他的太太費南德，一樣衣衫單薄，頂多是一條髮帶，籠子上的牌子寫著「女子出售」。這樣的生活型態，使這些蒙帕畫家們長期缺錢，因此他們用誇張的銷售手法彌補缺憾。薩爾瓦多達利最為厚顏，他會夾著一幅油畫來到人潮洶湧的穹頂咖啡館，遊走桌間，兜售他的作品。

詩人安德烈布勒東推動超現實主義成為一項文學運動，但是很快地就被曼雷、基里科、馬格利特，特別是達利這些藝術家搶走風采。這個年輕的西班牙人劫持了布勒東的想法，聲稱自己是超現實主義的開創者。絕望的布勒東重新排列這位貪婪的暴發戶的名字，取了一個別名叫「貪圖美金」，達利後來去了美國，藝術市場也跟著走了[3]。

我們很難去批評一九二〇年代蒙帕納斯的畫家們。在專門論述法國藝文的評論家羅傑沙特克（Roger Shattuck）的筆下，一九一四年之前這裡的時光，基本上與一九一八年後十年並無不同：「世界的文化首都，無論是在服裝、藝術，或是生活享受上都帶領潮流，在擺滿美酒與美食的長桌上，慶祝生命的多樣性。」無論妓院、咖啡館或是街道都帶著藝術性，藝術的定義鬆散，重要的是反映口腹之欲，而非思想。這些被統稱為巴黎畫派（School of Paris），因為城市與它的子民才是重要的主題。早期的畫家會去鄉間，認為真情處於大自然中，但是這些被稱為蒙帕人（Montparnos）的藝術家，無心於風景，他們醉心人群，無論花枝招展或是裸體，舉止必須放肆。藤田舉辦惡名昭彰的服裝派對；弗朗西斯畢卡比亞（Francis Picabia）喜歡開快車；許多人抽鴉片或是喝艾碧斯酒。五十年過後，同樣自我毀滅的精神也可見之於紐約：鼓動的一代[4]、安迪沃荷的工廠、龐克等等。

偶爾，我也會一窺過去的光輝。在撰寫導演費里尼的傳記時，為了收集資料，需要訪問過去他片中的女明星瑪麗卡里維拉，前往她位於倫敦郊區、雜亂無章的工作室。她很自豪地提醒我，她的父親是墨西哥著名大師狄亞哥里維拉，母親是俄羅斯藝術家馬瑞娜[5]，曾是他的情婦兼模特兒，後來成為瘋狂年代的海報女郎。馬瑞娜畫了一幅畫像，以他們這個圈子的人為主角——里維拉、蘇丁（Soutine）、基斯林、莫迪里亞尼（Modigliani），其中還包含年輕的瑪麗卡。我試著把畫中孤獨的小女孩，和她在電影《情聖》（Casanova）中所飾演的那位中年、胸前偉大的妓女聯想在一起。這部電影在羅馬拍攝的時候，費里尼在新尼塔酒店宴請一批出資人，邀請瑪麗卡以及其他男演員一起午餐。菜肴端上來後，他意外地要求她「為這餐飯賜福」，他暗示了幾次之後她才了解，原來費里尼要她解開胸衣，露出碩大的胸部。

「在義大利有這樣的習慣嗎？」我問。

「沒聽說過。」

「那妳怎麼辦？」

她給了我一個只有蒙帕人才會如此的回答：「當然就照他的話做囉！」她把手放在胸前，做了一個扯開胸衣的動作：「畢竟他是大師嘛！」

當她胸前的蓓蕾綻放時，我幾乎可以聽見眾人深吸一口氣的聲音，就連烤義大利寬麵與菌汁牛排也會失色不少。費里尼了解他的客人，這種表演過後，想必他們不敢拒絕他的任何要求。

1

- 國立「法蘭西藝術學院」（Académie des Beaux Arts）、「朱利安學院」（Académie Julienne）與「大茅舍學院」（Académie de la Grande Chaumière）。
- 「四項藝術舞會」：Bal des Quat'z'Arts，專門為巴黎研習四項藝術：建築、繪畫、雕塑與版畫藝術的學生們，所舉辦的年度作品展覽舞會，自一九八二年開始一直進行到一九六六年。

2

- 藤田嗣治：Tsuguharu Foujita（1886 - 1968），可說是最早在巴黎成名的日本畫家，以日本的水墨與西方的繪畫風格相結合，屬於蒙帕納斯畫家中的代表人物之一。他早期最有名的作品就是他為蒙帕納斯著名人體模特兒Kiki所做的裸體畫。在西方成名後，也逃不過政治陰影，為日本政府繪製系列戰爭畫作，並曾以戰時畫家身分於一九三三年拜訪中國。戰後離開日本歸化法國。
- 莫伊斯基斯林：Moïse Kisling（1891 - 1953），波蘭出生的法國畫家，也是活躍於蒙帕納斯的畫家之一，他為Kiki畫過不少名畫，其中《蒙帕納斯的琪琪》（Kiki de Montparnassse）收藏於奇美博物館。
- 巴斯金：Jules Pascin（1885 - 1930），被稱為「蒙帕納斯王子」，是這些畫家中最為瀟灑大度的男性，可惜生前並未獲得商業上的成功，且飽受酗酒與憂鬱症之苦，四十五歲自殺身亡。

3

- 安德烈布勒東：André Breton（1896 - 1966），法國作家與詩人，超現實主義的發起人與旗手。他與詩人飛利浦蘇波、作家路易阿拉貢共同創辦Littérature雜誌，並發表超現實主義宣言，被視為開啟了超現實主義。他本人是藝術品的收藏家，發掘並推介許多當時的藝術家，後來由於政治理念的不同，安德烈布勒東被譏為戀童癖者，並與侮辱者發生肢體衝突，導致超現實主義者全被黨團開除。

- 喬治德基里科（Giorgio de Chirico 1888 - 1978），是義大利超現實畫派大師。
- 馬格利特（René François Ghislain Magritte 1898 - 1967）是比利時的超現實主義畫家。

上述三人都是當時超現實派的中堅份子。

4

- 當時達利曾公開批評布勒東的政治理念，而布勒東則將達利的簡名 Salvador Dali，重新排列組合為 Avida Dollars，avida 是貪心的意思，就是譏笑達利「貪圖美金」。
- 鼓動的一代：Beat Generation，網路上沿用「垮掉的一代」做為這個名詞的翻譯，與這個戰後一九五〇年代主張反傳統、反物化、放任無拘的精神並不相符，他們是新一代的波西米亞族，這種精神影響後面的流行文化以及嬉皮運動至深。Beat 雖然剛開始有疲憊、被打擊的意思，但是後來經過參與者的詮釋，給與振奮、快樂的意義，所以使用「鼓動的一代」較符合後來的精神。

5

瑪麗卡里維拉（Marika Rivera 1919 - 2010）是大名鼎鼎的墨西哥壁畫大師狄亞哥里維拉（Diego Rivera 1886 - 1957）的私生女，不過里維拉並未正式承認她。里維拉除了作品之外，最為人所知的是他與傳奇女畫家芙烈達卡羅（Frida Kahlo）的一段愛情與婚姻，二〇〇二年曾被拍成電影《揮灑烈愛》（Frida）。

29 蜜桃的滋味

要一位平常的男人，從一群女學生的團體照中，選出其中最可愛的一位，他並不一定會選中最性感的少女。

——納博科夫，《蘿莉塔》1

格蘭特對於推動藝術之旅的想法看似簡單，但是我覺得難以落實。

「要看你所指的藝術是哪些？」

「就像蒙帕納斯的琪琪、超現實主義、畢卡索、莫迪里亞尼……就是那些東西。」

「主意很好，不過那些超現實主義家都聚集在蒙馬特，幾乎很少出現在蒙帕納斯，而且畢卡索住在瑪黑區……」

對我的抗議，他給我一個「你沒進入狀況」的表情！

「給我點建議吧！」

「可以放棄這件事嗎？」

「不行，這些藝術家總會在某個地方廝混吧！」換句話說，這個主意太好，不能因為不是事實就放棄。

在巴黎我只能想到一個地方，是集二十世紀初期那個偉大時代的貪婪、欲望與藝術於一堂，雖然只是過往雲煙中的一道蒼白掠影，然而那露骨的物欲之念還是值得一瞥。

「或許我可以帶他們參觀馬扎罕街（rue Mazarine）。」

儒勒馬扎罕[2]是位十七世紀的樞機主教，也是首相黎塞留的門生，不但接掌了他的職務成為法國首相，也接收了他對美麗物品的愛戀。他是位非常執著的收藏家，特別喜愛鑽石，他將收藏品存放在自己的宮殿內，現在是法蘭西學院，坐落在以他為名的街道腳下。鍍金的圓頂建築證明，財物雖然死不帶去，但是可以留下，以供後人瞻仰。

往馬扎罕街走一趟，可以讓你對巴黎的藝術品世界有些概念。如果你在任何一個星期四晚上前往那裡，特別是在夏日，會發現總有一些畫廊在舉辦預展。他們通常不會介意你踱步進去，拿一杯葡萄酒，偷聽閒話。就算他們懷疑地斜眼看你，只要開口詢問畫價就好。即使只有一線生意契機出現，就連最挑剔的畫廊經理也會客氣起來。

雖然有些畫廊還有二樓空間，但是多數畫廊只有鞋盒大小。經常是從邊門進去，以鼻子都快貼到畫布上的距離觀賞畫作。至於內容呢？種類繁多，令人目眩神搖，但不見得是眩於才華。其中有來自羅馬尼亞的不知名畫家所繪的抽象畫，然後是西班牙的畫家，畫的都是裸體男人騎在騰空跳躍的馬匹上。位於石塊庭院深處的一間畫廊，展示考克多的繪畫，但是太像考克多的風格，反而不像是真的。對面一間商店內都是非洲面具與塑像，不過這些作品所經過的路途，最遠不超過巴黎美麗都（Belleville）一帶的儲藏間。

情色作品一度曾是蒙帕納斯藝術家最熱門的賣點。一九二〇年代的巴斯金、藤田、基斯林，與他們的同夥一起炒熱這種景象：為有錢的客戶繪製油畫，或是製成銅版畫或石版畫，或是印成豪華的圖冊，旁邊加上不打算讓人看懂的文字。時裝設計大師保羅波烈[3]用鮮艷美麗的色彩裝飾當時解放獨立的新女性，好讓基斯林可以脫去她們的衣裳作畫。

裸體繪畫是一種解放的標誌。法國女星阿爾萊蒂（Arletty）[4]為基斯林寬衣解帶。曼雷是位美國人；也是位天生的企業家，同意接受檯面下交易，常應要求拍攝猥褻照片，生意興隆。他用自己的情婦當模特兒，如琪琪與李米勒[5]，或是朋友的妻子，有時甚至是藝術家本人，例如女藝術家梅瑞歐本漢[6]，曼雷偶爾也會參與其中。有些事永遠不變，時至今日，馬扎罕的畫廊還會展出攝影師荒木經惟、吉行耕平等人寫實的情色照片，或是變裝藝術家皮埃爾莫

一九〇二年的馬扎罕街

林尼爾（Pierre Molinier）的作品，他喜歡穿著黑色內衣與高跟鞋拍照，下體伸出一枝纖長的玫瑰。

我對馬扎罕街的藝術創作印象鮮明，其中「性」占有重要地位。一個夏日早晨，我行經馬扎罕街，發現一家畫廊剛開門，展出新的攝影作品，攝影師是個英國人，叫作朱利安譚波頓，我知道他的作品，不過花一點時間才發現這位髮色灰白、穿著起皺白衣的人就是藝術家本人。

譚波頓的特色就是彩色的少女柔焦攝影，纖長的四肢、裸體，沐浴在金色的陽光下，慵懶地躺在穀倉的草堆上，或是躺在普羅旺斯風的臥室，房內擺設著維多利亞式瓷器及成打的紫羅蘭。如果女同性戀不是早就開始，就以這種風情，也該開始了。他將這些影像授權給各類商品，從肥皂廣告到拼圖影像，使譚波頓成為有錢人，然而難以獲得尊重，因此他不斷地在東京和巴黎舉辦展覽，這些地方不像倫敦，不會冒著被反戀童癖者干擾的危險，也不會被警方取締。

這次展覽為了爭取更多認同，他也展出早期其他藝術家以年輕女郎為對象的版畫作品，我認得其中一幅作品，兩位女郎以六九式交纏在沙發上。我盯著看，想知道是否是原作，這時他走近我。

「吉爾妲魏格納[7]。」我說。她是丹麥的繪圖家，一九二〇年代在蒙帕納斯曾經掀起一股熱潮，並不全是因為她反傳統的生活型態。她的先生愛那爾，為她的作品兼任男性與女性模特兒，也是早期成功接受變性手術的男性之一。

「是的，你也是位藝術家？」

「作家。」

「一位作家，真是有趣！我可能讀過你哪些作品呢？」

半個小時過後，我們坐在布西街家樂福的露台咖啡座上。

「我自己也寫點東西，」他說：「沒有太大的野心，只是一些實驗，你願意用職業的眼光幫我看看嗎？」

「當然沒問題，寄到……」

「我帶在身上。」他拿出一份文件夾，裡面有一疊紙，已經打好字。

我大致瀏覽了一下，裡面大部份的文字是……河澗苔唇上的露珠，一顆珍珠棲息在珠盤上，小鹿害羞地俯身吸吮……。

吉爾妲魏格納的情色之作

「嗯……」跳過文學上的評論，我直接進入出版的問題，「這種題材不容易找到歸屬，市場很敏感，對這種這麼……」挖空心思尋找正確的字眼：「特殊的東西。」

「我也發現到了。」譚波頓說，「倫敦沒有一家出版商願意考慮出版，英國人就是不了解這些作品，你知道嗎？英文中甚至沒有一個字眼，可以形容我喜歡的這種女人？」

我們漫步走回畫廊，譚波頓大方地送給我一本他的回憶錄，裡面搭配更多慵懶的少女圖片。他在書頁上題字：「獻給約翰巴克斯特，也是同好中人。」

那天晚上，英國演員兼藏書家尼爾皮爾森（Neil Pearson）來我家共進晚餐，他翻開這本書，看到題字揚起了眉毛，我提到譚波頓抱怨英文當中沒有一個字可以描述那些少女模特兒。

「就用『兒童』如何？」尼爾說。

1 蘿莉塔：Lolita，俄國作家納博科夫（Vladimir Nabokov）以英文創作的著名小說，發表於一九五五年，描述中年男性迷戀上小女孩的情慾經歷與掙扎。

2
- 馬扎罕街，位於巴黎第六區，靠近地鐵奧德翁站。
- 儒勒馬扎罕：Jules Mazarin（1602 - 1661），是一位毀譽參半的政治家，從精明的首相黎塞留手中接下首相寶座，為路易十四打下政治基礎，可是卻因增稅問題，引起法國的投石黨運動，而他貪婪斂財，去世時留下多於法國全國半年稅收的財富，令人不齒，除了珠寶財富之外，他也是位藝術與手稿的收藏家。

3 保羅波烈：Paul Poiret（1879 - 1944），二十世紀初期的服裝設計大師，擅長為新潮的婦女設計時裝，將女性自緊身胸衣中解放出來，設計寬鬆流線式的長裙，色彩艷麗的頭巾，以及結合日本和服與中國繪畫式的外衣，同時會以豪華精緻的宴會型式介紹他的嶄新設計與香水，名噪一時。一次世界大戰後，他的設計風格很快被香奈兒式的優雅簡約勝過，開始走下坡直到潦倒去世。

4 阿爾莱蒂：Arletty（1898 - 1992），法國著名女星與模特兒，成名前曾在酒館內演出歌舞，長達十年。一九四五年一部經典名片《天堂的孩子》（Les Enfants du Paradis）將她推上明星地位，這部電影被譽為是美國版的《亂世佳人》。可是同一年她因為戰時與德國軍官相戀而被認為是叛國，因而被捕下獄，她說出著名的心聲：「我的心屬於法國，我的臀部屬於世界。」

5
- 琪琪（Kiki 1901 - 1953），本名Alice Prin，可是沒人會記得她的本名，只知道她是一九二〇年代蒙帕納斯的女王，許多藝術家畫中的裸體模特兒，以及作家寫作的靈感，象徵那個時代的自由與解放作風。

• 李米勒（Lee Miller 1907 - 1977），美國攝影師，在街上被《時尚》雜誌發掘，成為著名的模特兒，後來因為照片被用於女性衛生棉廣告而導致模特兒事業終止。她繼承父親的愛好開始攝影，來到法國之後結識超現實主義畫家，並在戰時成為戰地記者，拍攝二戰時的殘酷場面，導致她後來飽受創傷後症候群的困擾並酗酒，最終因癌症去世。

6

梅瑞歐本漢：Méret Elisabeth Oppenheim（1913 – 1985），瑞士超現實主義女畫家與攝影師，本身也經常是作畫或攝影的對象。她著名的作品主題是將日常生活中的物件超現實化，比擬為受剝削的女性，例如她一九三六年的作品《毛皮早餐》（Fur Breakfast），一個長滿毛的茶杯，茶盤與湯匙。一九五九年的作品《食人饗宴》（Cannibal Feast）是以一個裸女全身蓋滿食物躺在餐桌上，都是這種主題著名的代表。一九八三年並為瑞士的伯恩設計了以草覆蓋的圓柱型噴泉，象徵生命與成長。

7

吉爾妲魏格納：Gerda Wegener（1886 - 1940），丹麥畫家，最著名的作品除了她一系列大膽的情色之作外，還有她為時尚雜誌所畫的插圖。她的私人生活也同樣獨特，她的先生 Einar Wegener 也是位著名的藝術家，與吉爾妲結婚後，經常以女性姿態為她擔任模特兒，更於一九三〇年進行變性手術，在兩年之內接受五次手術，不幸在最後一次手術過後不久因感染去世。二〇〇〇年以他為內容的小說《丹麥女孩》（Danish Girl）成為暢銷書，也讓世人了解這位先驅變性者的特殊故事。

30 阿里格市場

阿里格市場
詢問處—花卉
魚販—水果
熟食—顧客
乳酪—舊衣
酒類—蔬菜
肉販—染髮

——阿里格市場的入口招牌[1]

阿里格市場 （James Whisker 攝）

陽光燦爛的日子裡，漫步在法國的菜市場上，停下腳步和攤主聊天，愉快地試吃一些誘人的水果或蔬菜，仔細挑選價廉物美的東西，這種心滿意足的快樂，少有事物可堪比擬。

只要不是去阿里格市場就好。

有一本導覽書，曾經以相當緊張的口吻描繪這個市場：

「這個區域多元化的本質，在這裡能得到最好的證明。」我的看法更為極端：阿里格市場不但是個動物園，也是戰場、叫罵大街與擁擠的阿拉伯露天市集，文化的衝擊在此完全展現。如果說「大展覽館」[2]那樣的傳統市場是「巴黎內在的五臟六腑」，那麼這裡就是它的外在大嘴，大口常開，吃喝與叫喊同時進行。

阿里格的中心，是一座老式屋頂與石磚地面的市場，兩旁是歷久不變的商鋪，以超級市場的價格販賣乳酪、鮮肉、鮮魚。如果你有興趣，當然可以在裡面購物，但是這樣會錯過廣場外真正的好戲：物廉價美的衣服、太陽眼鏡、電器用品、長襪等等，各種貨品齊集在攤子上。廣場上還有一個舊貨市集，相當於跳蚤市場，販賣日常雜貨、不要的刀叉、過期雜誌、不知名的攝影作品、印刷品，還有海報，說不定在裡面可以淘到稀少甚至珍貴的東西。

這個市場最重要的還是食物，許多顧客是回教徒，因為這裡是市內最好的清真聖食來源，特別是羊肉，還有雞肉，他們喜歡買回去用塔吉鍋慢燉。還有瘦長的北非辣腸，用紅椒粉和辣椒染成深紅色。餐廳主人也在這裡購買食物，因為四分之一頭羊或是一整塊牛臀肉的價格，只能在第十六區肥碩的肉販那裡買到一隻羊腿或一公斤肋排。

阿里格市場的肉販切肉技巧精湛，大城市的肉販們已不再如此服務，他們所賣的羊腎，依然飽含厚層白色羊脂，可以做成風味極佳的餡餅，還有整顆牛腎，可以用芥末或馬德拉酒燉煮。他們精準地為顧客將羊肩去骨，方便客人買回去塞入填料捲起，毫無怨言；還可以幫你剔除肋排邊的肥肉，留下恰到好處的肥油，放在烤架上潤滑出油；將牛脛切成美妙的圓片用來作成燉牛膝，或是去掉肉片單留髓骨，放在烤箱內乾烤，直到骨髓出油，加上粗鹽以及薄片乾吐司當成開胃菜。

對地中海以及中東菜餚來說，阿里格是一站式的市場，可以一次採買齊全。茄子、青瓜、洋蔥、胡蘿蔔、大蒜、番茄、洋香菜、羅勒、薄荷……販賣要訣是：堆貨要高，賣價要低。別想只買一顆茄子或是幾顆番茄，所有東西都是以一公斤或兩公斤來計價，接近中午，快要收市的時候，叫賣聲更是瘋狂。「三公斤賣一斤價！」攤販大聲叫囂，期望盡快出清存貨。「一歐元一打！」草莓、辣椒或小馬鈴薯一劑劑地裝進袋子裡，滿得都快掉出來了。過後回到自家廚房，放下所有東西的時侯，你才會對著那些份量張口結舌。我要到什麼時候才會吃完二十條小茄子？或是兩磅的熟草莓？還有，我幹麼買了那麼多的洋香菜？可是實在真便宜……

有一陣子，澳洲主廚尚克勞德布納托（Jean-Claude Bruneteau）就在轉角經營他的小餐館「本奈龍」（Bennelong）。我和他一起去阿里格市場，看他捏茄子像捏女人臉頰，握新鮮蜜桃像握女人胸部，新鮮香芹、牛膝草、龍蒿從他的指間滑瀉，像是手指輕滑過髮絲。他的語氣活潑快樂：「我從來沒有吃過這麼甜的草莓，這麼多汁的鳳梨，這樣肥美的香蕉，這樣熟透的番茄，羅曼葉不是用人工栽培，有六種牛油可供選擇，沒有人造牛油，這裡真是食物的天堂，太棒、太棒，太過癮的食物了。」

1 阿里格市場：d'Aligre market，位於巴黎第十二區的 Place d'Aligre，搭乘地鐵8號線，在 Ledru-Rollin 站下車，走路即可到達，星期一休市，星期日上午半天。

2 「大展覽館」（Les Halles）：早期巴黎的果菜批發市場，一八五〇年，巴黎的建築師豪斯曼男爵將它重新翻修，做為重建巴黎的一部分。為了取代那些雜亂無序的攤棚，他請建築家維多巴爾塔（Victor Baltard）設計了十個四面都是玻璃的亭館，每座亭館的金屬屋頂都用精緻的鐵柱支撐，這些亭館就命名為「大展覽館」，一直持續到一九七一年被拆毀為止。

31

罪惡大道

長長的一條大道，一路直立的高牆蒼白灰暗，在新栽的栗子樹蔭籠罩下更顯昏黑。微弱的煤氣街燈，每座相隔甚遠……身後五十碼左右，傳來跑步聲……越來越近，我沒命地往前逃，但是聲音越來越近，終於趕上了我，我靠在煤氣燈柱下，在黑色的監獄高牆下。

兩名男子的身影浮現在黑暗中。

他們繼續往前跑。

他們確實是阿帕奇，頭上的圓扁帽沿垂至雙眼，紅色的圍巾隨風飄揚，外套緊繃，長褲貼身，顯出臀部的線條，其中一個還帶著一把明亮的尖刀。

——福特馬道克斯福特，《法國之鏡》，一九二六[1]

Le Petit Journal
Le Petit Journal
5 CENTIMES
SUPPLEMENT ILLUSTRÉ
5 CENTIMES
ABONNEMENTS
DIMANCHE 20 OCTOBRE 1907
L'APACHE EST LA PLAIE DE PARIS

巴黎的阿帕奇幫派

當海明威在穹頂咖啡館喝著白蘭地，費茲傑羅伉儷在麗池酒店流連作樂時，外面的大道是罪犯的世界。只有在這些養尊處優的知識份子眼中，一九二〇年代的巴黎才是懶散而寧靜的。距離蒙帕納斯大道的燈火不過幾條街外，就是一個完全不同的巴黎，大多數的觀光客只能從安全的觀光巴士上往外偷瞄，或是從通俗小說的主角千面人方托馬斯與審判者朱德斯的故事中才能了解這裡。這些身上披著劇院大氅，頭上戴著高頂禮帽，眼圈套上黑色面具的俠客，經常穿梭在巴黎屋頂上，解危救美。

美國人並不在乎巴黎黑暗的這一面，他們不在乎野雞徘徊在蒙帕納斯大道上著名的咖啡座外，也不在乎她們的皮條客公開販售當地人稱為chnouf的海洛英和古柯鹼，更不在乎每個晚上幾乎都會發生的砍殺和槍擊事件。拜禁酒令之賜，美國人對自家的罪案已經疲於奔命，來到這裡，只希望能接觸到那些在國內碰不到的東西——性、酒精與藝術。

而對那些來自較有章法的國家，特別是德國與俄羅斯的遊客而言，罪案猶如情色，不會嫌多。他們特別欣賞被稱為阿帕奇的幫派份子，並不清楚他們為什麼會用這個名稱，一種說法是他們喜歡來自被帶到巴黎表演的大西部節目，像野牛比爾科迪（Buffalo Bill Cody）這種面無表情的英雄；另一種說法溯源自一篇新聞報導所提到的名稱，描述一場發生在蒙帕納斯的爭端，記者寫道：「兩個男人與一個女人發生一場激烈的混戰，混亂的場面像是野蠻的阿帕契印第安人在搏鬥。」

和所有的街頭幫派一樣，阿帕奇人喜歡為自己取新奇的別名，舉行誇張的入會儀式，甚至還穿一樣的服裝。從他們所穿的衣服，就可以認出他們是阿帕奇人：條紋背心、緊身夾克、平頂鴨舌帽、帽沿低低地壓在眼睛上。天氣冷的時候還會圍上一條紅色的羊毛圍巾，繞上兩圈就可以當成面具。一九三二年的電影《紅樓豔史》，墨利斯雪佛萊飾演一位裁縫冒充成男爵，身穿類似服裝，高唱羅傑與哈特的歌曲〈可憐的阿帕奇人〉[2]，那些上流人士對他大為傾倒，看他在大廳內昂首闊步，牆上投射出他高大的身影，放言高歌：「那些使我快樂的事情，就是使女人哭泣……當我握起她的手腕輕轉，沒有女人能夠抗拒。」歌中稱他的愛人為「櫥窗女郎」或是「珍貴寶貝」，令他成為「一位優閒的紳士」時，我們自然會認為她是個妓女，而他則是她的皮條客。

一九〇一年，兩位阿帕奇幫派領袖雷卡與曼達，為一位年輕的阻街女郎愛米莉海莉大打出手。愛米莉有一頭金色的秀髮，於是「金盔」[3]就成為她的綽號。雷卡被殺後，曼達在聖塔監獄獄內斬首示眾。根據傳說，艾蜜莉在可以俯視監

法國男星墨利斯雪佛萊

獄廣場的窗口，觀看愛人行刑的過程，那些窗口是當地人專門租給酷愛血腥刺激的人。〈可憐的阿帕奇人〉這首歌的靈感來自他們的故事。歌中的雪佛萊認為自己的生命會結束在斷頭台上，而他在行刑前不過是對劊子手丟下一句粗魯的「瘋子」而已。

「金盔」的故事引發大眾的想像力，特別是有錢的俄國佬，他們渴望一瞥那些罪行出沒的地方，蒙帕納斯的導遊當然高興地遵命。一位記者如此報導：「俄國人被帶到仿冒成阿帕奇人聚集的地方，那裡的跳舞女郎頂著金色假髮，圍上紅色絲巾，阿帕奇人的帽沿低垂，遮住眼睛，看來邪惡。雙方在場上跳舞時總是會發生口角，於是就用小刀對決。俄國大公們的銀子沒有白花，心滿意足地離去後，跳舞女郎解開絲巾，男人拋棄小帽，雙雙對對安安靜靜地回家上床睡覺。」

一九一七年的革命清算了俄羅斯的貴族階層，有些人回到巴黎，成為靠小費維生的侍者或門房。或許就是他們對老闆的建議，使這些造假節目仍有其生存的價值。有歌舞表演的夜店將其中刀鋒相對的場面改編成一種探戈舞步，稱作「阿帕奇舞」。其中的女郎身穿黑色絲襪，裙擺高叉，打扮成妓女的模樣，被穿著條紋背心，戴著黑色扁帽，看起來很不耐煩的男友又轉又拉，推倒在

一九一一年的阿帕奇之舞

地上。在〈可憐的阿帕奇人〉這首歌中，作者羅倫茲哈特讓雪佛萊大致描述了這種表演的內容，並搭配巧妙的韻腳：

當所有的男人都在跳舞
溫柔浪漫地起舞
我卻必須將她的身軀推開
那個無人敢碰觸的部分
只有座椅能碰觸的部分
卻經常與地板相伴

直到一九五〇年代，阿帕奇舞步依然盛行，不過已經沒有人記得當初的靈感。二次世界大戰剛過，以寫作巴黎女學生《瑪德琳》系列童書聞名的奧地利裔美國作家路德威白蒙[4]，在朋友阿曼德的帶領下，來到靠近巴士底附近，位於底耶廊街（passage Thiéré）的俱樂部「小露台」。

這裡人潮洶湧。舞池正中，一名阿帕奇人正與他的女伴瘋狂對舞，他對那女郎的動作簡直變態，扭轉，勒頸、抓住她的頭敲到地板上，最後坐在附近的一個男人終於憤怒地跳了出來，手裡拿著一把小刀，很快地衝向那位阿帕奇人，他們扭成一團，鮮血流到地面，流成一灘，旁觀的人群紛紛驚叫逃走。外面有輛巴士在等著他們，上面還有「美國運通」的字樣。

地上的血跡正被抹乾，阿曼德說：「我在這裡有股份，這是座金礦，再過半個小時下一場表演就要開始。那個阿帕奇人、女孩，還有那個刺客都不許和任何人說話，因為他們沒有一個人會說一句法語，其中兩個男的是前美國大兵，那名女子曾是美國勞軍團的一員，他們都因為熱愛巴黎而留了下來。」

1 福特馬道克斯福特：Ford Madox Ford（1873 - 1939），英國小說家，並編輯兩本著名的文學評論雜誌。他最有名的小說是一九一五年出版的《好兵》（Good Soldier），被收入美國現代圖書館所選出的二十世紀百大小說中。《法國之鏡》（A Mirror to France）是一九二六年的文章。

2 《紅樓艷史》：Love Me Tonight，一九三二年的著名電影，由法國男星墨利斯雪佛萊（Maurice Chevalier），與美國女星珍奈特麥克唐諾主演，其中的的歌曲〈可憐的阿帕奇人〉（Poor Apache）由美國音樂搭檔理查羅傑與羅倫茲哈特（Rodgers and Hart）所譜寫，可以在youtube上聽到。

3 金盔：Casque d'or (Golden Helmet)，這個故事也在一九五二年被導演賈克貝克拍成同名的法國電影（又名《蕩婦瑪麗》），法國女星西蒙仙諾（Simone Signoret）飾演女主角，她是法國第一位奪得美國奧斯卡獎的女星，男主角是薩吉雷吉亞尼（Serge Reggiani）。

4 路德威白蒙：Ludwig Bemelmans（1898 - 1962），出生於奧地利的美國童書作家，他所創作的童書《瑪德琳》（Madeline）一共出版了六本，都是描寫生活在巴黎寄宿學校的小女孩瑪德琳的故事，一九九八年好萊塢將這些書的內容總結拍成同名電影。

32 夜之門

請進，夜之軍隊的將領，
威風的扈從隨侍在側。
——安德烈馬勒侯一九六四年於眾神殿重葬禦敵英雄尚穆蘭的演講[1]

路德威白蒙的作品使戰後巴黎的生活看起來輕鬆有趣，一九五一年的好萊塢電影《花都舞影》[2]，更加深了這種印象，陽光永遠燦爛，藝術永遠蓬勃，就連貧窮也不過是歌曲與笑話的題材而已。

不過一旦你開始了解法國，這種想法就會改觀，每有一部《花都舞影》就會有一部《夜之門》這種電影，飽含了背叛、沮喪、羞恥的意識，幾乎沒有法國人能夠忍受觀賞這種電影。這部電影也幾乎摧毀了導演馬塞勒卡內的事業。在這部電影之前，他是法國電影界的英雄，在二戰德國的占領期間，拍攝了《天堂的孩子》這部史詩般的電影。《夜之門》中的歌曲〈秋葉〉[3]是流傳至今的經典之作。這種哀傷的讚美詩，德國人無法與法國人相比。

然而就算過了這麼久的時間，被德國占領這種歷史事件，仍然是避免談論的話題。誠如法國人所說：「在吊人的房子內避談繩索」。不過經常會有觀光客，帶著一絲不好意思的神情問我：「納粹統治下的生活是什麼情景？」我曾經帶領歷史學者在第六區參觀那個時代留下的各類遺址，他們總是帶著尷尬的神情問我，像是要我介紹值得信賴的妓院一樣。

不久之前，美國圖書館要我在他們的《作家夜談》（Evening with an Author）系列中，訪問李絲麗卡儂（她剛出版一本回憶錄）。她在十九歲默默無聞的時候，才逃過大戰浩劫，就被挑中與金凱利在《花都舞影》電影中演對手戲，這段經歷對比頗鮮明。她在書中描述，自己曾經餓到瀕臨死亡的邊緣：

李絲麗卡儂的劇照

我們只剩下動物飼料，洋牛蒡、大頭菜、洋薑……水果和菸草一樣稀少且昂貴。小孩一天只有一杯牛奶，我們每個人拿到的牛油配給越來越少，少到了最後，一個人一星期只有一只蛋杯大小的牛油。戰爭快結束的時候，每個人每天只有一片麵包，裡面是三分之二的麵粉，三分之一的木屑。肉也非常稀少，一個人一星期大約只有兩百公克，狗和貓全部消失，都被偷去吃掉，我的父親是位藥劑師，他能拿到可可油做潤滑劑，但是這成為我們日常烹調的替代品，取代奶油與食用油。因此桌上的每道菜，都有一種隱約的可可油味道。

為了保持精力，她喝馬血，馬本身早就被吃光了。

黑市應運而生，罪案隨之而來，所有公共燈火全面降為半明狀態，助長犯罪。巴黎充滿了難民、逃兵，還有被迫回到街上謀生的妓女，由於社會重整的錯誤導向，一九四六年宣布妓女戶為不合法，因此原先的房舍被改變成學生宿舍。

為了讓團員了解人事的變化，我會帶他們到巴黎最受歡迎的一家餐廳「巴爾扎」（Balzar），就在聖米歇爾大道下去。今日，這裡是時髦、受歡迎又昂貴的地方，可以搭建臨時廳堂以供附近巴黎第四大學及法蘭西學院的知識份子隨時光顧。一九九八年這裡是一些高調的顧客靜坐抗議的地方，他們害怕福樓（Flo）餐飲集團買下這間餐廳之後，會改變風格與菜單。福樓的總裁尚保羅布席前來保證不會做任何改變，說他喜歡在這裡用餐才買下它，又為什麼要做改變呢？這些靜坐的人並無建樹，侍者回來接受點菜，抗議行動成為午餐，非常巴黎的態度。

可是，美國作家艾略特保羅（Elliot Paul）於一九四〇年代末期在這裡用餐的時候，這裡是一個非常不一樣的巴爾扎餐廳，也是另一個巴黎：

> 我們在巴爾扎共進晚餐，夜風方向已變，夜雨也止了，取而代之的卻是另一種寒意，硫磺似的迷霧籠罩著

聖塔監獄外圍

街燈，節能措施還沒有解除，聖米歇爾大道上的商店櫥窗中不見任何燈影。夜色昏暗，路上交通遲緩，車輛稀少。兩名年輕男子，可能是暹羅人或是菲律賓人，坐在一張長椅上，面對著兩位衣著襤褸的女孩。看起來不像是妓女，顯然是遊民。男人臉色陰沉毫無笑意，女人意與闌珊。其中一個菲律賓人——管他是從哪裡來，從口袋中掏出一把小型自動手槍放在桌上，面無表情的瞪著那個女孩。一名侍者適時端來托盤，上面是一些五顏六色、濃稠的瓶裝開胃酒。其中一個菲律賓人付錢給那位侍者，另外一位將槍放回自己的口袋中。侍者走開後，那兩位男子互相對看一眼，扁平的圓臉上忽然迸出微笑。

巴爾扎餐廳繼續開下去並且生意興隆，不過依然可見往日黑暗時光的蹤跡。聖米歇爾大道再往上走，可以見到深印的彈殼碎片痕跡，出現在巴黎高等礦業學校（Ecole des Mines）這所著名的地質學府與博物館的外牆上。市內到處都是紀念牌匾，說明在這個角落的貧民區內，有反抗軍與義勇軍（maquisard）慷慨地為國捐軀。

在曼達、雷卡與金盔的世界中，最有名的是賈克貝克導演

現在的巴爾扎餐廳

的愛情電影《金盔》；片中，年輕的西蒙仙諾飾演十九歲的妓女艾蜜莉，薩吉雷吉亞尼則飾演二十二歲的木匠曼達。艾蜜莉就是在慕費塔街（rue Mouffetard）頂端的護牆廣場遇見曼達，護牆廣場這地方並沒有改變多少；當時海明威就住在離這裡不到幾戶遠的勒穆瓦納紅衣主教街（rue Cardinal Lemoine）。那場槍擊以及最後雷卡被砍殺的場景，發生在過去的果菜批發市場「大展覽館」，現在是位於里沃利街（rue de Rivoli）北邊的公園。至於聖塔監獄，那黑色的火山岩所構築的牆，與曼達被送上斷頭台的時候一樣陰暗。

法國人在一九七七年廢止斷頭台，但是聖塔監獄依然充滿罪惡的誘惑。一九九〇年代有一段期間，這裡的明星犯人是伊里奇桑切斯，又稱豺狼卡洛斯[4]，他拒絕世界上每一家新聞媒體的採訪，只有一家雪茄愛好者的雜誌例外。這家雜誌社的編輯收到一封通知，上面解釋道：「真是不巧，我剛被遷離聖塔監獄，請將未來的雜誌寄到新的地址，福恩監獄的單獨監禁房。」雜誌社的編輯路易斯托瑞斯認為他們共同的嗜好，可能讓他較有機會訪問豺狼卡洛斯，於是提出要求，卡洛斯同意並說道：「雖然要在一個對抽菸來說，有點危險的環境中進行。」他從閱讀上好的雪茄文章中尋求慰藉，同時回憶人生中最極致的抽菸時刻：一九八六年八月十七日打開一盒龐奇牌（Punch）編號十三的古巴雪茄，慶祝他的么女羅絲出生。誠如作家吉卜林所言：「女人不過是女人，但是一支上好的雪茄卻是一團好煙。」[5]

1 尚穆蘭：Jean Moulin（1899－1943）是二次世界大戰法國反抗軍的領導人物，一九四三年被惡名昭彰的德國蓋世太保刑求至死。一九六四年法國首任文化部長安德烈馬勒侯將他重新安葬在眾神殿，並發表一份動人的激情演說。首先，他說到法國柯雷茲村的婦女在破曉時分悄然站立在墓園邊，目送被德國人槍殺又被下令祕密掩埋的不明反抗烈士。而後說到尚穆蘭的功績就是結合這種反抗意志，團結各方不同的抗爭理念，在戴高樂的支持下，成功地發動反抗軍行動。一九四三年，他不幸被捕後，遭受非人刑求，但始終未曾透露任何線索。馬勒侯的這篇演說是法國演說中最為人所熟知的演說之一。

2 《花都舞影》：American in Paris，一九五一年最有名的好萊塢歌舞片，由金凱利（Gene Kelly）與李絲麗卡儂（Leslie Caron）主演，蓋希文（George Gershwin）配樂，榮獲當年奧斯卡最佳影片獎。描寫二戰後留在巴黎的美國畫家，與巴黎女子相戀的故事。

3 《夜之門》：Les Portes de la Nuit（The Gates of Night）是法國大導演馬塞勒卡內（Marcel Carné）一部製作費高昂、評論與票房都極慘的作品，於是這部電影過後，他與長期的編劇搭檔，合作過《天堂的孩子》的詩人劇作家賈克普維（Jacques Prévert）就此分道揚鑣。這部電影最出名的是插曲〈枯葉〉（Les feuilles mortes），後來被美國音樂家填上英文歌詞，改成〈秋葉〉（Autumn Leaves），就是我們現在經常聽到的版本。

4 財狼卡洛斯：Ilich Ramírez Sánchez，或許是因為有許多小說和電影將他視為劇中的反派首腦，因此這位恐怖份子成為現代罪犯中的知名人物。他出生於委內瑞拉，深受篤信馬克思主義的父親影響，在倫敦唸完中學，被莫斯科大學逐出校園後，進入解放巴勒斯坦人民陣線（PFLP），策畫多起國際恐怖事件，後又被巴解驅逐，流浪於東歐、中東與北非各國之間，據說和東歐與蘇聯的祕密警察都有關聯，他們利用他暗殺流亡國外的政敵。一九九四年美國聯合法國與蘇丹政府達成祕密協議，將在蘇丹動完手術的他連夜祕密運往法國受審，被判處無期徒刑並服刑至今。

5

吉卜林：Joseph Rudyard Kipling（1865 - 1936），第一位以英文獲得諾貝爾文學獎的英國作家，也是至今為止最年輕的得主，他獲得諾貝爾獎時只有四十二歲。出生在印度孟買，經歷英國帝國殖民時代的生活，以致他許多著名的書都以殖民時代的英國與印度文化為背景，這點也是他後來被批評最多的地方，認為他美化了帝國的殖民行為，其實拋開政治心態，才能發掘他的作品中，包括短篇與長篇小說，詩歌與後來的童書，文字與意象的純美，想像力與情感的豐富深摯，甚至衝突與矛盾間的微妙張力。

33 十九區的小地方

坦白說，身為一個普通的美國人，我缺乏那種造成巴黎人特別偏愛某些小區的敏銳情感，那種基於社會及房產價值所產生的觀點，對外人來說模糊不清。巴黎的每一個地方，在我看來都很棒。

——黛安強森，《進入巴黎小區》1

偶爾總會有一位觀光客，在巴黎的停留即將結束的時候，滿懷期待地問我：「在這裡買個住所方便嗎？」

「一個住所？」

「不是真正的家啦，只是一個落腳處啦。」通常他們會在低號區租一間單房公寓，便於走到羅浮宮或是那些著名的餐廳。

他們無需多作解釋，我很了解這種夢想。一座盤旋而上的古老木造樓梯，歷經好幾代人的腳步，留下踩踏的足跡，樓梯頂端有道門，通往一間整齊的單房公寓。裡面有一座古老的眠床，床上鋪著一條從鄉間舊貨市場買來的褪色手織床罩。小小的廚房內，桌上擺著牛奶、奶油、果醬，還有一條熱騰騰的長棍麵包，這是親切的門房知道你要來，好意為你準備的。當然你還有一方自己的小露台，可以看見外面巴黎的屋頂風光……。

「不會很困難，對嗎？」他們繼續問：「當然不可能在第六區，但是其他……」他們大致會往蒙馬特的方向指去，「比方說在十九區的一塊小地方，可能只需要一點裝修。」

說到這裡，我覺得是時候了，該告訴他們我朋友克蘿伊的遭遇。

從龐畢度中心遠眺蒙馬特山丘（Myrabella 攝）

克蘿伊在巴黎出生長大，為一家著名的週刊寫文章。

「你搬家了？」上次見面的時候我問她。

「搬到十九區。等我們裝修好後，你和瑪莉杜一定要來吃晚餐。」

「還在裝修嗎？已經多久了？一年嗎？」

「十八個月，一言難盡。」她嘆息道。

十九區是勞工階層居住的老區，只要開車走高速公路離開城市的話，就會經過這裡。克蘿伊和她的伴侶哈維認為他們在這裡撿到一塊寶石，位於一條繁忙的市郊商店街進去的小巷裡，一排八棟的兩層樓洋房其中的一棟，靠近但不是非常接近巴黎的環城大道。這棟建築以及小巷裡所鋪的粗砌石塊，可以上溯到一八六〇年，房子底下有座寬大的地下室，後面還有一座小花園。

「聽起來很有意思。」克蘿伊對她的房產仲介說。而且價錢很便宜，是不是太便宜了呢？

「價錢好商量。」仲介這麼一說，他們更加疑心。

等他們到達那裡之後就明白了，五輛車占滿了每一個停車空間。

「那是巴瑟萊密先生的顧客。」仲介指著對街的肉販說，顯然他的客戶將這裡視為便利的停車場。

走近房屋，情況更糟。街旁的石階直通地下室，門戶大開。一個男人穿著骯髒的內褲，就在裡面污漬斑斑的床墊上呼呼大睡，在他後面是陰沉的吵架聲，整個地下室瀰漫著一股腐朽陳年的尿騷味。

「不幸的是，你們有……」仲介開口說。

一位女孩穿著骯髒的牛仔褲，破舊的恤衫，光著腳走到門口，不客氣地瞧著他們：「如果你們不是來幹的話，就滾吧！」然後猛然關上門。

「……遊民。」他終於把話說完。

不過他們還是買了房子，然後請求當地政府在小路的盡頭，架設一座有鎖的鐵門。

哈維對住宅區專員貝雅德夫人出示一張表格：「你可以看到，巷子裡所有的住戶都已經同意了。」

「好的。」她說。她的表情顯得頗為謹慎，長久以來的經驗告訴她，在法國沒有簡單的事。

「但是，已經接到反對意見。」

原來肉販希望能夠保留他的免費停車位。

「我們有權停在我們自己的產業內。」克蘿伊抗議道。

「當然，但是他說如果有了門的話，他的生意會受影響。」

「那是他的問題，他沒有權利使用我們的停車位。」

「當然，我相信如果上法庭的話，你們會勝訴。但是上訴需要時間。最好是能私下解決。」幾個星期過後，花了一萬歐元的代價，肉販同意不反對他們設鐵門，同意讓他的顧客走到路的盡頭，超級市場才在那裡剛蓋好新的停車場。

「有關那些遊民……」，下一次克蘿伊去見貝雅德夫人時說。

「我們希望稱他們為『無由居住者』。」

「如你所願，」克蘿伊拿出另一份文件：「這是多次抗議以及逮捕的名單，由於毒品交易以及賣淫行為，這些人必須被驅離。」

「鄉鎮代表沒有權力做這件事情，必須要由警察出面。」

警察局長與夫人簡直是對孿生雙胞胎。「需要法庭命令才能驅離這些人，我要提醒你這不容易拿到，因為有重新安頓這些人的問題，有關人士可能會認為他們在你的地下室內，要比在街上更不會製造問題。」

「我們可以驅離他們嗎？」

「理論上可以，但是如果有任何人在驅離過程中受傷，或是個人財產損失，又或是個人所得減少，他們可以告你。」

「所得的意思是指從毒品交易與賣淫所得到的收入嗎？」

「我懷疑他們可以用這個做藉口。」局長讓步說。「但是很多事情是在家中進行，他們可以聲稱他們是治療師，或是金融顧問。」

克蘿伊無法想像這些顧客會走下臭氣沖天的地窖內，只為了作心靈諮商或是財務諮詢。

「所以這表示我們毫無希望？」

「也不盡然，雖然公事上我們無法做任何事，但是也許你可以寫下這個電話號碼。」

克蘿伊記下這個號碼，警察局長並沒有動筆寫在紙上，以防萬一有事，可以合理地否認。

「你該看看他要我去找的那個傢伙。」克蘿伊聳起肩膀，頭往下壓，直到頸部完全看不見，整個姿勢就是一副「壞蛋」的樣子。「我們只知道他叫瑟哥，他的姓氏末尾帶著 vitch 的尾音，他們每一個的姓氏都有 vitch 的尾音。」

「每一個？一共有多少人？」

「八個。個個高頭大馬，而且頗有組織。顯然是從部隊退下來的，可能是特種部隊，但絕不是法國部隊，或許是俄羅斯、東德、白俄羅斯、羅馬尼亞？都無所謂，反正我們所知道的第一件事就是大街上出現了一座活動房屋，就是那種放在建築物工地裡的活動房屋。」

「然後呢……」

為什麼巴黎的故事從來都不簡單呢？

「第二天上午，瑟哥和他的兄弟們……就這麼出現了，全部穿著黑衣，進軍地下室，其中四個人掃清了所有的衣服、床褥，任何可攜帶的東西，搬到活動房屋內。地下室只有幾個遊民，但是這些人一出現，他們全都赤腳跑了。瑟哥的另外四位弟兄站在新建的鐵門旁邊，面無表情，門上有新鎖。前後不到十分鐘就把鎖掛好了。最後我給瑟哥五千現金，他把鑰匙交給我。兩天之內，活動房屋內的東西也全部不見，然後活動房屋也消失了，從此我們再也沒見過那些遊民。」

「沒有任何報復的舉動嗎？」

「瑟哥和他的夥伴們只需要私下裡和他們說幾句話就好，你如果見過他們，就會了解我說的意思。」

「但是這已經是好幾個月前的事了，你還沒有搬進去嗎？」

她嘆了一口氣：「聽說過一九九二年一月十七號頒布的法令嗎？主管歷史建築物的重建，看來……」

我已經不想再聽下去了。

克蘿伊的故事絕對是嚇阻想買公寓的絕佳例子，但是巴黎是由幻想打造的，我又何必破壞呢？特別是這麼脆弱的夢想。正如詩人葉慈所寫的：「我把我的夢鋪在你的腳下，請小心輕踏，因為你踏的是我的夢。」[2]

我還沒有那麼殘忍。

「十九區的一個小地方？有何不可？我會幫你留意。世事難料啊！」

1 黛安強森：Diane Johnson（1934 -）著名美國小說家，所寫的小說多半以居住在法國的美國家庭為背景，其中最有名的是一九九七年出版的《離婚》（Le Divorce），曾於二〇〇三年被拍成同名電影，台灣片名為《愛情合作社》。其他著名作品尚有一九八八年的《波斯之夜》（Persian Nights）。

2 愛爾蘭詩人葉慈（W.B. Yeats）著名的一首情詩〈他想要天國的錦衣〉（He Wishes for Cloths of Heaven）中的最後兩句：「我把我的夢鋪在你的腳下，請小心輕踏，因為你踏的是我的夢。」（I have spread my dreams under your feet，Tread softly because you tread on my dreams。）詩中的窮小子迷戀無情的美女，簡單但渴望的情意使許多後來的作品轉述其中語句。流行樂團小紅莓（Cranberries）就曾用其中的最後一句寫出歌曲〈狄萊拉〉（Delilah）。二〇〇二年的科幻電影《重裝任務》（Equilibrium）中肖恩賓被射殺前，即是對主角克里斯汀貝爾唸誦這段著名的詩句。

34

重回時光小徑

昨夜我一個人在巴黎到處遊走，不斷尋找盡頭，直到凌晨兩點，疲倦地躑躅於聖日爾曼大道與盧森堡公園間的僻靜小巷內，忽然聽見後面傳來空洞的腳步聲，那是木製高跟鞋的聲音，慢慢地靠近我。我帶著微笑放慢腳步，腳步聲越來越近，越來越響，速度越來越快。當聲音幾乎就在我後面時，我感到一陣寒顫抖慄，然後腳步聲掠過我而去，但是我沒有看見任何一個人影。規律的步聲在我身前逐漸減弱，越來越遠，轉過街角，消失無蹤。從頭到尾，我沒有看見一個人影……

——奈德羅倫，《巴黎日記》[1]

多數城市中的陋巷小街，通常最好避免進入，但是在巴黎卻不盡然。因為在法國，小街（allée）並不代表骯髒與危險。一條小街——或是後院、死巷或通道，在英國可以稱作馬廄道

（mews）。這種庭院通常位於一排連棟屋的後面，主人在這裡飼養馬匹並安放馬車。更早一點的時代，這裡還可以豢養獵鷹與老鷹，甚至可能是一條與公園並行的巷道，旁邊是《建築文摘》中介紹的那種美麗洋房。

無論是骯髒邋遢或是光鮮亮麗，所有的小巷對我來說一樣有吸引力。像是進入劇院後台，看見塑造幻象的機關。而且意外的是，一棟歷史性的建築，或許前門是關著的，甚至有警衛駐守，但是通往小巷的後門，卻經常只是虛掩。

每一位拜訪蒙帕納斯的人都會走過首鄉街（Campagne Première），有些人是去那裡拜訪導演高達的電影《斷了氣》中[2]，楊波貝蒙被射殺並斷氣的地點。其他人則會在三十一號前駐足——向建築師安德烈阿佛維德森用各色瓷磚砌成的公寓建築致敬，那是維也納分離派傳到巴黎之後的作品[3]。也有人知道曼雷曾在這裡生活與工作，不過何不穿過後面被稱作地獄通道（Pasd'Enfer）的美麗巷道，看看阿佛維德森在那些沒有冰箱的日子中，為每棟公寓所設計建造的室外冷藏櫃。這是一種小型儲藏室，可以儲存鮮肉與牛奶。只能從屋內進入儲藏室，不過抽去幾塊磚頭形成洞口，讓冷空氣得以流通。

在奧德翁路底，一條狹長的柏油路上，位於電影院與咖啡館前面，一座雕像標示著喬治丹頓生前的居所，他是促成法國大革命的人物之一。以英雄式的姿態站立，右腳向前，手臂往外伸，一位火槍手蹲伏在他的右腿邊，另一邊是個小鼓手，兩人都帶著崇敬的眼光仰望他。（說真的，他的神情看起來有點可笑，加拿大詩人作家約翰格拉斯哥曾經嘲笑過這座雕像：這是一位憤怒孩童的雕像，一種憤恨不平的畫面，像是因為玩具被姊姊偷走，所以要求母親主持正義，甚至還指著不遠的她。）

在雕像右邊，你可以看到科德利埃修道院的大門。那些未來的革命家們，因為王室不允許他們租借任何廳

丹頓雕像（ LPLT 攝）

堂，於是向科德利埃的修士借修道院聚會，這些修士是在長袍外圍繫繩帶的方濟會修士[4]。到了一七九一年，他們搬到路的對面，我也走到對面，來到不過只有一小段長的街，叫老喜劇院街（rue de l'Ancienne Comédie）的街角，因為最古老的國家劇院「法蘭西劇院」，第一場表演就在這裡。

波可布（Café Procope）是法國最古老的咖啡館，也是這些密謀革命者祕密聚會的地方，就在這裡，這些慷慨激昂的革命鬥士想出著名的口號：「自由、平等、博愛。」

如果你有興趣的話，可以順著觀光客的路徑漫步老喜劇院街，欣賞波可布餐廳嶄新高貴的門面，展示生蠔還有價格高昂的菜單。不過我比較喜歡繞到後面，經過一座古老的拱門，進入聖安德烈交易小徑（Cour du Commerce Saint-André）。

是的，這個地方看起來沒什麼意思，經過聖日爾曼大道的話，你甚至不會多看一眼，就連站在雕像底座上的丹頓也要嗤之以鼻。自一七三二年以來，這裡並沒有改變多少，當時不過是一條疏通暴雨積水的水溝，水從奧德翁路排出去，看起來更難看了。直到現在為止，它看起來仍然像是一條排水道，而非交通要衢。一邊鋪著人行道，其餘的路面全是古老的石塊，其中的縫隙足以卡住不留神的高跟鞋，殘留物一路阻塞左邊的溝渠，街邊的建築包括波可布餐廳的背面，很不美觀地向外伸展。

聖安德烈交易小徑 （ LPLT 攝）

那麼，為什麼它會吸引我呢？每個星期至少一次，我會駐足觀賞，讓人群在我的身旁穿梭，我會仰頭看著建築的尖頂與閣樓，或是用手指撫弄扶手上斑駁的油漆與鐵鏽。

小說與影片引導我們以一種史詩的氣魄觀賞革命：大量的人群帶著明亮的火把，衝進廣場圍困皇宮，包圍整個街口。在露台上發表演講，在廣場上推翻銅像，掠奪珠寶，焚燒華廈。然而事實並不盡然如此，真正的革命是在秘密中進行，少數幾位陷入絕境中的男女，深夜在地窖內密謀革命，他們躲在上鎖的房間內，在微弱的燈火下，製作海報文宣，然後付印，一切都是在這樣的巷弄中完成。

一七八九年的革命正是如此，這麼具有意義的事就發生在像倫敦的蘇活區，或是紐約的格林威治村般大小的區域內。事實上，這裡也正是我的居家區域。當那些革命志士在七月十四日（法國國慶日）大舉進攻巴士底監獄時，發現只有七名罪犯被關在裡面，感覺非常氣餒。不過他們仍然放火燒了監獄，殺了總督，把他的頭掛在旗杆上遊行示眾，心中不免帶著快然的感覺。好萊塢描繪得比較精采，電影《雙城記》中的巴士底監獄，是一整座方型廣場，而群眾的人數要比看洛杉磯玫瑰碗盃美式足球賽的人數還要多。

然而在這條交易小徑上，你可以感受到事情的真相。

左手邊的第一棟建築上有一小塊牌匾，擺在很高的位置，幾乎無法閱讀（或許是因為不好意思？），上面註明就在是在這個遺址上，約吉坦醫生在一位名叫施密特的德國木匠協助下，將以他的名字命名的殺人工具斷頭台改良成形[5]。他先是在羊群上實驗這個工具，因而至今斜角下滑的刀口被稱為羊刀（mouton）。事實上，約吉坦醫生反對死刑，希望這項死刑工具，是廢止這種終極刑罰的第一步。但是世事無法盡如人意，斷頭台反而鼓勵了極端份子如羅伯斯比展開血腥的恐怖行動[6]。從他過去的同黨、朋友到皇室家族（最終是羅伯斯比自己），約有一萬六千到四萬男女及小孩，喪生在這台刑具之下。約吉坦醫生曾經熱情地保證這台刑具可以：「瞬間砍斷你的腦袋，不會有任何感覺！」

轉過身來看街道的對面，小徑中的最大商店，我在寫這篇文章時裡面並無一人，通常是這樣。曾有一度裡面有座畫廊，後來是一家餐廳。在房客與房客之間，從地板到天花板高的窗戶，變成塞納河兩岸每一場演唱會與戲劇表演的廣告窗口，但是如果你可以在窗戶中找到一塊清晰的玻璃的話，用手遮住反光往裡瞧，你會看見一堵由古老石塊砌成的牆，以及一座半圓柱狀的塔埋在裡面，這裡曾是革命報導家尚保爾馬拉（Jean-Paul Marat）的印刷工坊。

丹頓和朋友們的演講稿，墨水還沒乾就被送到這裡，印在他所創辦的報紙《人民之友》（L'Ami du peuple）中，然後被分發到左岸的舊書攤上販賣。馬拉飽受皮膚病之苦，很少離開家中，經常坐在澡盆內止癢，以便繼續工作。一七九三年七月，他同意接見一位從卡昂來的二十五歲女子夏綠蒂科黛，她聲稱擁有對抗革命的陰謀證據，她用一把菜刀刺入他的心臟，然後冷靜地站在那裡等待被逮捕，四天之後被送上斷頭台。一年之後，一七九四年的三月二十四日，丹頓被他的同伴出賣，步上和她相同的命運，因為在同伴眼中，丹頓對貴族階層太過心軟。丹頓在行刑前對劊子手說：「行刑過後，把我的頭拿高，這樣群眾才看得見，相信我，這會有很好的效果。」一直到最後，他都是位傑出的表演者。

科黛的處決同樣誇張，當她的頭被砍斷滾到籃中後，一位協助劊子手的木匠勒格潞，抓起她的頭髮將頭舉高，還在臉頰上大搧耳光。有人認為他們看到臉頰發紅。群眾裡有一位英國婦人發誓那張臉龐「最後流露出尊嚴被侵犯的表情」。或許這只是落日餘暉穿過香榭麗舍大道樹蔭的映照，但是勒格潞仍然被拽送到監獄裡，無論科黛是不是謀殺兇手，她都不是貴族，而是平民婦女，同樣應該獲得尊重。

一八九二年，一名來自舊金山叫愛德華秋科爾（Edward Cucuel）的藝術學生，和他的朋友畢肖一起在這條小徑上租了一間公寓，他在巴黎生活兩年，利用素描與繪畫撰寫日記，保存了作曲家薩堤、哲學家盧梭與詩人阿波利奈爾時代巴黎生活的味道。愛德華或是畢肖並不認識這些大師，他們比較感興趣的是尋找租屋，和同類的學生與模特兒混在一起，在這之間的空檔，偶爾學習作畫。

房間出租不帶家具，他們必須自己買床、桌椅，甚至爐灶，外加一條通風管，可以將煙霧排進煙囪或是窗戶外，同時也提供室內唯一的暖氣。室內沒有自來水，整棟建築大家共用兩間位於底樓的蹲式廁所。

一般來說不能在套房內煮飯，事實上也不需要。

每天街上都是各式各樣的攤販和推車，每個人以一種古雅的音律叫賣，一個臉色熱切的小婦人喊著：「一份上好乳酪只要三個蘇」，她的三輪車上擺滿了乳酪，用湯碗承裝，上面慷慨的倒滿奶油，一邊收錢一邊說：「拿去吧！配果醬更好吃。」別的女人在小徑上販賣麵包與捲餅、熱咖啡外加牛奶，稍晚還有賣湯與燉肉的。

一八九二年的這條小徑也是上工的地方。

這裡有鐵匠鋪，熱鐵被捶打成藝術檯燈、烤架，還有床架。一間錫匠鋪，還有一間洗衣房，美麗的洗衣女整天邊唱歌邊工作，將我們的襯衫洗得又白又軟。還有一座酒鋪，裡面的酒桶永遠將通道的一端堵住。一間製作浮雕花紋卡片的工廠，四十個女人用小錘頭和鋼模，將圖片打在卡片上。一間家具店，只要是老東西與有點藝術性的東西都賣，大道酒店（*Hotel du Passage*），還有一間裝訂書籍的小店。

那間書籍裝訂店，靠賣皮革包裝的記事本，生存至今。位於拱廊盡頭，靠近聖安德烈藝術街（rue Saint-Anderé des Arts）的酒鋪，依然在賣酒。經過販賣觀光紀念品的商店時，我注意到裡面所賣的物品還包含古董錫罐，那是過去黃金時代的現代複製品，上面是當時新藝術畫家史坦林與羅列特克等人的作品[7]。那個時代中，那些洗衣女下工後會回到蒙馬特，有些人還會在紅磨坊兼差當舞蹈女郎，高踢美腿，大跳康康舞，露出裡面潔白的襯裙與底褲——如果有穿的話。

位於一旁的羅漢小徑（Cour de Rohan）有座高大的綠色鐵門，有時沒上鎖，門後是一排樹蔭籠罩下的庭院，一路往下平順地延展至奧德翁路。美國導演文生明尼利選擇在這裡拍攝《金粉世界》[8]這部電影的部分場景，難道只是巧合嗎？

超過兩個世紀以來，交易小徑幾乎沒有任何改變，依然停駐在時光中。歷史拒絕放鬆它的大掌，避開博物館的展覽方式，保留住巴黎真正的精髓。

1 奈德羅倫：Ned Rorem（1923 - ），很少藝術家能像奈德羅倫一樣，右手寫古典藝術歌曲與音樂，左手寫個人日記與回憶錄，兩邊的創作同樣精采。他以嚴謹的音樂作品獲得普立茲獎與葛萊美獎，也曾出版過十六部文字創作，其中包括五部日記，詳實地記載個人的私生活，包括他的同性感情取向，還有酗酒與藥物等情事，因此波及到其他藝術家，不過誠實坦白的態度得到許多認同。

2 電影《斷了氣》：À bout de souffle/Breathless，法國電影大師高達（Jean-Luc Godard）一九六〇年的電影，被譽為「新浪潮」的經典之作。電影最後，男主角楊波貝蒙被射殺並斷氣的拍攝手法又是電影中的創新之作，因此這個地點經常是觀光客致敬之地。這部電影的最後這段情節可在 youtube 上找到。

3 安德烈阿佛維德森：André-Louis Arfvidson（1870 - 1935），法國建築師、設計的作品包括一九〇〇年的巴黎世界博覽會與巴黎區域住宅，他的兒子也是建築師，巴黎香榭麗舍大道上的 Virgin 唱片旗艦店就是出自他的手筆，由一棟老建築改裝而成，曾是巴黎著名的地標之一，可惜走過二十五年的風光歷史後，於二〇一三年宣告結束營業。

維也納新藝術（Secession Vienna 也被稱為維也納分離派），基本上是「新藝術」流派（Art Nouvea）的分支，也是用鮮豔的色彩與各種自然素材進行繪畫、雕塑與建築設計等等。

4 科德利埃修道院：Cordeliers 是個行政區，也是方濟會修士在法國的統稱，由於法國大革命的領導者最初是在這裡開會組織，因此又代表政治組織「科德里埃俱樂部」，領導人物就是率領大革命的丹頓。

5

約吉坦醫生：約瑟夫伊涅斯吉約坦（Joseph-Ignace Guillotin, 1738 - 1814），斷頭台的英文就是以他的名字 Guillotin 為名。不過，他並不是斷頭台的發明人（發明人是 Antoine Louis），當時斬首是以斧頭或刀為主，同時貴族才處以斬首死刑，平民的死刑是絞刑，可是兩者經常無法迅速致犯人於死地，反而使他們臨終前飽受折磨，於是原本就反對死刑的約吉坦醫生，提出一種較為人道的刀具，可以讓犯人迅速致死，又不致受折磨，就是後來的斷頭台，於是就以他的名字命名。

6

羅伯斯比：麥西米連羅伯斯比（Maximilien Robespierre, 1758 - 1794），法國大革命中重要但極具爭議性的人物，最主要是因為他主張使用恐怖手段，大量誅殺皇室與反對人士，特別是要求處死國王路易十六，曾說過「路易不死，共和不生」這句名言。同時由於他的專制作風，後人認為直接影響了法西斯與共產的專制主義。他後來也被送上斷頭台，雖然他自詡廉潔正直，但是處死之際，巴黎眾人歡呼，劊子手行刑粗魯，導致他死狀極慘。後人還在他墓碑前刻上墓誌銘：「過往的行人，請不要為我悲傷，如果我活著，你們也活不了！」巴黎市街有許多紀念法國大革命的人物遺址，羅伯斯比卻沒有遺址留存，只有一座地鐵站以他為名。

7

- 史坦林與羅列特克：這兩位都是法國著名畫家。史坦林（Théophile Steinlen, 1859 - 1923）住在蒙馬特，畫中經常反映當時在蒙馬特艱苦的生活，此外他的作品中最大的特色就是貓的形象，是有名的愛貓人。
- 羅列特克（Henri de Toulouse-Lautrec, 1864 - 1901），印象派畫家。作畫對象多是蒙馬特的中下階層人物，特別是女性，有「蒙馬特之魂」的稱號，提到十九世紀末的蒙馬特，很少會漏掉他的作品。

● 黃金時代：Belle Époque，是指一八七一年至一九一四年間的法國第三共和時期，社會和平，文藝盛興，科技萌芽，相較於後來爆發的第一次世界大戰，被法國與比利時人公認且懷念的「黃金時代」。

8 《金粉世界》：法國女作家柯蕾特一九四四年的著名短篇小說〈琪琪〉（Gigi）改編成的美國歌舞片，一九五八年發行，由文生明尼利導演，女主角是李絲麗卡儂，當年獲得九項奧斯卡金像獎。可惜原作者柯蕾特未能看到電影的成果，她於一九五四年去世。

35

地鐵上的澳洲人

我永遠乘坐地鐵的頭等艙，如果乘坐二等艙的話，會冒著遇見債主的危險。

——博尼達可斯特拉內[1]，話說當地鐵還有頭等與二等車廂時

詩歌中很少歌頌大眾捷運系統，至少沒有歌頌紐約或是倫敦的捷運，倒是都說莫斯科不錯，那裡的地鐵車站用大理石建造：不過那並不代表地鐵一定準時。如果單純只是以臭味來說，沒有其他地方比得過紐約的地鐵。澳洲作家彼得凱瑞在《不合法的他》[2]書中的描繪甚為精闢：「車頂是層恐怖的鐵鏽……地上斑斑點點到處都是黑色的口香糖渣……車廂時而搖晃，時而急停，一圈圈陰森粗圓的電纜，在黑暗的窗口招搖。」至於倫敦地鐵的通道，不但曲折蜿蜒，而且標示不清，凹凸不平的地面，總是讓人感覺慌張匆忙，像兔子在前奔跑，而雪貂在身後不遠緊追。一九七二年的恐怖片《死亡線》（Death Line）拍得不是沒有道理：一

群維多利亞時代的火車工人，可能萎縮到只剩下一支穴居食人族類，還存活在羅素街（Russell Street）地下的某個黑暗角落，暗中窺伺在地鐵內躑躅的旅客，伺機下手，嘴裡還喃喃地說道：「小心車門！」

那麼巴黎的地鐵又有什麼不同呢？如果你曾經搭過的話，就不會問了。

首先是那種香味。車廂內每天晚上噴灑一種帶有香味的殺蟲劑，地板上光滑的水澤足以證明。然後就是裝潢，巴黎的地鐵車站像是女人的手提包，充滿各種五顏六色，但是令人困惑的物件，很多物件的用途也令人費解。（一九二〇年間有一個很受歡迎的遊戲，就是查探女人手提袋內的東西，據此分析她的個性）。任何一個地鐵月台，總會看到牆上的巨幅廣告海報，內容通常是迷人的美女穿著很少的衣服，或是沒穿。顏色生動的塑膠座椅是地鐵站的標準配備，糖果與碳酸飲料的販賣機也隨處可見。有些月台用馬賽克、雕像，甚至有座月台用戰爭紀念牆來裝點環境。其他的月台用玻璃櫥窗來展示推廣當地的工業，甚至地鐵系統本身，讚美它的速度、整潔與可靠性。

那麼有哪些月台裝潢得富麗堂皇呢？

- 新橋站（Pont Neuf），靠近法國造幣局（Le Monnaie，簡稱 Mint），月台上展出舊幣與一台古老手壓機。

杜樂麗地鐵站

- 杜樂麗站（Tuileries），月台一邊的磁磚仿印象派時代的繪畫，而在另一邊，乘客會看見依照年代編排的二十世紀大事圖解，其中有卓別林、戴高樂、約瑟芬貝克等人的影像。
- 協和廣場站（Concorde），每一片磁磚印有一個字母，像是一塊巨大的拼字遊戲，拼出一七八九年的革命主張《人權宣言》。
- 靠近羅丹美術館的瓦和那（Varenne）車站，實物大小的羅丹傑作「沉思者」及作家巴爾札克的複製雕像，雄據了整座月台。
- 工藝博物館站（Arts et Metiers），位於科技博物館的下方，整座月台設計成潛水艇模樣，以紀念科幻小說之父朱勒凡爾納以及他的小說《海底兩萬哩》[3]，整面牆釘上大塊古銅色鐵片，就連座椅也是不鏽鋼製成，同時牆上還有舷窗。
- 靠近聖日爾曼與索邦大學的聖日爾曼德佩站（Saint-Germain-des-Prés），以及克魯尼索邦站（Cluny la

協和廣場地鐵站（Eric Chan 攝）

Sorbonne），作家手稿被放在玻璃櫥窗內展示，法國藝文作家的大名，不是被投射在頭頂上，就是被永恆地刻在牆磚上，提醒大家法國最偉大的寶藏——文化遺產。

- 此外在黎塞留德魯奧站（Richlieu-Drouot），一九三一年就建造的鍍金黑色大理石藝術紀念牆，紀念死於第一次世界大戰的鐵道工人。
- 羅浮宮站（Louvre-Rivoli）用逼真的埃及雕像與其他古代藝術品裝潢得美輪美奐。幾年前塗鴉者（taggers）攻進車站，在磁磚牆與玻璃櫥窗上胡亂噴灑，曾經引起很大的爭論。一開始輿論一面倒地指責他們破壞的行為，可是後來左翼報紙如《解放日報》，提出較有思考性的見解，塗鴉本身難道不是一種藝術？難道不值得同樣被呈現嗎？這種爭論持續了幾天，那幾天內法國地鐵當局容許保留塗鴉，挑起全巴黎人的興趣，跑去擠在月台上檢查討論。於是，一夜之間，塗鴉藝術消失無蹤，事情回歸正常，直到下次再發生引起公憤的事為止。

從許多方面來看，地鐵本身就是另一座城市，而我們這些乘客就是路人，經常在那些曲折蜿蜒的轉乘車站，如夏特萊（Chatelet）或蒙帕納斯站（Montparnasse Bienvenue）內尋找方向。那些路線四通八達，互相交錯，轉換一線可能需要走或站在電扶梯上，長達半公里的距離。

大多數的巴黎人並不認為這種行程是在浪費時間，而是每天生活的一部分，所以需要好好利用：無論是用來閱讀、思考、打瞌睡，或是調情都行。他們用一句話來戲說他們的生活：「地鐵工作睡覺」（詩人皮耶貝亞恩（Pierre Béarn）將這句話延伸為：地鐵工作咖啡館香菸睡覺歸零），不過這種嘲謔純屬好玩。

在地鐵上看見一位穿戴得體、妝扮整齊的女郎，無論是位祕書或是女店員，沉浸在卡夫卡或是紀德的平裝小說中，會讓人了解就是這種優雅高貴的風格與心靈，使巴黎成為世界嚮往的中心。我經常在倫敦的地鐵上，看見趕著上班的女人在車廂內化妝，刷睫毛、擦口紅，完全無視於身邊擁擠的人群。紐約地鐵上很多人打扮整齊去上班，但是只限腳踝以上，腳踝以下穿著運動鞋，而把要穿的好鞋放在袋子裡，完全破壞了整體印象。這兩種行為絕對不會發生在巴黎人身上。他們在地鐵，就像在出了家門以外的任何地方，一貫穿戴整齊，展示自己。

只要一張車票，你就可以整天乘坐地鐵（地鐵上甚至還有遊民，他們在地鐵站關閉前溜進去，然後睡

建築大師吉馬赫設計的地鐵入口

在火車停靠的終點站），你也不會捱餓，除了販賣機之外，拉莫特皮凱格勒納勒站（La Motte Piquet-Grenelle）有水果攤，新橋站還有點心吧。也不會缺乏娛樂，夏特萊站的街頭樂師們，在等車期間就會為手風琴與黑管調音，然後登車演奏，區區數站之間，為乘客表演〈玫瑰人生〉、〈心跳的節奏〉（Padam Padam）等歌曲。有的時候乞丐也會湊上一腳，用很正式的口吻，祈求大家的注意：「對不起，各位先生小姐……」，然後就口齒不清地訴說他苦難的遭遇，他們的話通常重複到自己都忘了在說什麼，但是他總是非常有禮貌，和每一位乘坐地鐵的人一樣，態度總是非常合宜，似乎世事本該如此。

一個冬日的星期天早晨，走下我家附近的地鐵奧德翁站，已經習慣了平常多彩多姿的設計，忽然見到站內拆除淨空準備重新修建，一時之間，還真無法適應。座椅和販賣機全都不見，牆壁上的廣告連磁磚也一併被拆光，補上水泥。頂上的日光燈光禿禿地映照四方，使得整個隧道看起來像是一個空洞的灰色圓筒，單調之餘，只有一台二呎寬四呎高的巨型起重機擺在那裡，支撐部分屋頂，還有一位面無表情的武裝警衛守護在那裡，像是被擺在那裡的無言哨兵，和路旁標語一樣，提醒我們：「工程進行中」，「請小心」。

接著一位乘客走下杳無人跡的地鐵石階，手上拿著一束用玻璃紙包起來的玫瑰花，他伸手入口袋內摸索，於是把那束花放在唯一的平台，即起重機的臂膀上。一時之間，恍然以為他帶花來就是為了放在祭壇上哀悼紀念，雖然那一刻稍縱即逝，但是這種獻花形式的確是巴黎的個性。平常在紀念日與國定假日，市內每個標示著淪陷時期犧牲人士的大理石紀念牌前，總會出現一些花束，插在設想周到、釘入牆壁的鐵圈中。巴黎的塗鴉藝術創作者也沒忽略我們這座赤裸的車站，月台對面的水泥牆上，噴了一支搖曳的玫瑰做裝飾（或醜化，端看你的品味）。

我搭乘地鐵四號線往北走，要到蒙馬特和一位朋友吃中飯。四號線從奧爾良門站（Porte d'Orleans）到克利尼揚古爾門站（Porte de Clignancourt）。從左岸靠近城中心開始，不到十五分鐘，我就到了城市邊緣，蒙馬特區的山腳下，巴黎人暱稱為 La butte。

我踏著石階往上走出巴貝斯羅什舒阿爾站（Barbès-Rochechouart），最靠近蒙馬特的地方，走回日光下。十五分鐘前我還在井然有序、充滿書香味的奧德翁，現在則是置身在類似拉巴特、達卡，或是喀布爾這樣的地方。黑色、褐色、黃色的臉孔，穿梭在我身邊。雖然現在是星期天，仍然有許多男人沉默地站在對面街角，棲息在鐵道橋墩下，這些都是粗工，等待幹粗活的機會，例如搬重物，或挖土，當然是以現金交易，不入帳（au noir）。

一九八一年五月，美國作家愛德蒙懷特來到這裡，住在朋友家中。

巴貝斯羅什舒阿爾站高架的地鐵橋下，每隔幾天就會出現一個菜市場，一堆堆的瓜果，像小山一樣的番紅花、肉桂及芫荽籽，錫桶內裝滿不同等級的古斯小米，這是出現在城市灰暗角落中一條多采多姿的馬拉克什市場。就在我朋友的窗戶底下，留著鬍子包著頭巾的男人在街頭販賣傳統服裝—而少年們則在販賣毒品。

這個市場依然健在，群聚在地鐵附近的少年們，可能仍然在賣哈草（hash）或麻草（kif），就算不賣至少也知道誰會有貨。穿著長及腳踝、帶帽長袍（稱為索比袍，thobe）的長老，站在肯德基炸雞前面，看起來很慎重地在考慮，是要點一般餐？或是豪華一點的香辣特餐？更加突顯這裡幾乎一點也沒變。

巴黎的這塊區域，要比我那窮鄉僻壤的老家更加兇狠，那裡是鯊魚與梭魚出沒獵食的礁岸，牠們毫不留情地對那些色彩明亮、快速奔馳的觀光魚群下手。這裡的史坦凱爾克街（rue de Steinkerque），不過一條街口那麼長，街上到處都是紀念品商店，販賣「我愛巴黎」字樣的T恤，還有聖心堂與那條著名石階的明信片。街上有五個男人分別排開，在玩三張牌押寶的賭局，每個男人手上都有一式的三張黑牌，形如小張的啤酒墊，下面有三個排列整齊的紙箱，一旦警察來了，可以輕易地推開逃走。他們招攬顧客的手法都一樣，攤子邊有三位看起來普通的旁觀者，當我經過的時候，正好有一個人「贏了」十歐元，因為「發現了王牌」。

往前再走幾步路，一個男人擋在我的身前，彎腰，然後起身，手上拿著一只金戒指，假裝很意外的樣子問：「先生，這是你掉的嗎？」這種騙術伎倆，要比三張牌的遊戲更古老，我都可以背出他們的行話，因為我已經聽過許多遍，不過很少遇到說的這麼差的：「我的信仰不允許我帶這種戒指，而且我也沒有時間拿到警察局或是失物招領處，乾脆你拿去？給我一點錢就好……」

我很想對他說：「如果你想要這種伎倆的話，至少別讓我看到這個戒指是從你的手上滑出來的。」但是我算哪棵蔥，想指導他做生意呢？他或許能在過往行人中找到許多顧客！這些過往的路人都穿著同樣顏色的米色風衣，舒適的便鞋，臉上的神情充滿了好奇，手拉手地漫遊在巴黎的美夢中。這場美夢包括在三張牌賭局，或是這種戒指騙局中損失幾個歐元，這和在拉斯維加斯的吃角子老虎機中輸去幾塊錢美金沒什麼不同。趣味就在遊戲裡，現代的觀光客和一九二〇年代的同夥一樣，喜歡在他們所到之處，一瞥那些偷雞摸狗的事，無論時間多麼短暫。去紐約乘坐巴士旅遊的話，司機通常會帶你穿過包厘街（Bowery），一探那裡的陋街小巷。我第一次參加這種旅遊的時候，一名流浪漢朝巴士車體投擲空瓶，我們都嚇呆了，司機解釋說有些當地人不喜歡他們居住的地方被當成觀光景點。幾年過後，我又參加了同樣的旅遊，同樣地又有瓶子在我的窗口下迸裂，我又跳了起來。沒有任何事業能與表演事業相比。

巴黎的地鐵當局，對那些必須爬上石階，才能抵達蒙馬特頂端的旅客深表同情，於是架設空中纜車。透明的玻璃車廂帶著我舒適地抵達廣場，就在聖心堂蘑菇式的圓頂之下。走出車廂，踏上天台，至少在我的想像中，這裡不再充滿販賣艾菲爾鐵塔模型的小販，或是不斷照相的觀光客。此時此刻，英國浪漫詩人華茲華斯一八〇二年描寫倫敦〈西敏寺橋〉的詩句，正是巴黎的寫照：

城市像身著衣服一樣，
穿著晨間的美麗；沉默，坦然。
船舶，高塔，圓頂、劇院、教堂遍布，
袒露於田野與天空之間，
在清澈無塵的空氣中閃閃生輝。

一個豎琴手，把自己打理妥當，迎著風，背對城市，為數十位坐在石階上的聽眾彈奏。愛麗絲托克拉絲是怎麼說的？「我喜歡好風景，但是我喜歡背對它而坐。」任何喜歡溫柔漣漪天使之音的人，可能會對他的音樂感到失望，方正的木頭音箱外加鋼弦，所發出來的聲音清脆錚鏦，這是屬於亞洲的感覺，提醒我們中歐曾被蒙古人所統治，他們帶來這種需要撥弄與敲擊的弦樂器祖先——古箏與揚琴，我們常將它們和奧地利與匈牙利聯想在一起。找不到其他樂器的音色，更適合他所彈奏的這首西班牙民謠。一九五二年，古典吉他大師納西索葉佩斯（Narciso Yepes）將這首民謠改編成電影《禁忌的遊戲》主題曲，這部電影描述戰時法國一對兒童的故事，他們在私人墓園中埋葬死去的野獸與昆蟲遺體，對死亡有自己的信念。

幾分鐘內，琴聲飄揚，我們這些聽眾，已經不在法國、英國、西班牙，或是任何國境之內，而是悠然徜徉在心靈與感觸的國度之中。

1 博尼達可斯特拉內：Boni de Castellane（1867 - 1932）法國上流社會人士，著名的潮流先鋒，出身世家，也是美國證券商傑森古德女兒的第一任老公。不過兩人在他用去嫁妝一千萬美元後申請離婚。

2 彼得凱瑞：Peter Carey（1943 - ），或許是澳洲最有希望獲得諾貝爾文學獎的作家，曾經兩度獲得英國文學最高榮譽獎「布克獎」。《不合法的他》（His Illegal Self）描寫一位小男孩的成長與遭遇。

3 科幻小說之父朱勒凡爾納：Jules Verne（1828 - 1905），著名法國科幻小說大師，寫過許多有名的冒險科幻小說，如被拍成電影的《地心冒險》、《環遊世界八十天》、以及小說《海底兩萬哩》。據說，他是除了莎士比亞與偵探小說作家克莉絲蒂外，作品被翻譯成最多種語言的作家。法國以及世界各地都用許多方式紀念他，有以他為名的博物館、餐廳、學校，甚至作品中潛水艇、熱氣球的名稱，也成為對這位大師致敬的方式。美國核子動力潛艇「鸚鵡螺號」即與他的小說《海底兩萬哩》中的巨型潛艇同名。

36 奇特的邂逅

愛麗絲笑道：「嘗試也沒用，一個人不會相信不可能的事。」

「我敢說你沒有太多訓練。」皇后說：「我年輕的時候，經常每天至少訓練半個小時，有的時候甚至在早餐前，就相信多達六件不可能的事。」

——路易斯卡羅爾，《愛麗絲夢遊仙境》

「告訴我，什麼是你最奇特的徒步之旅？」那位《舊金山前哨報》的女人問。

「最奇特的……」我說著支吾起來。

奇特有一個問題，就是難以定義。難怪粒子物理學家使用「奇」（strange）與「魅」（charm）去分類宇宙中非實質性的物質，這種質量單位幾乎不存在——至少不在認知範圍內。

我知道只要接觸到一點特殊的事，就能夠增加文學徒步之旅的樂趣。停在莎士比亞書屋的原址前面，我指著這棟公寓書店上面的窗口。

「美國前衛作曲家喬治安泰爾在上面住過一段時間。」我解釋道。（說他是「前衛」實在是有點低估他了，他的作品《機械芭蕾》是為六名鋼琴手、兩台飛機推進器、四架木琴、四個低音鼓，還有一座空襲警報器所譜的。[1]）

我繼續說：「更奇怪的是，安泰爾和電影明星海蒂拉瑪設計出一種頻率模式，可以遙控魚雷，還享有專利。」

通常不會有人對這件事有任何評論，多半只是面帶微笑，但是有一次遇上意外回應。有一對夫婦中那個丈夫說：「對，這是很棒的點子。」

「你知道這個？」

「是的，我學電子的，學校教過這個，這個發明雖然不很實際，但是非常聰明。」

他繼續解釋道，要點是安泰爾對演奏鋼琴的知識。利用一張鑿了洞孔的捲紙，演奏鋼琴就可以正確地重複每個音符。同樣的道理，只要在類似鋼琴捲紙這樣的東西鑿上暗碼，就可以讓無線頻率每隔幾秒跳動，除非敵人拿到相同暗碼的捲紙，否則他們無法干擾魚雷的頻率或是更改它的航道。

有了那次經驗之後，我對介紹奇事就更加小心，沒想到居然會遇上那位認識瑪琳黛德麗的男人。

這個男人跟著我的文學徒步之旅走。他的身材高大，年約四十，一頂灰髮，一撮小而整潔的鬍鬚，圓形鋼絲框眼鏡，身穿一件長及腳踝的灰色大衣。他讓我想起演員康拉德維德在電影《致命疑雲》飾演的，那位一邊微笑，一邊展示刑具的角色。他的身高也使他看起來像是那些在公園中玩戶外真人棋盤的高個兒，棋子的大小和垃圾桶一般。他看起來像是在俯視我們，思索著要用修長的手指拿起哪一個棋子，搬到另一個方格中。

他顯然不是法國人，也不是美國人。到底是不是參加了這次的研討會呢？我沒有問，問了會……不禮貌。

我們經過赫恩路上那家很大的法雅客，我注意到一個櫥窗展示著瑪琳黛德麗的唱片，時機很巧，可以介紹我最喜愛的這位女星的軼事。她雖然出生於柏林，走紅於好萊塢，卻長眠於巴黎。可是我還來不及說——

「你知道嗎？我認識她。」我的耳邊響起一陣柔軟帶有口音的話語，正是那位穿著灰色大衣的男人。

那句「你知道嗎？」的語氣，親密得令人不安，好像暗示著我們縱非老友，定也熟知彼此。是我在講解鴉片時，所感受到的共同參與以及共同分享的同謀感。只是這回我不是那位分享的人，就這麼簡單的幾個字，這位陌生人已然將我從表演者變成旁觀者。

他繼續說：「我的父親是位樂師，先是彈鋼琴，然後是手風琴，然後在一個探戈樂隊裡彈班多紐手風琴，他在穹頂咖啡館表演過一陣子。幾年來，他們一直為他保持一張桌位……」

這段記憶顯然喚起他的憂傷之情，他的眼光停駐在那張CD黛德麗謎樣的臉龐上，然後打起精神繼續。

「在戰爭開始前，他有一支自己的樂隊——月光夜曲者，在瑞士巴塞爾的一間酒店演奏，我就是出生在巴塞爾。」

我的團員們本來已經漫步向前，但是看見我和這位高大的陌生人在說話，於是踱步回來。他無視他們，除了身體稍微傾斜，將他們也涵蓋在談話範圍內。

「瑪琳會來酒店私會她的愛人雷馬克。」

我立刻本能地變成這位催眠大師身邊的配角，為他解釋道：「埃里希雷馬克，一位德國作家，他寫下一次世界大戰有名的作品《西線無戰事》。」我想讓這個團體每個人都了解。

然而包含那位男人在內的所有人，都有點意外地看著我。這麼簡單的事還用得著說嗎？他有這種雅量告訴我們他的故事令我肅然起敬。我們不再陌生而是老友，可以在用餐過後邊喝咖啡和餐後酒邊聊，再說，我們當然知道雷馬克是誰。

他重拾話題繼續說：「雷馬克和馬德琳是情人。她在歐洲的時候，他們就在酒店見面。你知道這些酒店，客人可以請音樂家或是整個樂隊單獨為他們演奏，所以我的父親和他的月光夜曲者接受雷馬克的要求到他的套房裡，當他和瑪琳做愛時，在一旁伴奏。」

他望著我們這群人，神情親切愉快，沒有人對他的故事感到奇怪，甚至意外，好像是在說雷馬克先生喜歡早上喝咖啡只加兩顆糖一樣。

「中間有一層屏風，我父親和他的樂師們就坐在屏風後面，所以他們什麼都看不見。最奇怪的是……」

他特別降下聲調，似乎其他的細節都不算什麼。

「奇怪的是，瑪琳對我的父親說雷馬克只能用一種方法做愛，她必須在他的耳邊輕哼某首歌曲的歌詞，一直哼到……你知道。那首歌是佛朗茲雷哈爾的輕歌劇《盧森堡伯爵》[2]，歌名是〈凝望星星〉，所以每一次當瑪琳與雷馬克在酒店的時候，他們都會邀請我的父親與他的樂隊來到房間，然後坐在屏風後面，演奏〈凝望星星〉。」

一時之間他的思緒飛揚，是他聽見雷哈爾的華爾滋嗎？然後他回過神來。

「抱歉占用了你的時間。」

他拉起外套的袖子，露出手上一只方形灰色的金屬錶，似乎是新藝術博物館的紀念品。

「非常抱歉，我該走了，這是非常有趣的經驗。非常有趣。」

他對團員笑笑，然後擠身人群中，朝對面的地鐵站而去。

沒人對他的離去表示意見，就像沒人對他的出現表示意外一樣。在街上遇見其他作家或藝術家並非不尋常，有時我會邀請他們停下腳步和團員聊天，他們認為這是文學之旅的一部分，證明我真的了解我的城市，所以我也不願讓他們失望。

由於第六區是一個很小的區域，我知道從巴塞爾來的那個男人遲早還會出現。幾個星期過後的一天早上，我從樓梯下來後，看見他在對面的書店外面，俯身瀏覽人行道上新到的書箱。

我走到他身後說：「看到有趣的書嗎？」

他沒有出現意外的神情，而是一副純真高興的樣子。

「很高興見到你！」他的眼神越過我的肩後：「今天沒有人跟嗎？」

「今天沒有，偶爾需要休息一天，讓我有時間做些研究，比方說研究《盧森堡伯爵》。」

「噢，是嗎？」

「是的，我查了一下，裡面並沒有〈凝望星星〉這首歌？」

「你也知道，翻譯有的時候會自己寫歌詞。」

「我也找不到月光夜曲者。」

「那是一個非常小的樂團，時間又過了那麼久。」

「不過我注意到《盧森堡伯爵》的情節裡，是有一座屏風。」

這種故事只會存在輕歌劇中。身無分文的伯爵同意假娶一名陌生的女子，然後很快地就和她離婚，留給她伯爵夫人的頭銜，好讓她可以嫁一位真正的大公。於是在這場虛情假意的婚禮中，一座屏風分隔了新郎與新娘，彼此看不見對方，使這項儀式毫無熱情可言。然而過後不久，他們意外相遇，並且無可救藥地墜入情網，完全沒想到他們事實上已經結了婚。

就算他注意到我話中有話，暗示他假造瑪琳與雷馬克的故事，並用《盧森堡伯爵》輕歌劇中有關屏風的細節增加可信度，他也沒有明說。

「我都忘記了。」他說。「但是你曉得，這種事情對瑪琳來說稀鬆平常。」

他很自信地轉身面對我。

「我們的相遇實在非比尋常，那時她已經很老，幾乎快瞎了，幾乎足不出戶，有人告訴我她很孤獨，所以我決定帶個禮物給她……」

又是個很好聽的故事，甚至比雷馬克的故事還好。

幾個星期過後，信箱裡躺著一張明信片。

瑞士文化中心邀請我參加傑出的瑞士表演藝術兼劇作家漢斯彼德立奇（Hans-Peter Litscher）的新作發表會。我翻過明信片背面一看，照片中是那位從巴塞爾來的男人，被一堆小古玩圍在中間，身穿一套看來像是動物毛皮的西裝。

他的新作叫《尋找愛蓮諾拉杜絲與她的紅毛袋鼠》[3]，難道說在這個世紀交替之初，義大利最有名的女明星擁有一隻會打拳擊的袋鼠？

啊！這真是非常有趣的故事。

1 喬治安泰爾：George Antheil（1900 - 1959），美國前衛作曲家，《機械芭蕾》（Ballet Mécanique）是他著名的作品之一，並為好萊塢電影擔任配樂。他也是位作家與記者，同時與豔星海蒂拉瑪的合作，開啟了現代通訊技術的基礎。海蒂拉瑪提出不斷轉換無線頻率的概念以躲避無線追蹤，而安泰爾則以自動演奏鋼琴的捲紙操作加以實現，雖然當時軍方考慮實際操作無法實現而沒有採用，但是後來隨著晶體與晶片的發明，他們的概念得以完全實現。

2 佛朗茲雷哈爾：Franz Lehár（1870 - 1948），奧地利作曲家，最有名的作品應該是風靡世界的輕歌劇《風流寡婦》（Die Lustige Witwe）。文中所提到的《盧森堡伯爵》（Der Graf von Luxemburg）是一齣三幕歌劇，據說僅花了三個星期完成，是他僅次於《風流寡婦》最受歡迎的輕歌劇，內容描述一位伯爵為了錢，同意俄羅斯王子的要求迎娶一位歌劇女伶，以便讓她從平民身分晉身為伯爵夫人，婚後三個月離婚，好讓這位俄羅斯王子能夠順利與已成為貴族的她成親。婚禮中雙方以屏風相隔，儀式過後隨即分離，雙方並未相見。然而就在接近離婚日期前夕，這位公子哥兒遇見這位歌劇女伶，雙方迅速墜入愛河，渾然不知彼此已然結婚……

3 愛蓮諾拉杜絲：Eleonora Duse（1858 - 1924），義大利舞台劇明星，她和法國舞台劇明星莎拉伯恩哈特（Sarah Bernhardt）經常相提並論，雖然兩個人成名時間不同，卻是競爭對手，不同的是莎拉外顯，愛蓮諾拉低調，同樣也反映在她們的作品上，莎拉的作品通俗流行，相形之下，愛蓮諾拉較為文化性，她演出的重要作品多為劇作家鄧南遮與易卜生的名作。她也是第一位登上美國《時代》雜誌封面的義大利女星。

37

世界上最美的步道

不用有錢，也不要出名，不用有權力，
甚至快樂，但是要文明——
這就是生活的夢想。

——菲利普羅斯，《她是好女人的時候》1

露易絲與我——世界上最美的步道

於是最後，我們來到我那條最美麗的步道，只能有一條，就是我所居住的街道：奧德翁路。我是二十年前，首度踏上巴黎，當時瑪莉杜還懷著露易絲。我們的女兒在這裡成長，我還清楚地記得當她還是小孩的時候，在人群中與我們分開一會的情景，她轉頭對身邊最近的一位陌生的大人問道：「媽媽在哪裡？」不是慌張的口吻，而是一般人問路，或是問時間的普通神情，那股自信是這個地方以及一種歸屬感所帶給她的。

對於一位喜歡看書的人來說，這裡是神聖寶地。每次穿過這棟建築廳堂的磁磚地板；順著迴旋樓梯直上四樓時，總會想起曾經走過這條通道的前輩人物。

一腳踏上奧德翁路的人行道（這裡是巴黎第一條有人行道的馬路），就是一腳踏入文學歷史。滔滔不絕的文字可以從街頭奧德翁劇院的廊柱，一路流瀉到聖日耳曼大道的末端。順坡而下，不過隔幾扇門之遠，十八世紀的印刷工尼可拉邦尼維爾出借一間房給他的朋友——美國政治作家湯瑪斯潘恩，尼可拉（與法國）收留了他，讓他得以嘔心瀝血地書寫反對帝國主義的長篇大論，那種煽動美國殖民地起來反抗的熱情，能從字裡行間中清楚地感覺到，墨水像是傷口中噴出的鮮血，在他的羽絨筆尖下慷慨四濺：「這是考驗人們靈魂的時代：那些夏日戰士與陽光下的愛國者，會自這場危機中遁走，但是現在站在這裡的人，值得所有男人與女人的愛戴與感謝。」[2]

隔壁，在一九二〇年代與三〇年代間，住的是知名的美國出版家與作家羅伯特麥卡蒙；後來他同意娶一位航業鉅子的女兒，放任她在巴黎自行過著女同性戀的生活後，受洗更名為羅伯特麥卡立蒙尼（Robert McAlimony）[3]，他用她的錢出版了經典的「接觸」叢書；一九二三年，他發行了三百本海明威的《三個故事與十首詩》，這些故事包含了短篇小說〈密西根之上〉，描述一個鄉村女孩的純潔愛戀，被男性世界的性、酒精與鮮血所擊潰的悲劇。

「她感覺到吉姆的體溫穿過背後的椅子，她無法再忍受，心裡一觸，感覺越來越熾熱。吉姆隔著椅子緊緊地抱住她，她現在就想要，而吉姆輕聲說：『我們出去走一走。』」

這本書的銷售奇差，人們覺得作者殘忍，作品更糟。傲慢的英國評論家溫德姆劉易斯[4]曾經毫不留情地批評他是「大笨牛」。海明威在「莎士比亞書屋」讀了書評後，拿起一把尺，狠狠地把雪維亞畢奇書桌上鬱金香的花頭都敲掉了。這間書屋的原址現在是一間精品店，改賣女人的服飾，每次經過這家店，我都會想到花瓣紛紛落在地板上的情景，就像我會聽到喬伊斯用都柏林口音，半茫半醉地誦唸《尤利西斯》精采的片段：「古銅色靠著金色，杜絲小姐的頭靠著甘迺迪小姐的頭，從奧蒙酒吧的半截窗帘中，傾聽總督馬車駛過，鐵蹄聲浪不絕於耳。」在這間小店樓上，一間很小的寓所內，山謬貝克特[5]和他的伴侶蘇珊娜博伊爾為了躲避蓋世太保，計畫逃到南方尋求庇護：「我還記得聖地的地圖，各種顏色，非常漂亮。死海是一片淡藍，看到它就讓我覺得口渴。這就是我們要去的地方，我過去曾說我們要去那裡度蜜月，我們可以去游泳，我們會很快樂。」

尋找你的地方，和你所愛的人共享，快樂溫馨，夫復何求？

劇作家賈克普維的作品《天堂的孩子》[6]，是在德軍全面占領期間拍攝完成。其中，年輕的男主角杜畢侯，由演員尚路易巴侯主演，結結巴巴地對他的意中人嘉杭絲傾吐愛意，這是令人難忘的女星阿爾萊蒂最傑出的角色。

「你說話像個孩子，」她溫柔地說：「只有在書中，人們才會如此相愛，這種愛只存在書與夢想裡。」

「夢想與生活，對我來說都是一樣，」他說，「我不管生活，我只在意你。」

她被他的真誠所感動說：「你是我見過最好的年輕人，」然後她還說了一句：「Vous me plaisez」，字面上的意思是「你讓我高興。」但是真正的含義更深：不但有愛意，有期望，還包含了回憶，同時還有一種認知，世事難永恆。

「愛，就是這麼簡單。」（C'est tellement simple, l'amour）她說。

愛，就是這麼簡單。

1 菲利普羅斯：Philip Roth（1933 - ），美國當今最負盛名的文學小說家之一，從一九五九年的第一篇短篇小說〈再會，哥倫布〉開始，所出版的各種小說，如《Portnoy’ s Complaint》、《美國牧歌》（American Pastoral）、《人性污點》（The Human Stain）等大格局的時代小說獲得各項獎座，且被改編拍成電影。《她是好女人的時候》是他唯一一部以女性身分為主的小說。雖然他著作豐富，但是對文字前途卻甚為悲觀，二〇〇九年接受訪問時曾說，他認為在二十五年內，小說將成為小眾文化，不會比現在讀拉丁詩的人還多，而且看小說需要集中精神，專心閱讀，如果一本小說兩個星期還沒讀完，那就等於沒讀。

2 湯瑪斯潘恩：Thomas Paine（1737 - 1809），一位具有政治與人權良心的英國人，對美國獨立與法國大革命，都具有重要的影響。他年輕時就出任雜誌編輯，對政治現狀極為敏銳，一七七六年發表《常識》（Common Sense）一書，強調美洲該獨立自主，不該由殖民統治。本文所引述的這段文章出自他在美國獨立運動時所寫的《美國危機》篇章開端，其中提到的夏日戰士（summer soldier）是指那些在夏天氣候良好時才出來打仗，氣候惡劣就躲在家中的戰士，而陽光下的愛國者（sunshine patriot）是指那些看到革命情勢良好才愛國的牆頭草。他後來又為法國大革命撰寫《人的權利》（Rights of Man）。此外，他在十八世紀末期寫了《理性時代》，反對制度化的宗教，主張理性和自由思考。

3 羅伯特麥卡蒙：Robert McAlmon（1895 - 1956），他在一九二三年用岳父的錢開設「接觸出版公司」，所發行的「接觸書目」（Contact Editions）包括了一九二〇年代知名作家的小說，除了海明威的第一本書《三個故事與十首詩》（Three Stories & Ten Poems）外，還有葛楚史坦茵等作家的書。除了出版他人的書之外，他自己也是作家，還幫喬伊斯的大作《尤利西斯》

編輯並打字。這裡特別說他改名McAlimony，是因為Alimony有贍養費之義。

4 溫德姆劉易斯：Wyndham Lewis（1882 - 1957），著名的人像畫家與小說家，不過對文學與藝術評論所用的字眼令人印象深刻，他不但批評自己過去畫家時代的藝術同儕，也批評當代的文學小說，他用一整篇文章形容海明威是「大笨牛」。不過海明威也不甘示弱，說他的眼光是「失敗的強暴犯」，用以回敬。

5 山謬貝克特：Samuel Beckett（1906 - 1989），愛爾蘭作家，諾貝爾文學獎得主，劇作《等待果陀》（Waiting for Godot）是他最著名的著作。二次世界大戰時他與伴侶蘇珊曾為躲避納粹追捕，逃至法國南方鄉間隱居兩年。

6 《天堂的孩子》：Les Enfants du Paradis，一九四五年的法國電影，以十九世紀的一間坐落在「犯罪大道」上的劇院為背景，一位劇院女伶嘉杭絲（Garance，由女星阿爾萊蒂飾演），四位身分不同的追求者，分別是默劇演員杜畢侯（Dubureau，由男星尚路易巴侯主演）、小偷、貴族與花花公子，透過他們不同的交往，刻畫出社會的階級，傳統與現實的生活與觀念，以及愛情在其中的意義。這是導演馬塞勒卡內與劇作家賈克普維的經典作品。法國電影大師楚浮曾說：「我願意放棄我所有的電影，只要能執導《天堂的孩子》。」

—附錄—

創造你的巴黎回憶

「要命！」一位澳洲朋友在一間摩登的巴黎餐廳，看著端上來的嫩煎小羊排佐時蔬，發出這樣的感嘆：「一塊羊排外加蔬菜要五十美元，一整隻羊在老家都不要這麼多錢。」

我沒有辦法反駁他，巴黎是很昂貴，而且一天比一天更貴，英鎊、美元、澳幣與歐元相比，一路下滑。光就字面上來看，想要從事一趟「廉價的巴黎之旅」似乎是自相矛盾。

不過先別放棄，法國人和所有出身農村的人一樣，了解歐元的價值，那些外地人到巴黎觀光，一毛錢都不會浪費，所以你也可以跟他們一樣，以合理而且聰明的省錢方式遊覽巴黎，不必為了一趟旅行，一路存錢直到世紀末了。

重點一：錢要花得值得

如果你心目中的巴黎假期就是要睡在四邊掛著帷幔的古床上，享受僕人端來的客房服務餐飲的話，只要負擔得起，沒有什麼不好。既然如此，那麼就住進市中心的五星酒店吧！建議克里雍酒店，就在香榭麗舍大道上，美國大使館旁，可以俯視協和廣場，一間雙人房一個晚上一千五百美元。

但是如果你來巴黎是為了欣賞藝術、音樂、食物、購物，甚至是為豔遇而來，那麼選擇一間三星或是二星的旅館就好。這些旅館不在觀光客的路徑上，不會有太多服務人員，有些旅館甚至沒有電梯，也別想要客房餐飲服務（不過多半會提供咖啡與可頌早餐）。房間雖小卻很有現代感，而且乾淨。三星級的酒店會附設衛浴（en suite）、電話與電視，平均大約二百美元一晚。

重點二：吃的和法國人一樣

巴黎美食是世界上最好，也是最貴的餐飲。在銀塔餐廳（Tour d'Argent）欣賞塞納河畔迷人夜景的雙人晚餐，或是在巴黎評價第二高的琶音餐廳（Arpège）（多為可口的素食，自家農場出產的蔬果），外加佐餐酒，至少一千美元一餐。

那就說說早餐與中餐吧。

在咖啡館享受一頓真正的法式早餐，是巴黎生活最愉快的美事之一。咖啡新鮮，可頌、布里歐麵包、長棍麵包都是剛出爐的，熱騰騰。你不但可以一邊輕鬆享受，一邊計畫當日行程，說不定還可以成為第一個在奧賽博物館或羅浮宮排隊的人。

午餐更是便宜。對法國人來說，這是邊工作邊進食的簡餐，傳統上他們要在這段「上梨子與起司甜點之間」中完成交易，所以就連最時髦的餐館，價格都要比晚餐便宜一半。琶音餐廳的名廚艾倫帕薩（Alain Passard）以不到美元一百元的價格，讓午餐顧客試吃他新推出的套餐。需要幾個星期前就訂位，不過他的拿手絕藝「十二種香料的糖漬番茄」（tomate aux douze saveurs）值得品嘗：一顆煮過的番茄放在十二種香料混合的糖漿上，搭配茴香冰淇淋。

至於日常餐飲，找找旅館附近的小餐館，只要看到餐館內的客人將餐巾放在衣領內塞得好好的，還用長棍麵包把餐盤抹乾淨，這裡一定好吃又便宜。多半的餐廳會提供固定價格的套餐（formule），讓你選擇開胃菜，或是甜點搭配主菜（plat）。不過如果結帳時發現價格稍高，不必訝異，帳單內一定會加上百分之十五的服務費，另外還有加值稅，所以大約還要往上加百分之十九才是總金額。你仍然可以找到一頓好吃的午餐，加上酒大約花費四十美元。

智慧建議

- 不要對酒過分挑剔。餐酒按杯計價，或是按罐（pichet）計價，無論是二十五厘升（兩杯），或是五十厘升（三分之二瓶，一瓶標準葡萄酒是七十五厘升），都會比你預期的好喝。天氣較熱的時候，試試布依區（Brouilly）產的酒，或是比較淡的紅葡萄酒，稍微冰過，或是桑塞爾區（Sancerre）的紅葡萄酒或白葡萄酒都行。不需要點礦泉水，除非你真的需要，就點一杯免費的自來水（une carafe）吧。
- 如果你的預算很緊，你可以站在酒吧或是吧台邊吃你的可頌，喝你的晨間咖啡或是晚餐的開胃酒。法令限制酒吧的價格，一定要列在收銀機旁的板子上。如果你坐下來，咖啡館高興怎麼收費就怎麼收費，技術上來講就是收取「服務費」。如果你要坐到戶外的桌子，需要付更多的錢，因為咖啡館向市政府租借公共人行道，然後將費用轉嫁到顧客身上。（向酒吧買一杯濃縮咖啡，是傳統上借用廁所的補償方式）。
- 許多上班族會以長棍麵包夾起司和火腿的法式三明治當午餐，邊吃邊瀏覽櫥窗，何不入境隨俗呢？去超級市場買齊東西，然後坐到公園長椅上野餐。在熟食與乳酪專櫃可以用手指比，選擇「一片這個，還有一點那個」，店員都已習慣如此，然後去超級市場的酒類專區選一瓶酒，價格要比酒類專賣店例如尼可萊（Nicholas）等要便宜很多。

- 不需要給小費。每一筆帳單都已經包含百分之十五的服務費，甚至計程車也如此。再給小費不僅浪費金錢，而且代表你是個笨蛋。
- 巴黎和那些荷包蛋城市不一樣，不是所有好玩的地方都集中在中間地帶，外圍則是無聊的郊區。相反的，它的二十個小區，從聖母院往外延伸，每一個小區都有獨到的特色。所以不要把它想成一個荷包蛋，而是一個舒芙蕾，從鬆脆的邊緣，到溫潤的中心，每個部分都同樣可口。從第一區到第二十區，每區都可能有精緻的餐廳、迷人的旅館、有趣的博物館，或是重要的戲院。劇作家彼得布魯克（Peter Brook）就是在破落的第十區，一座一度廢棄的劇院「北方布夫劇場」（Les Bouffes du Nord）推出他的新作。巴黎珍品書市場，每週末都聚集在十五區的巴宏雄街（rue Brancion），這裡過去曾是屠宰場。再過去一點是旺夫門（Porte de Vanves），巴黎最好的一個舊貨市場，或說古董市場，要比克利尼揚古爾門市場（Porte de Clignancourt）來得好逛、好找，而且更為便宜。
- 利用大眾交通系統，地鐵安全、乾淨、可靠且便宜。公車也是一樣，同樣的車票兩種系統都可乘坐。在任何一個地鐵車站買十二張的聯票（carnet），可以打折。停留時間長一點的，買張旅遊通行卡可以幫你節省旅遊費用。或者像當地人一樣，在地鐵站買一張儲值卡（navigo），一個禮拜可以無限制旅行。（注意，需要一張護照照片。）

- 騎自行車。巴黎最近的交通工具，就是騎免費自行車（vélib'）。http://www.velib.paris/
- 這座城市裡到處都可以見到成排同樣款式的腳踏車，鎖在停車處，中間有一個電腦終端機。先要註冊使用腳踏車，只用一天註冊費是一・七歐元，七天是八歐元。將晶片信用卡插入卡槽後，取得一個個人識別號碼，然後就可以取車，車子配有籃子與燈。騎完之後，只要放回任何一個有空位的腳踏車停放處就可以了。
- 有什麼限制嗎？
- 每一輛腳踏車只限頭三十分鐘免費，然後每隔三十分鐘就要收一次費，第二個三十分鐘一歐元，第三個三十分鐘兩歐元，第四個三十分鐘以及隨後每三十分鐘都固定收四歐元，這樣可以保持自行車流通，確保每一個停車處都有車，不會有人會占用腳踏車一天。但是對觀光客而言，想要悠閒地騎過布洛涅森林，再停下來野餐的話，有點困難。不過換個角度想，計程車要花多少錢，更別想要租車了。
- 做好計畫別太貪心，沒有什麼比「你今天想幹什麼？」「我不知道，你想做什麼？」更浪費時間與金錢。不過更糟的是計畫的行程太緊湊，沒有任何空間休息。一天選擇一項重點吧！是去第六區的聖普桑爾餐廳（Au Bon Saint Pourcain）晚餐，還是上艾菲爾鐵塔看風景，或是下午去大文豪普魯斯特最喜歡的安潔莉娜（Angelina）咖啡館喝熱巧克力，選擇好了，其他的邊走邊看著辦。當你從地鐵走到艾菲爾鐵塔的路上，會經過奇妙的新藝術建築立面，或是看見吸引人的餐館，這種經驗，回家後會使你的朋友羨慕不已。

- 買一本《巴黎視野》（Pariscope），這本週刊每星期三出刊，是真正的巴黎導覽書，花不到一歐元，非常划算，裡面詳盡地列出當週電影、戲劇、博物館時間表與展覽內容，徒步之旅、拍賣會，甚至還有脫衣舞俱樂部。
- 法國人的晚餐時間要比其他國家更晚。餐廳的尖峰時刻是在八點半到九點之間，廚房約在十一點熄火，最好預約七點半，那個時候的餐廳會比較安靜，大廚也不毛躁，侍者比較可親（但是也不要去得太早，否則你會發現他們正在吃晚餐。）
- 有些地方晚點去比較好。白天你可能要花上一個小時的時間，在羅浮宮外面貝聿銘設計的玻璃金字塔前排隊，然後只能從旅遊團的人頭頂上，看到《蒙娜麗莎的微笑》，還有米羅的維納斯雕像，但是下午人群逐漸散去。星期三與星期五羅浮宮開放到晚上九點四十五分，看不見一個旅行團（每週二休館）。

- 巴黎是全世界觀光紀念品的購物中心，但是以精品店的價格購買誘人的內衣，或是前衛的廚房用具，只會讓你超出預算，同時增加行李的重量。你當然要去波納帕特街或是蒙田大道（avenue Montaigne），逛逛迪奧（Dior）、聖羅蘭（St. Laurent）、菲羅（Feraud）、雅妮絲比（agnes b）這些位於流行商圈的名牌服飾店。但是，接下來不妨到聖普拉西德街（rue Saint-Placide）去，沿著世界最早的貴婦百貨樂蓬馬歇百貨公司（Bon Marché）往下走，你會看到同樣的精品，在那些比較特異的小店中只賣一半的價格。了解這些重要字眼：soldes—特價，promotion—促銷價，dégriffé—清倉大拍賣。
- 想找較為特殊的東西，參觀一些比較有民族色彩的區，像是古特多爾（Goutte d'Or），在蒙馬特山丘上，商店與市場內堆滿了非洲或是西印度的商品，特別是摩洛哥的銅器和陶器，還有非洲的Yoruba、Wolof、Hausa、Mandingo等族各色鮮亮的布料。
- 巴黎最受歡迎的平價百貨公司「塔地」（Tati），也坐落在蒙馬特。這家百貨公司賣衣服、桌巾，還有內衣。瑪丹娜也在這裡購買奇怪的長身胸罩，還有厚重的粗跟鞋。光是看那些貨品，還有當地人擠來擠去尋找便宜商品的景象就值得前去一遊。（塔地有幾家分店，可以從十八區那家店開始，這家分店位於4 Boulevard de Rochechouart，地鐵站名：Barbès–Rochechouart）。

擁抱極端

別管觀光手冊怎麼說，巴黎是一座發現新事物的城市，這是最重要的。誠如金凱利在電影《花都舞影》中所說的：它會讓你敞開胸懷，駐足停留。如果你希望有一段值得懷念的旅遊，那麼擁抱它的極端，例如：

- 艾菲爾鐵塔的燈火直開到午夜，將戰神廣場（Champ de Mars）公園照亮得如同白天。如果天氣暖和，帶上你的晚餐到公園草地上野餐。
- 嘗嘗艾碧斯酒。現在這類酒已經不含會讓你頭疼的生物鹼，但是酒喝下去，瞇起眼睛，你可能還是會看到一九二〇年代那些嗜飲這種酒的法國畫家們。位於十一區，靠近巴士底的餐廳綠仙子（La Fée Verte，原是艾碧斯酒的暱稱，地址：108 rue de la Roquette）值得一遊。可以試試使用正確的新藝術造型的水瓶，將水透過方糖滴入艾碧斯酒中，這間店也提供艾碧斯雞尾酒，同時還有不錯的消夜。
- 探訪聖丹尼路（Saint-Denis）與皮加爾廣場（Pigalle）的紅燈區，與上面的蒙馬特山丘。

- 不要錯過位於十八區的情色博物館（Musée de l'Erotisme，地址：71 boulevard de Clichy，地鐵站名：Blanche），從早上十點開放到凌晨兩點，整棟七層樓的展覽可以讓你回家之後有各式各樣的話題可講。
- 如果這對你來說太過瘋狂，那麼就去十八區的狡兔之家（Au Lapin Agile，地址：22 rue des Saules），巴黎最古老最奇怪的夜店。這棟陳舊的建築位於蒙馬特山丘北邊過氣的區域，曾是畢卡索、野獸派畫家烏拉曼克（Vlaminck）等人聚集的地方，還有印象派酒鬼畫家莫里斯尤特里羅（Maurice Utrillo），他會從母親家的窗口偷偷溜出來，就是來這裡買醉。只要花上二十八歐元你可以買到一小杯白蘭地裡面浸著櫻桃，還有酒店歌手的清唱十九世紀雷諾瓦與羅特列克時代的街頭歌曲，因為詭異，所以印象深刻。
- 然後如果你還想要浪漫的感覺，清晨五點爬上著名的蒙馬特石階，或是乘坐纜車，買一杯咖啡和捲餅，在聖心堂下面的露台上吃早餐，如果那位豎琴手還在那裡，在他的帽子裡放一歐元，請他演奏〈禁忌的遊戲〉吧！

巴黎，就是這麼簡單。

浪漫的巴黎文學徒步之旅

世界上最美的步道

約翰巴克斯特——著

傅葉——譯

THE MOST BEAUTIFUL WALK IN THE WORLD

A Pedestrian in Paris

By John Baxter

浪漫的巴黎文學徒步之旅
作　　者　約翰巴克斯特
譯　　者　傅葉
封面繪圖　黃若曦

發 行 人　程顯灝
總 編 輯　呂增娣
執行主編　李瓊絲
主　　編　鍾若琦
編　　輯　吳孟蓉・程郁庭・許雅眉
編輯助理　鄭婷尹
行銷企劃　謝儀方
美術主編　潘大智
美術編輯　劉旻旻
出 版 者　四塊玉文創有限公司

總 代 理　三友圖書有限公司
地　　址　106 台北市安和路 2 段 213 號 4 樓
電　　話　(02) 2377-4155
傳　　真　(02) 2377-4355
E - mail　service@sanyau.com.tw
郵政劃撥　05844889 三友圖書有限公司

總 經 銷　大和書報圖書股份有限公司
地　　址　新北市新莊區五工五路 2 號
電　　話　(02) 8990-2588
傳　　真　(02) 2299-7900

初　　版　2014 年 9 月
定　　價　330 元
I S B N　978-986-5661-04-5

SAN YAU
http://www.ju-zi.com.tw
三友圖書
友直 友諒 友多聞

國家圖書館出版品預行編目 (CIP) 資料

浪漫的巴黎文學徒步之旅：世界上最美的步道 / 約翰巴克斯特 (John Baxter) 著；傅葉譯. -- 初版. -- 臺北市：四塊玉文創，2014.09
　面；　公分
譯 自：The most beautiful walk in the world : a pedestrian in Paris
ISBN 978-986-5661-04-5(平裝)

876.6　　103016912